[比利时]
史蒂芬·赫特曼斯 著
Stefan Hertmans

金莉 译

战争与静画 典藏版
Oorlog en
　terpentijn

外语教学与研究出版社
北京

京权图字：01-2017-3617

Original title OORLOG EN TERPENTIJN
Copyright © 2013 by Stefan Hertmans
Published by arrangement with De Bezige Bij B.V., through The Grayhawk Agency.

图书在版编目（CIP）数据

战争与静画：典藏版／（比）史蒂芬·赫特曼斯（Stefan Hertmans）著；金莉译. -- 北京：外语教学与研究出版社，2023.9
ISBN 978-7-5213-4809-5

Ⅰ. ①战… Ⅱ. ①史… ②金… Ⅲ. ①长篇小说－比利时－现代 Ⅳ. ①I564.45

中国国家版本馆 CIP 数据核字（2023）第 173585 号

出 版 人	王　芳
项目策划	张　颖
项目编辑	黄雅思
责任编辑	都楠楠
责任校对	周渝毅
装帧设计	范晔文　张　潇
出版发行	外语教学与研究出版社
社　　址	北京市西三环北路 19 号（100089）
网　　址	https://www.fltrp.com
印　　刷	三河市北燕印装有限公司
开　　本	889×1194　1/32
印　　张	10.5
版　　次	2023 年 9 月第 1 版 2023 年 9 月第 1 次印刷
书　　号	ISBN 978-7-5213-4809-5
定　　价	59.00 元

如有图书采购需求，图书内容或印刷装订等问题，侵权、盗版书籍等线索，请拨打以下电话或关注官方服务号：
客服电话：400 898 7008
官方服务号：微信搜索并关注公众号"外研社官方服务号"
外研社购书网址：https://fltrp.tmall.com

物料号：348090001

献给我父亲

日子像穿蓝衣和金衣的天使，

升起在毁灭的循环之上，

无法接触。

——埃里克·玛利亚·雷马克[1]《西线无战事》

---

1. 埃里克·玛利亚·雷马克（1898—1970），德国小说家，著有《西线无战事》（1928）。这部小说是描写第一次世界大战的最著名、最具代表性的作品。

第一部分

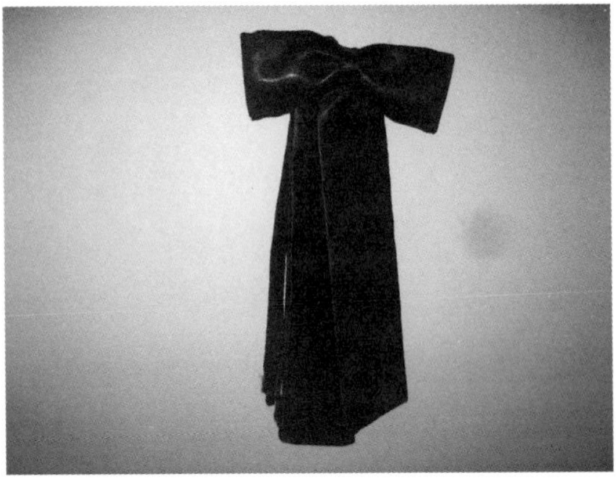

在我关于外公最遥远的记忆中,他在奥斯坦德的沙滩上。这个六十六岁的男人穿着齐整的深蓝色西服,用孙儿的蓝色铲子挖出一个浅坑,再把周围堆起的沙整平,这样他和他太太就能坐得比较舒服。他把身后的沙稍稍堆起来挡住八月的海风。这风在退潮的海浪上吹过,在袅娜升腾的薄雾中吹向大洋。他们坐下时脱掉了鞋袜,在轻微地扭动脚趾,感受沙土表层下凉爽的湿润;这个轻俏的小动作不像这对夫妻的作风,使六岁的我很吃惊——他们总是穿灰色、深蓝色和黑色的衣服。甚至在沙滩上,天气又很热,外公依然在他几乎全秃的头上戴着黑色软呢帽;白衬衫一尘不染,黑色蝴蝶领结比普通领结大,两端吊挂在胸前——从远处看,脖子上像是装饰了一个张开双翅的黑天使的剪影。我母亲依照他的指示制作这些奇怪的领结。在他漫长的一生当中,我从没见过他不戴着这样的领结——尾部像一件燕尾服,他肯定有几十个。我的书堆中现在就有一个——一个被遗忘的遥远过去的遗迹。

过了半个小时,他决定脱掉外衣。他摘下金色的袖扣,放进左边的衣服口袋。接着,他居然卷起了衬衫袖子,或者说挽起两圈,刚好到肘部以下,每一圈都正好是上过浆的袖边的宽度;现在他坐着,好像在为一幅印象派肖像画摆姿势,胳膊上搭着整齐叠好的外衣,外衣的丝绸衬里在午后的阳光里闪亮。他的目光似乎在远处的人群中徜徉,然后迷失了——迷失在尖叫着泼水的孩子们当中,迷失在旅行者当中;他们叫喊、欢笑着彼此追逐,仿佛回到了孩提时代。他眼前很像是一幅动态的詹姆斯·恩索尔[1]的画——尽管他鄙视这个起了英国名字的奥斯坦德的渎神者。恩索尔是一个"瞎涂乱抹的家伙"——除了"酒鬼"和"废物","瞎涂乱抹的家伙"是他能说出口的最难听的骂人话。如今的画家全是"瞎涂乱抹的家伙",他们完全不接触古典传统——从前大师们那些微妙而崇高的手艺。他们乱画一气,无视解剖学原理,甚至不知道怎样给画布上光,从来不自己调配颜料,把松节油当水用,不知道磨制颜料的奥秘、使用精制亚麻籽油的奥秘和使用催干剂的奥秘——难怪现在不再有伟大的画家。

风吹得越来越冷。他从口袋中取出袖扣,放下袖子,灵巧地扣上袖口,然后穿上外衣,轻柔地把妻子的黑色蕾丝披巾搭到她的肩膀上,并盖住了她深灰色头发里闪着光泽的发结。"来吧,加布里埃尔。"他说。他们站起来,拾起鞋子,有些费力地朝海滨大道走去——他的裤脚卷起约六英寸,她把黑袜子塞在鞋里。在他们

---

[1] 詹姆斯·恩索尔(1860—1949),比利时画家,在超现实主义和表现主义运动中起过重要作用。

黑色的身形下面，四条白色的小腿在沙上缓慢地前后交错，有板有眼。他们到达了通向海滨大道的蓝石阶梯——在那儿，他们会在最近的长椅上坐下，清除脚上的沙，把脚拍打干净，把黑袜子套到汉白玉似的脚上，再系上他们称为"拉绳"的鞋带。

至于我呢，为我的宝贝大石头弹子挖掘的迷径交错的隧道坍塌了，我发着抖跑向母亲。"又在涨潮。"她说，一边搓揉我，使我暖和起来；在我们身后沙丘的上方，第一批蓬松的云朵正在形成。风扫过沙丘顶部，好像要弄乱它们多草的头发；这些沙土颜色的庞然大物为将来临的夜晚严阵以待。

外公着急地等着我们走到海滨大道，上了清漆的榆木拐杖已经握在手里。他在前面领路，他个子不高——五英尺[1]六英寸[2]，我常听他说——但是无论到哪儿，人们都给他让路。他抬着头，黑靴子一尘不染，裤子上有一道清晰的褶皱。无言的妻子挽着他的胳膊，他的另一只手握着拐杖，有些不耐烦地大步走在前面，时不时回头喊道："如果不加快步伐，我们会误了火车。"他走路像一个退伍兵，这就是说他不是把鞋跟拙重地砸在地上，而总是脚掌着地——一种半个多世纪之久的习惯。然后，他不知怎么从我的记忆中溜掉了。多年前的那一幕猛然间如此耀眼明晰，使我感觉如此疲惫，当时就想睡过去。

---

1. 英美制长度单位，1英尺合0.3048米。
2. 英美制长度单位，1英寸等于1英尺的1/12。

※ ※ ※

  没有任何过渡,我记忆中出现的关于他的下一个意象是一个男人在无声饮泣。他坐在那张用来绘画和写作的小桌子前,穿着灰色工作服,戴着黑帽子,黄色的晨光从葡萄藤镶框的小窗射进来。在他手里,我看见从美术书上撕下来的很多复制品中的一幅——他用这些复制品练习临摹,它们一般被两个木夹固定在调色盘旁边的画板上。他把那幅画拿在手里;我看不见它的内容,但是我看见泪水流下他的脸颊,他在喃喃地说着什么。我爬上通往外公房间的三节楼梯是要去告诉他我发现了一副老鼠骨架,现在我迅速地悄悄退出,楼梯上的地毯吸收了我脚步的声响,我在身后关上了门。但是晚些时候,当他在楼下喝咖啡时,我又溜进他的房间,在桌上找到了那幅画。画上是一个背朝观者的裸体女人,一个黑头发的苗条女人,躺在一幅红色帷幕前某种沙发或床的上面。她梦也似的宁静表情显现在一面镜子中,镜子由一个肩上披着蓝色缎带的丘比特[1]举着,她纤弱的裸背和饱满的臀部很惹眼。我的视线游移到她娇弱的肩膀,脖子上缠绕的纤细发丝,然后又移到她的臀部——几乎是下流地冲着观者。受惊的我放下这张复制品,下了楼;外公在厨房里,在我母亲身边,正在唱他战时记住的一首法文歌。

---

1. 丘比特是罗马神话中的小爱神。

※ ※ ※

　　我的童年岁月充满了外公讲的第一次世界大战的故事。总是战争，除了战争没别的。枪林弹雨的泥泞战地上稀里糊涂的英雄壮举，突突的枪击声，黑暗中尖叫的魅影，用法语咆哮的指令——都是他在摇椅上想起来的；他渴望使它们听起来蔚为壮观——总有带刺的铁丝网，弹片从耳旁呼啸而过；冲锋枪突突响，燃烧弹划着高拱的弧线穿过黑暗的天空；迫击炮和榴弹炮的炮火，无数滚烫的炸弹落在数以万计的战壕中，发出雷鸣般的巨响。品着茶的姑妈们极有兴致地点头听着，而我只记住了一件事：在那些遥远的日子里，外公肯定是一个英雄——那些日子同我在学校里听说的中世纪一样遥远。对我来说，他依然是一个英雄。他给我上击剑课，磨快我的折叠小刀，教我怎样画云朵：从壁炉里拿一块木炭勾画形状，再用橡皮涂擦。他还教我如何画出一棵树的千百片叶子，而不用一片片地画——这是艺术真实的秘密，他这么说。

　　故事讲过就该被忘记，因为总是会被重新记起来，甚至有关艺术和艺术家的最奇怪的故事也是这样。我知道老年的贝多芬像被神魔附体似的创作了第九交响曲，因为他聋了；但是有一天，一个令人不安的细节加入进来：他在创作时连厕所都不去，就在钢琴旁边"解决问题"。其结果是——我这里引用书中的话——"这个写下那首普天之下皆兄弟的美丽乐章的人在一堆粪便旁边作曲"。我想象这位伟大的作曲家，聋得像一根电线杆子，坐在柱头涂成金色的威尼斯风格的室内，他戴着华丽的假发，打着绑腿，穿着套鞋，身旁是高高堆成金字塔形的粪便。无论何时，当《田园交响曲》的柔板乐章在漫长而慵懒的周日下午荡漾在房间里时，当我的父母和外祖父母在收音机旁饰花的棕色沙发上坐着打盹时，我都会想象，在一架涂清漆的闪亮的小钢琴旁边有一座粪便堆成的大山，一只维也纳林山的杜鹃在随着管风琴和小提琴的乐音啁啾不已，外公双眼紧闭。他对浪漫的天才有着坚执的信仰；他对他的崇拜如此刻骨铭心，以至于在这样的崇高时刻，他无法直面他的家和家人代表的平凡世界。直到多年后我才知道，他自己在一堆真正的粪便旁边度过了一年半的时间，在悲惨的战壕里——在那儿，你要是想找较合适的地方"解决问题"，把头伸出掩体，一颗子弹就会射穿你的头颅。就这样，他想要忘怀的事总是重现脑际：故事的片段，荒唐的细节。无论其主题是天堂还是地狱，我都必须把这些片段和细节拼接起来，这样才能理解他终其一生在内心经历的是什么：他渴望超越，有关死亡与毁灭的记忆又抓住他不放，他经历的是这两者之间的斗争。

在家里，外公总是在系着蝴蝶领结的白衬衫外穿一件白色或浅灰色的工作服，跟老式晨衣一般长，他穿着有一种特别的风度。无论我母亲和外祖母怎么费劲地又洗又煮，这些老旧的棉质工作服依然带有斑驳的污渍：颜料抹在上面，彩虹般的五颜六色，纵横交叉的手指印，一个由无心抹上的污渍构成的有趣组合，真正的工作完成后的信手涂鸦。

真正的工作是为了愉悦而创作——自从四十五岁那年作为一名残疾老兵提前退休，他就从未间断过这工作。他整天站在那间小屋的窗前，屋里是亚麻籽油、松节油、麻布和颜料的气味，赋予小屋一种氛围。是的,甚至连切成小块的大橡皮都能在这不可复制的混合气味中被辨别出来;无数个小时在沉默中工作的荣光:热切地模仿大师们,但又无望超越他们。他是一个临摹高手,知道所有原料和配方的秘密——从文艺复兴时期开始,这些秘密就被画家们世代相传。他在家乡根特上过绘画的夜校班——尽管生前在教堂和礼拜堂里画壁画的父亲,一直告诫他不要学画。那时他还在从事重体力劳动,但是他对绘画坚持不懈;到了通常的结婚年纪,他获得了"有能力从事美术绘画和解剖绘图的证书"。

从他小屋里的窗户望出去,他能看见斯凯尔特河的一个拐角,以及牧场上慢吞吞的奶牛。早晨,满载货物的驳船轰隆隆地驶过,吃水很深;到了向晚,空驳船从城里回来,开得较快,吃水很浅。这景象他画了无数次,每次都在不同的光线下运用一组不同的色调;一天中的不同时辰,不同的季节,不同的情绪。他遵从自然来画红色爬藤的每片叶子——显然,有时艺术要求在幻象的伟大律法之外存在例外。当临摹提香[1]和鲁本斯[2]的一个细节时,他知道自己要耐心地画:用炭笔和石墨精确勾勒,掌握调和与稀释颜料的奥秘,等第一层颜色干燥得恰到好处,再上第二层颜色,这就带来深度和透明感——艺术的诸多伟大秘密之一。

让他激情灌注的是树端、云朵和织物的褶皱。在这些无形式

---

1. 提香·韦切利奥(1490—1576),意大利文艺复兴后期威尼斯画派的代表,对西方艺术产生了深远的影响。
2. 彼得·保罗·鲁本斯(1577—1640),佛兰德最伟大的人文主义画家,17世纪巴洛克风格在西欧的代表。

的形式中,他能放任自己,进到一个由黑暗和光亮组成的梦的世界,进入油彩缠结的云朵,明暗层次的渲染——一个他人无法闯入的世界,因为有些东西在他内心破碎了——很难确切地说是什么。他的温暖与慷慨总是带着羞涩,好像他唯恐人们会因为他的友善而走得太近,同时他又表现出一种更高尚的诚实无欺,这是他好性情的根本。他和加布里埃尔的婚姻仿佛一首田园牧歌——如果你知道的不多。就像为了汲取稀少的阳光,两棵缠结的老树几十年来不得不把枝干伸展进彼此的树冠,他们过着简单的日子,其间只间杂着女儿——他们唯一的孩子看似轻俏的欢快。日子消逝在漫不经心的时间的褶皱中。他画画儿。

用作画室的房间高出地面三级台阶,也是他们的卧室。很难想象在过去住在狭窄的空间里是很平常的事。床在凑合用的小桌子的后面,靠着墙,这样他妻子在睡眠中就能倚靠点什么——尽管床很窄,她睡觉时依然离他远远儿的。云朵和织物的褶皱,树端和流水。他遵从传统所创作的油画中最好的几幅都带有一些不成形的模糊污渍,奇怪的抽象团块;他把它们视为忠于自然的表现,好像他在遵从上帝放置在他眼前的范本作画,这要求他精确无误地耐心复制——作为一个卑微的临摹画手。这也是他尽职表达的一种敬意,是哀悼他父亲早逝的一种方式——他父亲是卑微的教堂画手弗兰西斯卡斯。

三十多年来,我保存着那两个笔记本,从来没翻开过,笔记本中是他用独一无二的战前笔迹写下的回忆。在1981年去世的几个月前,他把笔记本交给了我——当时他已年届九十岁。他出生于1891年，就仿佛他的一生只是这几个年份在玩对调。在这几个年份之间发生了两次世界大战，灾难性的种族灭绝，现代艺术的诞生与衰落，汽车工业在全球扩展，冷战，宏大的意识形态此起彼落，电话和萨克斯管的普及，合成人造树脂，工业化，电影业，爵士乐，航空工业，人类登陆月球，无数动物种群灭绝，最早的几次重大环境灾难，盘尼西林和抗生素的研发，1968年5月在法国的民众抗议，1972年罗马俱乐部发表的首次报告[1]，摇滚乐，避孕药的发明，妇女的性解放，电视和电脑的兴起……他把笔记本托付给我，想要我描述他作为一个被遗忘的战争英雄的一生。几乎跨越整个世纪的一生，始于一个不同的星球：村落，拖车道，马拉车，煤气灯，木头澡盆，崇圣的印刷品，老式柜橱。那是一个女人四十岁就被视为老人的时代，一个万能的牧师闻起来是雪茄与未洗内衣裤的气味的时代，一个中产阶级少女在修道院里造反的时代，一个主要由神学院构成的时代，一个由主教和皇室颁发钦令的时代。这个时代开始了漫长的死亡阵痛——阴郁的小个子塞尔维亚人加夫里若·普林西普[2]"瞄得并不太准"的一枪把旧欧洲的迷人幻象射成碎片，引发了一场吞没全世界的灾

---

1. 罗马俱乐部是一个从事未来学研究的国际性民间学术团体，也是一个研讨全球问题的智囊组织，成立于1968年，总部设在意大利罗马。它于1972年发表了第一个研究报告《增长的极限》，预言由于自然资源有限，经济增长不可能无限延续，由此设计了"零增长"的对策方案，在全世界引发了一场大辩论。
2. 加夫里若·普林西普（1894—1918），波斯尼亚人，塞尔维亚族民族主义者。1914年6月28日，他在萨拉热窝刺杀了正在那儿访问的奥匈帝国王储弗朗茨·斐迪南和他的妻子索菲，史称"萨拉热窝事件"。这个事件是第一次世界大战的导火索，最终导致大战爆发。

难，从此左右了我蓝眼睛的矮小外公一生的轨迹。

我决定等到时间充裕时再读他的回忆录，因为我相信它会使我产生强烈的冲动要写下他一生的故事。我觉得我必须别无挂碍，以便全身心投入。但是过去一年又一年，那场灾难的百周年纪念日就要到了，这将引发一场书籍的洪流——现有的历史资料已堆积如山，几乎无法计数，巨量的新资料又在不断涌现；书籍多得像伊瑟河前线战壕里数不清的沙袋；大量衍生的小说和故事，而我掌握着他的回忆录，但却怕得不敢翻开第一页；我知道这故事将迫使我向童年的一个片段挥手道别；如果我不赶紧，那么当这故事发表的时候，读者会打着哈欠掉头他顾——又一本讲该死的第一次世界大战的书。我拒绝翻开这两个笔记本——即使我知道它们翔实丰富，该属于一个一战档案馆；我知道我的迟滞和懒惰实际上是在把一个生动的目击人证词置于公众视听之外。想到这里，我感到对失败的恐惧，更无法采取行动。想起他讲过的一些故事，并开始懂得它们真实的意义和内涵，我感到无助和负疚。我又浪费着宝贵的光阴，为其他项目勤奋工作，与他的笔记本保持安全距离。在他一丝不苟的优雅笔迹下，那些沉默而耐心的目击人证词像一个谦卑的圣所。

那些年我迟疑不前，被负罪感折磨着。在此期间，一件东西重见天光，似乎只让这件事变得更加紧迫。前屋的镶木地板有几块朽坏了，我伯父来帮我父亲把它们换下来；他在地板下最黑暗角落的尘土中发现了一块墓碑石。他叫我父亲帮他。两个男人四肢着地向墓碑石爬去，举着一个手电筒照亮。那是我外曾祖母的墓碑石。我听见父亲说："真没想到，这么说他把它藏在这里。"他们把沉重的石头搬到地板的入口处，将它抬出来。即使在当时，我也没完全弄懂这是怎么回事。外公死于十多年前，我不明白谁会把一块墓碑藏在地板下最深的角落，还坚信它不会重见天光。过了几年，我发现父亲用厚重的金属网把它吊挂在花园里常春藤覆盖的墙面上，离地大约三英尺，在车库后面。我第一次仔细阅读碑文：

为赛琳·安德利斯的灵魂祈祷
生于1868年8月9日
卒于1931年9月20日
弗兰西斯卡斯·马丁的遗孀
亨利·德·波夫的妻子

我面前是两个笔记本：第一本小而厚，页边被污渍染成了红色，封面是浅灰色的麻布，就好像战前跟它搭配的是一件粗花呢夹克似的；第二本稍大，差不多是现代拍纸薄的大小，封面是老式大理石纹的硬纸板，有点儿像外公喜欢画在墙上的那种仿大理石纹。第一个笔记本记叙了他在根特的贫困中长大，以及他在第一次世界大战中的一些经历。

他七十二岁时开始用这个笔记本记事——日期是1963年5月20日。他这么做也许是为了能继续讲述他的生活怎样被扭曲，因为家人和亲戚们都逐渐听厌了他讲的逸闻趣事。他妻子加布里埃尔七年前去世，他通过写作来哀悼她。他通常用深蓝色墨水书写，饶有兴味地把故事串起来，那个灰色的外省小镇的日子化成记忆的潮水。我依然能够在脑中呈现他的瓦特曼自来水笔在那张19世纪的小桌子上的样子——他把小桌子涂成了奇特的木质纹理，好让它看起来有些像古董。原先大理石的桌面一定开裂了，替代它的木质桌面有些小。很多年来，他在这张小桌子前写作——尽管小桌子太高，坐在桌前很不舒服。这张小桌子现在就在我写作的房间里，在我身后，抽屉上沾染了五彩的颜料；我依然把两个笔记本放在这个抽屉里。他开始在第二个笔记本上记事，是因为他后悔在第一个笔记本中用了太多的细节描述他童年生活的贫困；在第二个笔记本的开头，他解释自己在第一个笔记本中写了太多个人逸事，不得不重新开始，这次将只涉及战争。再说，他只用六个月就用完了第一个笔记本。

他写道："我的战争日记多半是有关童年的乏味故事，还写了几十页不相干的事。现在我应该只写战争,无所隐瞒,满怀真诚,请上帝帮助我。只写我经历的恐怖。"

就这样,他概述了几个讲过的故事,在各处加入新的细节,讲述持续到1919年。第二个笔记本记叙了发生在伊瑟河前线的一些创伤性事件,他负伤的细节,他在英国度过的康复期,以及他在利物浦发现的壁画——对他如此意义重大。他更加言辞简洁地讲述第二次负伤后的经历,因为关于在战壕内的污秽中生存的描述只能重复这么多遍:赤手空拳杀死老鼠,夜晚在火上炙烤;受伤战友的呼号;用流血的双手在淤泥中挽起带刺的铁丝网;机枪突突响;榴弹炮的爆炸声;被掀起的泥土和被炸飞的人的肢体。但是他详细记述了第三次在英国逗留的一些事——在大湖区的温德米尔。在第二个笔记本的最后几页,他开始写战后第一年发生的一场个人悲剧——发生于1919年西班牙流感蔓延期间。这部分叙述的笔迹变得紊乱了。虽然笔迹失控了,但他作为叙述者的语气还保持着分寸。这部分的字行呈斜线横过页面,摇摆不稳地延伸到页面的左边和右边;有时他恢复到先前工致的笔迹,有时笔迹变得抖抖索索。在最后几页上费力书写时,他肯定已经八十多岁了。到了用不同颜色的圆珠笔书写的时候,他的视力已经严重下降——就我所知,他从来没买过一副新眼镜;当他勉为其难地写作的时候,他或许连页面都看不清。十七年,共六百页手稿。他的记忆如此鲜明,保留了那么多细节,我相信某种创伤后的明晰思维肯定起了作用。与第一个笔记本相比,第二个笔记本中的细节表明他沉潜到了回忆的深处。他终其一生也无法摆脱这些细节:夜晚来临时树叶窸窣作响，而他再次面对死亡；死去同伴的形象；泥土的气息；春天到来的最初几天，微风扫过被炸翻的原野；满是弹孔的马厩里被炸死的马的残骸。最后一页上有一片污渍，好像液体渗透了纸页；污渍所在的一面是"夜晚"这个词，另一面是"恐慌"这个词。

我用充裕的时间来吸收读到的内容，标记页码，注明两个笔记本中重复叙述的事件，用了几乎一年的时间把回忆录打印出来；在这个过程中，我察觉到很多事件和未讲透彻的故事是彼此关联的。这项工作很劳神：一方面，我无法复制他老派的优雅、拙重和真实——如果这么做，我就是在装腔作势；另一方面，当把他冗长的叙述改写成现代风格时，我觉得是在背叛他。甚至连修正他写作中那些可爱的笔误，我都隐隐地感到内疚。这项工作迫使我直面任何文学作品背后令人痛苦的真理：必须先从故事的原初形态中抽身出来，然后才能以自己的方式重新发现它们。但是时间紧迫，有一个念头在我脑中挥之不去：我必须在第一次世界大战的百年纪念到来之前完成这项工作，那是他的战争。

我像个法院书记员一样一头扎进六百页的手稿中，诅咒自己的平庸风格——我想忠实于他，又想把他的故事变成自己的经历，这种模棱两可的尝试导致了我风格平庸。我编撰了一个事件和关键词的目录，列出了要访问的地方。以防遗失，我把笔记本复印了，放在一个防火的保险柜里。我与极少数的幸存者谈话，他们只能提供一些不确定的细节。我父亲是他的女婿，这时独住在斯凯尔特河岸上的那所房子里，我请他写下能回忆起来的所有事情。

九十岁的他依然头脑清晰,精力充沛。他帮助我找到了把片段连起来的黏合剂,把外公几十年来津津乐道但又不足为信的版本与笔记本中的版本相对照,然后确定每件事在整个过程中的真实程度。

当我望向身后的那张旧梳妆桌时,我看见一个矮小、敦实的人物发散出一种无与匹敌的独特性。在去世三十多年后,在覆盖着一圈薄薄银发的额头下,他明亮的蓝眼睛依然在忽闪,有点儿像那张著名的老年亚瑟·叔本华[1]的照片:这种异于常人的严峻个性已经不复存在,因为生活失去了那种严格的自我克制,一个人的性格便不能再成熟到这种状态。我依然能听见他的大嗓门,富有感染力而又抑扬顿挫的语调,他所讲故事的起伏跌宕,但却记不起一个特别的词或句子。有一种气味和他连在一起:一个老派画家的气味,没被定义的某种东西;他的气味,他一度在世上的肉身存在,距离我写下这些句子的时间很遥远。现在,他在时间中隐去了,像古代神话和故事里的人物,以一种私密的历史的方式被人感知。找寻他生命的痕迹时,我通常不知所措,因为几乎所有东西都消失了。我想知道把我们同我们的祖父辈们连在一起的是什么,这种联系的方式充满了不确定性。难道是因为缺乏代沟,我们才与父母对抗吗?在我们跟我们的祖父辈们之间,时间张开深渊,我们在其间为了自己想象的主体性而斗争。时间把我们与我们的祖父辈们分开,从而允许我们珍视一个幻象,即他们身上隐藏着比我

---

1. 亚瑟·叔本华(1788—1860),德国著名哲学家,唯意志论的创始人和主要代表之一。他开创了非理性主义哲学的先河,认为生命意志是主宰世界的力量。

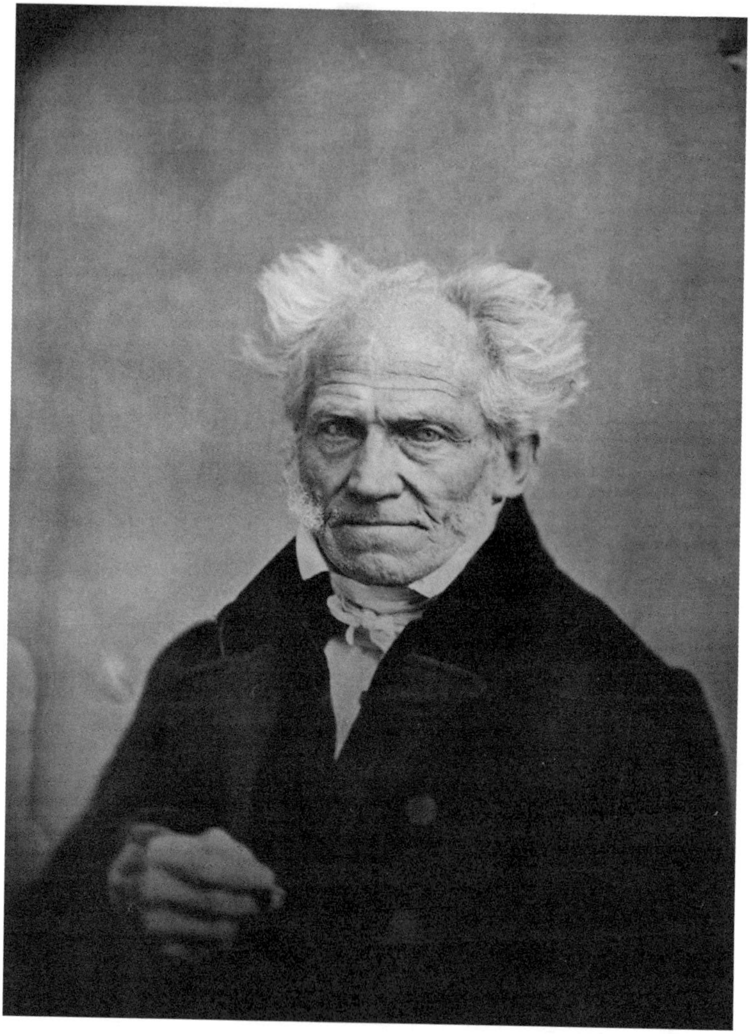

们所知的父母更大的真实。一种伟大且影响至深的天真使我们渴求知识。尽管这似乎很奇怪,但是在我的世界里,有些细节从未彰显它们的历史秘密——直到我读了他的回忆录:一只金怀表在拼接地板上摔碎了;从一个银盒子里取出的一支卵形香烟;一条泛红的褐色旧围巾挂在破败温室里一个闲置的壁橱上,壁橱上覆着黑鸟的粪便——这些黑鸟失去了方向感,在慌乱中撞到玻璃,直到凭运气从开着的通风口逃脱;一个小小的老式银色剃须刀,散发着明矾和放久了的肥皂的刺鼻气味;一个来自利物浦的文件夹,被太经常地打开又叠起,沿着折痕裂开了;一个小金属盒——装着他的勋章和奖章,他死后几年我才发现;一个浇铜铸造的炮弹壳——他把它放在楼梯的扶手架上,每个星期都仔细擦拭,我整个童年都把它错当作某种矮花瓶。

时间逐渐为我揭开外公的秘密——他漫长的一生的故事,大多都只是他中世纪般童年的后续;他年轻时生活的恐怖;他在战后发现又失去了的真爱。这故事讲述的是固执地顺服于命运的安排,痛苦的忍耐,孩子气的勇敢,在虔信和欲望之间的内心挣扎,无止境的喃喃祈祷——在数不清的圣像和闪动的蜡烛前,在布满阴影的崇圣的房间里,他跪着,帽子放在身边的教堂长椅上,长着一圈白发的头低着——内心澎湃,表面上不过是一潭止水。

※ ※ ※

我在自己出生的城市中漫步;在其他地方生活了十多年,我现在以完全不同的眼光来看待它。这是一个凉爽的春日,天上的云朵正是外公喜欢描画的那一种。自行车店的旧门脸还在，但是店名褪色了——我在那儿买了生平第一辆红色自行车。中产阶级的房屋沿着一条柏油路排成黯然无欢的长列。开始下小雨，成队的轿车从黑尔尼斯路上开过来。那条没有光的小巷一定就在附近，小巷一边是铁路倒轨，一边是运河，外公在那儿度过了他的幼年时期。黑尔尼斯路现在是环城路的一部分，过去则是一条优雅的大道，浓密的树叶在夏天投下阴影；贫民区衣衫褴褛的脏孩子在周日下午出现在这里，张着嘴呆看着中产阶级的女人，她们则紧张兮兮地透过轻便马车的窗户看着他们笑。在多雾的冬日早晨，他穿着沉重的木头鞋，像狄更斯[1]故事中的年轻主人公，拖着一个大篮子，去向那些浑身漆黑的人讨一些煤炭——这些人是在丹姆普尔特火车站后面往机车上搬煤的。回到家，他把沉重的篮子放在煤炉后面，这样，当他母亲从她在镇上打工的富人家回来时，她会很高兴地知道他们晚上能让屋子暖和起来，还能烧一顿饭吃。然后，他直接去学校，老师会训斥他拖拉。他的姐姐和妹妹取笑他，因为他费力地想跟上数学课和语言课。沿着铁轨有一个长满蝴蝶灌木丛的山坡，有一次他在那儿种下一颗玉米，每天用一个有缺口的碗给小苗浇水，直到发现它已被拔起扯断了。在描绘这个场景时，他黯然神伤地回忆道："渐渐地，小巷中的人家就剩下我们一家了。"

我走过不起眼的公寓楼群，那儿原先是肉禽市场；记忆像一

---

[1]. 查尔斯·狄更斯（1812—1870），英国维多利亚时期的著名小说家，着意描写社会底层"小人物"的生活，为欧洲批判现实主义文学的发展作出了卓越贡献。

股浓烈的气味，在我心中鲜活生动。肉禽市场是一个有盖顶的大厅；在等距间隔的柱子旁边，四蹄顿地的牛拽着铁链，眼睛布满血丝，唾液从口中滴流而下。肉案下方人脚踩踏的草垫下血水横流，堆起的肺脏没有形状，呈浅粉色，滑溜溜的像有生命似的。心脏堆在舌头旁边，头颅论磅卖；在铜质秤盘里看着你的眼睛好像在深思，从死亡边界的那边盯着你。死亡无所不在，死亡比我经历过的任何东西都更接近生命，而我对战争一无所知。我想，当外公目睹伊瑟河畔的屠杀，有关肉禽市场的恶心念头有时肯定不请自来，有关于内脏突出来，界限被逾越——在这些界限以内，生命应该从死亡的指爪中逃脱，应该是安全的。等待被屠宰的羊的眼神里混合了惊恐和听天由命的神情，被卖肉的漫不经心地忽视了。这是1900年左右一个外省小镇上的平淡日子；那个衣衫褴褛的孩子是我外公，他从一个肉案走到另一个肉案；他知道，如果他的深蓝眼睛里流露一缕孩子气的哀伤，他们迟早会扔给他一些什么：几盎司冻血，一根还能做汤的肋骨，或者一条煲浓汤的多筋的肉。后来，我们俩在欣赏艺术复制品时看到了伦勃朗[1]画的被屠宰的公牛，外公说："他画得真好，你能闻到肉禽市场的味道。"

---

1. 伦勃朗·哈尔曼松·凡·莱因（1606—1669），欧洲17世纪最伟大的画家之一，也是荷兰历史上最伟大的画家，其地位与意大利文艺复兴诸巨匠不相上下。

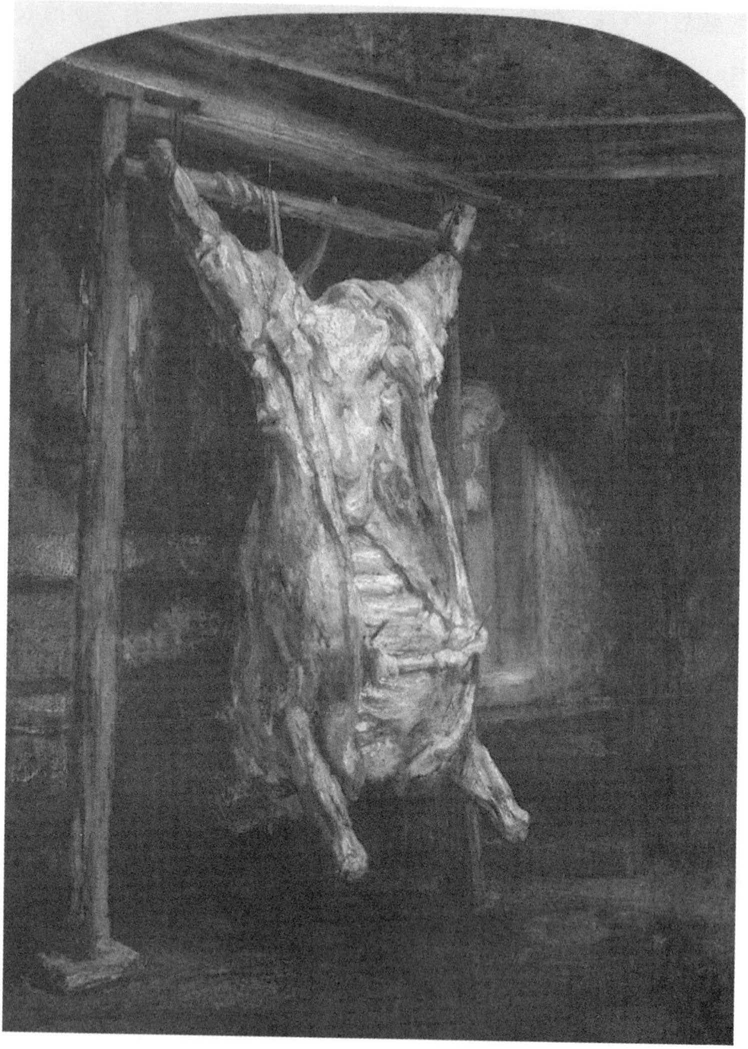

✳ ✳ ✳

  他母亲赛琳·安德利斯居然上了初中——这是一项特权。她父亲是一个买卖谷物和土豆的商人，他把女儿送到皮尔斯·德莱文斯学校上学，一所时髦的私人女校——在19世纪，只有富有的精英阶级才上得起这样的学校。她不仅说荷兰语，还说法语和英语；她能背诵普鲁登斯·凡·杜伊斯[1]的诗歌；她阅读亨德里克·康西安斯[2]的《佛兰德之狮》，这本书使她信奉了佛兰芒运动[3]。在学习期间，她也在安特卫普周边的一个贵族家庭当女佣。她在那儿感受到了上层社会的生活方式，养成一种有尊严的含蓄气派。她一定是一个异常坚强的女人；外公对她的崇拜是绝对而毫无保留的，在回忆录中他对她流露出有距离感的爱与温情。

  他父亲弗兰西斯卡斯·马丁是一位出生卑微又颇具才华的教堂画师。有一天，赛琳走进教区教堂，无意间碰到他的梯子，差点儿把他撞下来——他正在梯子上修描耶稣受难的十四幅画像中的第四幅。就这样，她遇见了他。在阅读外公的笔记以前，他们的相遇对我来说很神秘。虽然外公对我的提问总是一笑置之，可他却满怀爱意地写下了这个故事。当她不小心撞到他的梯子时，某个

---

1. 普鲁登斯·凡·杜伊斯（1804—1859），佛兰德诗人，佛兰芒运动的先驱者之一。
2. 亨德里克·康西安斯（1812—1883），比利时作家。在法语占上层社会主导地位的比利时，他是推并并创作佛兰德地区荷兰语文学的先驱，其最著名的作品《佛兰德之狮》是一部民族主义的浪漫小说。
3. 佛兰芒运动是比利时19世纪和20世纪的民族主义运动，力主争取比利时佛兰德地区更大程度的自治，推行作为荷兰语的佛兰德语，以及全面保护佛兰德历史和文化。

东西从梯顶上掉下来,差点儿砸到她:一支画笔,一把调制颜料用的小刀,或是他挂在腰带上的一件工具;到底是什么,外公没写清楚。这东西在空荡荡的教堂的地板上发出响声;年轻女人朝上看,那个受惊的男人眼见就要失去平衡;有一刻,梯子歪斜着离开了墙面,他赶紧把全身重量压在梯子上,以免栽下来。一丝笑容掠过她表情严肃的脸,她继续朝里走。她坐下来,在为圣母点燃的两根蜡烛旁祈祷;她后来说,那两朵小火苗像是他们俩的灵魂挨在一起静静燃烧。在一座空荡、静默的教堂里,一个衣衫不整的年轻男人和一位体态端庄的年轻女人相遇了——在那个时代,未婚少女很少在没有年长女伴的陪同下与年轻男人相遇。他朝下看,看见黑色的蕾丝披肩从她笔直的肩膀上垂下来;他下了梯子,来到门边,羞涩且不自在地等着她。她轻巧地从他身边擦过,飞快地瞥了他一眼:浅灰色的眼睛透着反讽,像清冽的水泼到他的灵魂上。浅灰色的眼睛,却长着黑头发。这一定吸引了作为画家的他的注意:稀有的组合,一种另类的美——外公晚年喜欢这么说。

这次偶遇让弗兰西斯卡斯魂不守舍,好几个星期,他等待那个黑色幽灵重新现身,但是没等到。他心急如焚,发起低烧,几天不去上工,直到教区教长来找他父母,说他不回去的话会失掉工作。在一个普通的工作日,赛琳终于又出现了——在这样的日子,多数人没时间去教堂,他知道她来是为了找他。从外公讲述这个故事的字里行间可以看出,她这么做在家里掀起了轩然大波。他们不会允许自己娇养的女儿和一个一文不名的人交往,但是这个骄傲的女儿显然钟情于这个头面凌乱的浪漫艺术家,钟情于他像埃尔·格列柯[1]那样消瘦的脸，瘦骨伶仃的被油彩染污的手，以及他走路的样子——驼着背，身材瘦削，像一个小男孩。她父母无意间重蹈了历史覆辙——当农夫家庭变得富有时，他们让孩子接受中产阶级的教育，孩子得以接触文化，从而摈弃对物质财富的执迷而转向了更高尚的东西。她用几个月的时间才赢得父母的首肯。她威胁要进修道院，跑到只有上帝知道的地方去；她把自己关在房里，使他们度日如年。即使对一个虔信的土豆商人而言，让自己美丽的女儿消失在修道院中依然是一个难以承受的想法。她父母最终让步，骄傲的赛琳赢得了她一文不名的画家。

他带来一系列连锁反应：窘迫的生活，钱的问题，他夜晚阵发的猛烈咳嗽和哮喘，破旧房子里的潮气，拥挤的房间，饥饿和五个孩子的哭闹，而她宠着她丈夫，好像他是她的第六个孩子。赛琳想要温柔地打趣他时，会摇着头说："噢，我的心肝儿画家。"他崇拜她——她光亮头发中的发结，她的喉咙，笔直的肩膀，呈弧形的优雅腰部，完美指甲的形状，说话时脸上奇异的苍白光泽。

赛琳的新生活充满了劳苦和自我牺牲，全都为了收支相抵。她总是穿黑衣服。像她丈夫和孩子们一样，她穿普通的木头鞋；她在娘家穿的时髦高底靴与家里其他人的穿着不协调，也与巷子里其他住户的穿着不协调，她把它们放在旧橱柜的最里面。像其他人一样，她穿着中间被挖空的木头块蹒跚着四处走动。为了挣钱，她打各种零工。有一阵子，她给比较有钱的人家缝补衣服，直到老

---

1. 埃尔·格列柯（1541—1614），西班牙文艺复兴时期的著名幻想风格主义画家。

旧的脚踏缝纫机坏掉了,她又买不起一台新的为止。她为不识字的邻居写信——他们必须给官方来邮写回信,给家人写信,或是寻求法律帮助;在那个时代,这样的信必须用法文写,从来不用荷兰文。当她丈夫病了,几周不能上工时,她就同修女们一起做慈善,跟她们搞好关系,这样他就不会丢掉工作;她尽可能用恰当而体面的方式抚养五个孩子。

外公是五个孩子中的第二个,之后很快有了两个弟弟和一个妹妹。有一阵子,赛琳为市中心的一个说法语的人家清扫屋子,赚来的钱像水似的从指缝间流走。同时,他们的房子变得过于拥挤了,但是直到春天他们才有能力开始找大一些的房子,那时她丈夫有了一些体力;找到的新房子当然比先前的还破旧,因为他们付不起更多的租金。有一段时间,弗兰西斯卡斯在修道院为慈善兄弟会做事,把他们的食堂整个儿粉刷了一遍,而他们并不慈善,付的薪水还不够他填饱肚子。尽管如此,他们全家对教会一如既往地虔诚。牧师定期来探望,听赛琳诉说做工的劳苦和家庭的危机,几天后叫几个学生带来他那张有很多人就餐的餐桌上吃剩的食物。

弗兰西斯卡斯尽力修理潮湿的老房子:把干裂的油灰腻子换上新的,把破门框也换了新的,加固正在生霉的屋梁,修理通往地窖的几节腐烂的楼梯板。新家所在的街区位于圣阿曼德伯格的奥斯塔克附近;他们更喜欢这个街区。夏天,从低矮的花园墙能望见几块农地,再稍远一些,沿着运河,野花在开放;他们在那里放山羊吃草,这样孩子们至少能经常喝到奶,他们也自制新鲜奶酪。夜晚,在楼上挤满了孩子的卧房里,在他的窄床上,外公能听见他父母在破旧的厨房里谈话,父亲低沉而拖曳的语声间杂着母亲轻柔的回答——一只大丽蝇和一只斑鸠的唱和,安抚他入睡。他写道,这个婚姻"基于深沉而真挚的爱情。当母亲用手指轻抚她丈夫消瘦的脸颊时,她有时会称呼他'我毫无用处的小心肝儿',她浅灰色的眼睛会变得湿润"。

※ ※ ※

他们的儿子于尔班·马丁的名字是随赛琳的外公起的。他是那种人见人爱的孩子,体格结实,满头长长的鬈发,无邪的蓝眼睛。在体态庄重的母亲身后,他像一只小鸭子似的游走,用随性的方式逗她开心,永远需要依偎她,总是干蠢事。他会穿着木头鞋跳舞,拿着一个锡质的杯子在洗衣房里外走动,偷喝泡着脏衣服的肥皂水。六十年后,当周日乘车出行时,年老的他还像孩子似的快乐;他会盯着一架波音飞机在高空完美地滑翔而过,说他在这世界上看到的每样东西都那么美丽。他人生的欢乐在最黑的泥土中发芽,他在回忆录中对此说过很多。于尔班·马丁注定会成就每件事情,又会一事无成;他母亲曾经笑着说他有很多无法定义的才能。于尔班是一个对抗逆境的幸存者,但很敏感又情绪化。在七十岁那年的复活节,一个星期天,他站在阳光下,眼中迸出泪水,因为后院开放的鸢尾花的蓝色花瓣环绕着亮黄色的花蕊,如此深不可测,使他心跳加快。一个人在死前永远都无法懂得这样的事是如何发生的,真是遗憾。

在七岁时的教义问答课上,老师向他解释说,你无论如何都看不见上帝，在万里无云的一天也看不见，因为上帝是隐形的；甚至在月朗星稀的夜晚，你也不能越过星星望见据说是上帝居住的地方，所以信仰无法被证实。如果能被证实，那就不是信仰。这时他插话说："尊敬的神父，要是这样，那么你或许可以说天堂里飘荡着成千上万只海马，反正也没人能看见它们。"神父惊得下巴都要掉下来，好像连接他下颚的链条猛然松掉了。那些海马从没有在我的想象中消失——它们在无尽的黑暗空间中飘过，散布在群星之间，相隔很多光年。只要我听到证明上帝存在成为话题，无数海马就在崇高的静默中成群地飘过来。然而于尔班·马丁是一个有信仰的人，甚至有过之而无不及。从一战的战场回来后，他开始显出宗教狂热的迹象。每周两次，他五点半起床去参加早弥撒；在牧师都嫌麻烦的日子，他把靴子擦得一尘不染，踩着冰雪到教堂去；夏天，他坐在静默又凉爽的教堂中，嘴唇嚅动，轻诵拉丁文的祷词，玫瑰念珠在指间滑过；他为圣母马利亚点蜡烛，每周做一次忏悔；他的心灵似乎如此圣洁，不会犯下哪怕最微末的罪过。

※　※　※

他成长于其中的那个1900年以前的世界充满了气味，这些气味如今大多消失了。在九月的薄雾中，制革厂散发着冲鼻的恶臭；在阴晦的冬天，载着煤的车厢在火车站被拉进拉出；清晨的几小时，街上马粪的气味能导致一种幻觉，在透风的窗户边半睡半醒的男孩会觉得他是在乡下的某个地方——依然弥漫在城中的干草、药草和青草的气味使人产生同样的幻觉。旧木头和潮湿的粗麻布的气味富有穿透力，弥漫在照明昏暗的店铺里；在那里，盐、糖、面粉和豆类还是散卖，被舀进女人带来的购物袋子和金属罐里。关着门的后院散发着剪过的球芽甘蓝、从街上铲除的马粪和干烟草叶的气味。他描述他的祖母时说她的黑围裙闻着是小兔子下水的气味——她在19世纪的最初二十五年间出生。

作为一位白发长者，被我的姑妈们和堂兄弟妹们充满敬意地围着，外公能够连续几小时讲述19世纪最后十年间生活的特殊细节：他的童年被包裹在早期现代工厂含硫黄的烟雾中，还有记忆中街上叫卖者的吆喝声；巷子顶头公厕的薄木板门砰地关上——公厕靠着一堵覆满常春藤的墙，闻着是尿液和荨麻的气味。在第一次工业化浪潮期间，日常生活黯然无欢，彻底塑造了他思想的轮廓——虽然他很早就通过翻看父亲的几本书而梦想着丁托列托[1]和凡·戴克[2]色彩斑斓的调色板。

※ ※ ※

这是2012年的春天。我和儿子去伦敦待了几天，这不仅是为了向他展示他热爱的纽约城的原型，也是为了建立男人之间牢固的联系：一个父亲与他十五岁的儿子的联系必须时常更新，这样才能克服在把孩子抚养成人这个过程中的所有不和谐。我不想用高雅文化来压垮他，所以我们在考文特花园里漫步，在卡鲁齐沃意大

---

1. 丁托列托（1518—1594），16世纪意大利威尼斯画派的著名画家。
2. 安东尼·凡·戴克（1599—1641），佛兰德的巴洛克画家。

利餐馆吃东西，在一个木制墙壁的酒吧里喝苦啤酒，用和婉的口气谈论各自的观点；到了夜晚，我们沿着泰晤士河南岸游逛，从一条地铁线跳上另一条地铁线，玩得开心极了。

尽管如此，第二天我还是想带他参观一两个美术馆；我注意适可而止，不要使他感到跟我疏远——我知道他总在闪烁的苹果智能手机使他不相信任何高品位的东西，但是他却对绘画有感觉。在威尼斯，他曾经蹲在一个16世纪青年男子的肖像画跟前说："爸爸，来跟我一起坐下，这太美了！"他那时只有八岁。我们在通风良好的国家美术馆的展室中徜徉，我不想把什么强加于他，但也看似无心而实则刻意地在荷尔拜因[1]的《法国两使节》前停下脚步。我让他看画中奇妙的物体成像变形，并解释说用一个圆锥形镜子就能看到一个完全符合比例的头盖骨，但是他想知道为什么画家决定歪曲这个意象。"也许因为一个人永远无法直视死亡。"我说，但是他看起来没有被完全说服。我指给他看《四种元素》，画中佛兰德画家约阿西姆·布克莱尔[2]著名的集市场景曾经是根特市美术馆的骄傲。我解释说，尽管背景中有宗教题材，但是它们少到几乎可以忽略，画中未多加掩饰的色情场面才是关键。我叫他注意那个时代具有喻示功能的象征，以及其中的变化、位置和暗示。当时，他的专注带上了一种沉郁的特征：难道他父亲变成了这样一个

---

1. 汉斯·荷尔拜因（约1497—1543），文艺复兴时期德国著名画家。在《法国两使节》中，荷尔拜因运用物体成像变形的手法描绘了一个被变形放大的人的头盖骨。
2. 约阿西姆·布克莱尔（1533—1573），佛兰德画家，尤其擅长描画集市和厨房场景，集市场景的背景中经常融入《圣经》中的事件。

没指望的知识分子,以至于在商贩、卖鱼人身上看到拉皮条的和妓女的影子,韭葱和鱼成了阳具的象征,黄油瓶和半开的豆荚是阴道的意象?我们继续漫步;突然,它出现在我眼前。因为毫无准备,我的意识受到迎头一击。

她挂在那儿,毫不羞缩地赤裸着,不可侵犯:委拉斯凯兹[1]的《镜前的维纳斯》,为人所知的称呼是"爱神罗可比"。如果我记得不错,这幅画比我外公的摹本稍大;我只是在很短时间里见过他的摹本,在他小屋的某处。维纳斯头发的颜色也比摹本中浅。我不知道为什么外公把她的头发画成近乎黑色——他可是一个一丝不苟的临摹者。时间飞速倒流到我孩提时代的那一天:我跳上三级台阶,来到他的房间,发现他在无声饮泣,双手拿着这幅画的复制品。我在这幅杰作前站了很久,沉浸在回忆中。我儿子站得离我稍远,一边摸弄着苹果手机,一边说:"你看完了没有?一个老头儿死盯着一个裸体女人,这有些尴尬吧。"意识到我的真实动机太复杂,不容易解释清楚,我于是点点头,不情愿地从这幅画前走开,边走还边回头观望。等回到家,我必须到父亲的房子里再看看那幅摹本。父亲过去总对我说,外公只见过一次他自己妻子的裸体,那是一次事故。一个周六的下午,她正在洗澡,他比预期的时间早回家了——她从来不在他在家时洗澡,总是先把他打发走。那天,她用各种名目诅咒他,又哭又嚷,向他母亲抱怨他毫无廉耻,坚决要求他道歉(他母亲没有表明立场,这或许是聪明

---

1. 委拉斯凯兹(1599—1660),17世纪巴洛克时期的西班牙画家。

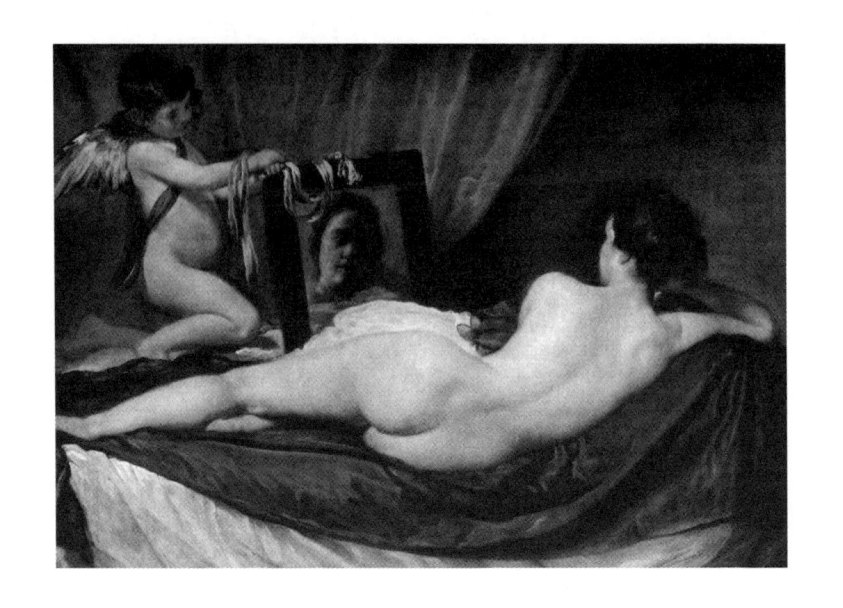

的做法)。委拉斯凯兹的维纳斯全身赤裸,那么温暖自然,毫不羞涩,完全与自己和平共处,与她无所事事的贵族气的身体和平共处——这样的事只在绘画中才看得到,只在艺术的安慰中才找得到。那个春日,在国家美术馆,我第一次领会到这苦涩慰安的深度;我开始思考一幅摹本如何把某些细节加到原画中;我开始怀疑一度在我眼中很拙劣的摹本掩藏着其他秘密。我眼前再次出现他泪水纵横的脸,那是在很久以前。在特拉法加广场的上空,阳光突破云层,喷泉闪闪发亮,一个展开的五颜六色的棱镜,色彩出现又消失:茜草红,铅白,一抹闪亮的钴蓝。我想的对吗?我希望能跟外公证实。尼尔森的雕像高高在上,没有人能触犯他,在太阳镶边的雕像底座上有一个黑天使;在圣马丁教堂的台阶上,一个年轻女人在演奏一首巴赫的变奏曲。我对儿子说:"我的天,这座教堂是献给我外公的守护圣徒的,你知道他姓马丁。""你才把这弄清楚?"他问道,眼睛盯着在美术馆前的人行道上跳街舞的男孩。我猛然间痛苦地想到,我所承续的祖先跟我的后代将永远不会碰面。我看着儿子,抑制住想把手放到他肩上的冲动,问道:"今晚我们该去哪儿?"

在"欧洲之星[1]"轻快而舒适地把我们送回布鲁塞尔的途中,在海面以下的海洋深处,我告诉儿子这个旅程在我年轻时要用多长时间——从奥斯坦德到多佛尔的夜间渡船在波浪上起伏,发动机缓慢而沉重地擂击着。一个别样的故事在我脑中闪过:外公1915年的横渡海峡如一场灾难。那时他在伊瑟河前线第二次受伤,被送到法国北部迪纳尔的一个海村休养,大腿根里带着一颗子弹。他决定同其他几个处于恢复期的士兵一起在圣马洛附近横渡海峡前往南安普顿,去拜访他在斯旺西的继兄,但是刚出海,一场风暴就来了,持续了一天半。等到达英国,他形销骨立,浑身湿透;他说那次轮渡是他战时经历的最艰苦的考验之一。我对这夜间轮渡有着自己鲜明的记忆:醉鬼在甲板上口齿不清地叫嚷,大部分夜晚躺在坚硬的长凳上摇晃,晨光照亮白垩岩的悬崖,因为夜晚没遭遇风暴而感到轻松。在那些日子里,去往英国的旅程依然满载象征意义;当你在海上颠簸半天或一天以后到达伦敦时,每样

---

1. "欧洲之星"是连接伦敦圣潘可拉斯车站与法国巴黎北站、里尔及比利时布鲁塞尔南站的高速铁路服务。

东西看起来都更加怪异。我回想自己住过的肯辛顿花园里一个充满阳光的房间。我在那儿读爱尔兰诗人威廉·巴特勒·叶芝[1]的诗。这些事在我儿子听来一定很怀旧。他想了想说:"真好笑,我从前想象通海峡的海底隧道是用玻璃做的,能看见海马在头顶上游泳,可是现在,我根本不觉得在穿过海峡。"

* * *

外公经常讲述他是怎样爱上绘画的。但是,只有在读了他的回忆录之后,我才理解到这种热爱是如何在孩提时代以可感知的方式刻印到他的灵魂中去的。他细致地描述了他父亲如何添画圣母马利亚礼拜堂中《天使报喜》[2]中人物的指甲:父亲坐在一个木头凳子上,一只眼睛半闭,背朝后仰,右手拿着画笔和一个安在木头把手上的棉质拭子,身旁的小桌上是调色板,上面是用心抹上去的小块油彩。描绘耶稣受难的第六幅画像上的一棵无花果树画得很拙劣,他给树上的一片叶子重新上色,然后身体后仰,察看效果,再半转过身,叫儿子递过去一把较细的画笔,用来补画一条轮廓线。他自己调制大部分颜料,因为他买不起装在小管子里的现成颜料。一个打开的梨木盒子里有成块的颜料,有毒的钴蓝粉末,好闻的赭土、乌贼墨和赭石;窄颈小瓶里装着精炼亚麻籽

---

1. 威廉·巴特勒·叶芝(1865—1939),爱尔兰诗人、剧作家和散文家,是19世纪末到20世纪20年代"爱尔兰文艺复兴运动"的领袖,其诗歌创作代表着英语诗歌从传统到现代的过渡。
2. 《天使报喜》表现的是基督教中天使加百利告知马利亚她将怀孕生下上帝之子耶稣。

油、松节油、甲基化酒精和干燥剂；薄刃刀和调色板；松鼠毛制的旧刷子，圆刷子，猪鬃制的扁平刷子；一对用紫貂鼠毛制成的软毛笔——为了攒钱买这对笔，他几个月省吃俭用；多种纤维制成的布，从粗硬到细软；铅笔、炭块和沥青。这些物品伴随于尔班和他父亲一起度过了那些无尽的沉默时光。整个下午，他顺从地坐在教堂的长椅上，看着父亲的手在动。有时，父亲站在梯顶上从事对抗死亡的伟大作业：清除圣母马利亚脚下云朵上蜡烛的煤烟，在圣坛上方很难够到的角落；用一抹棕红色加深圣洛克大腿上瘟疫导致的溃疡；在圣克里斯老式样的鞋子上添画一套新的镶边小鞋眼；修整圣埃洛伊色彩剥落的翡翠绿外衣；用薄薄一层毒性致命的铅白使沙漠中圣贾尔斯脚边的三朵百合花亮丽起来。

在梯子交合的高处，他看见父亲的腿，破旧的裤子，磨损严重的老式拖鞋——好像父亲已经加入了壁画背景中那些东方人物的行列。他听见画笔轻柔地刷过，偶尔变得急促——信仰的蓝天永恒无尽，有时非常宏大，必须用大手笔刷。阳光从彩绘玻璃窗投射下来，在黑色的大理石地砖上布下彩色的斑块。他看着尘粒在光柱中舞蹈。父亲叫他递过去五号画笔；他一直摸到盒子深处，找到那支笔，然后小心地爬到梯子的半腰，把它递过去，父亲则冒险前倾身体抓住它；他爬下梯子，坐回到坚硬的长椅上，双手放在膝盖间。父亲不灵活地站直身体，清清嗓子，用袖子擦一擦下巴，然后在挂到腰带上的铁碗里蘸了蘸画笔，在报喜天使降落的苍白云朵上添上几笔浅黄。到了中午，他和父亲分吃母亲做的三明治：弄得到时就是滴油的肥腻香肠，到了月末是硬邦邦的山羊奶酪。他们咀嚼吞咽,来回传递一个装着水的窄颈瓶子。教堂的门锁着,没人会走来撞见他们。这是于尔班的小小天堂。外面的声音被隔断,变得几不可闻。当钟敲响的那个时辰,他们听见晃动的屋梁咯吱作响,还有拍翅膀的声音——鸟儿们在屋顶的最高处飞起来了。

他们穿着柳木制的廉价鞋子嗒嗒地走回家,一路上唱着傻气的歌,好像快乐的流浪汉。沿着灰土尘覆盖的道路,晃动的山杨树和白杨树的叶子发出嚓嚓声;父亲对儿子说,这些叶子在风中像一群很小的芭蕾舞女演员。他惊讶地抬头看——那些连成整体的树正分裂成无数未知的形体,在朝他挥手——一个正上演奇幻景象的舞台。他咽了一口气,感觉被父亲握住的手很温暖。

❊ ❊ ❊

六十年后,他站在墓地里,帽子夹在胳膊底下,指间捏着玫瑰念珠,眼里有泪水。他近乎固执地为死去的妻子加布里埃尔·吉斯祈祷。坟墓上面有一个小教堂形状的神龛,神龛上的彩绘玻璃窗上绘着一只代表圣灵的鸽子。在它前面的凹处放着一尊大理石的圣母马利亚的雕像——她张开着双臂,迎接寻求她庇护的可怜人和罪人。他自己设计了这座雕像,由一个石匠雕刻完成。他用嘘声让我安静,不要在墓地里乱跑。他刚用耙子把坟前的土整好,留下优雅的交织线条,我又在上面横冲直撞。对我来说,墓地是游乐场。在六月的太阳底下,我跑过剑兰和百合花、早开的玫瑰和紫罗兰的花床——在刺槐树和年轻的榉树底下。阳光透过嫩叶在煤渣路上投下光斑,我在上面跳跃;在一排坟墓的顶头有一个青铜天

使，我每次跑过时都在它的背上拍一下；我四肢伸展，躺在一个晒得暖洋洋的旧坟上，直到愤怒的外公命令我立刻下来。以一个孩子莽撞的天真，我没头没脑地问他父母的坟墓在哪儿。他不相信似的用那双锐利的老眼盯住我，开口要说什么，似乎转念又觉得还是不说为好。他从宝蓝色的衣袖上扫掉一片灰土，说道："来吧，我们回家去。"直到半个世纪之后，我父亲才会揭示这个秘密；在一个近乎完美的隐蔽处，他惊讶地发现了外公藏起的那块墓碑石。很多年后，我来到这座墓前，地上有一层薄雪，圣母马利亚的形象在天光下像蛋白石一样放光。

我亲爱的加布里埃尔：

这是六月里美丽的一天。从我坐的地方能看见平底驳船驶过，我坐在小桌子前面——你记得我把它涂成了木质纹理的样子吧。今天下午，我到了你的坟上。一开始下着细雨，水滴好像从蓝天上被吹下来。之后，太阳出来了，阳光透过你坟上小神龛背后的彩绘玻璃闪烁着，使我想起童年时代教堂里的彩色光线。孙辈们沿着小路走，经过那列坟墓起头的青铜天使雕像——你就埋在那儿。我望着他们爬过通向坎波桑托墓地的小山。这对他们的意义微乎其微；他们玩闹，闲扯，从不安静。在回来的路上，我看见一只死貂鼠躺在一个不规整旧坟的墓碑上，好像自你离去后我感到的所有悲哀就全都承载在那个僵死动物的身上——它的皮毛上有泥污。我对自己说，他们用那皮毛制出了多么好的画笔啊。我仍然是我一直都是的那个好兵，加布里埃尔，对马利亚和孩子们，我没有显露任何感情。

在家里，我打开抽屉，什么都没被碰过——你的祈祷书，你的衣物，你的睡帽。它们会一直在那儿，像一个被安置在家里的神龛。我们的婚姻生活不容易，你知道我怎样与自己内在的魔鬼较量。我们的主给我们如许之多，加布里埃尔。或许比我们希望的要少，但仍然多得足够使我们珍视沉默。

※ ※ ※

大约在我八岁到十二岁之间，他给我上击剑课，在廊道和紧靠前门的小门厅里，总是在星期六，从十一点到十二点——能闻见厨房里在做汤。在我们身后是木头的楼梯柱子，上面放着用那块来自一战的炮弹片做成的闪亮光滑的容器。在旧温室里的车床上,他耐心而专注地做成了两把木质的薄剑,带着很细的把手——他从一块金属薄板上切割下材料,再用一把小榔头把它们锤成相当优雅的形状。怀着内敛的骄傲,他把这称为"冷铁匠活儿"。我们不戴面罩,所以他给剑尖插上了从酒瓶上取下的软木塞。他站在我面前,穿着灰白色的罩衣,双脚啪地并拢,命令我照样行事。"预备!"他叫道,"摆直脚!挺直背!直视前方!举起剑!一,二。"我们所做的每件事都有关笔直,像拨火棍那样笔直,正像他们在军校里教他的——从1908年到1912年,他在军校受训。"向前,退后,冲刺……准备好了?"我像古装剧中的提线木偶似的到处跳,费劲地使双脚不要向外或向里旋,小心地弯着膝盖,随时准备向前或向后跳,以躲避他纯熟的进攻,同时努力把木剑的花部保持在上右、下左和右首的位置,运用手腕而不是前臂来决定出剑的方向。我一定要避免在手腕上挨到警告性的一拍。

这样持续一个小时;有时他撩拨我发起进攻,然后,他不用剑挡,而是敏捷地躲开,我会像小牛犊一样向前冲,直朝楼梯柱子撞去——他在那儿灵巧地抓住那个炮弹片做成的容器,以防它砸到我头上,同时说道:"你还要多练习。"我后来在旧温室里找到了那两把剑中的一把,已经断掉了,躺在装土的大盒子里,盒子里盛着将近百龄的带根的葡萄藤,上面再也不长葡萄了。夏日清晨,他会站在这些葡萄藤底下,想吃就摘一颗,把皮和核儿吐到泥地里。吐的时候,他发出一种声音,一种很轻微的咳嗽——这声音是我童年时代最深刻的记忆之一,因为它被非现世的宁静环绕。

这意象染上了夏日的阳光、温暖的泥土以及石炭酸和润滑油的微弱气息。

❉　❉　❉

来自他童年时代的生活场景，1900年。

穿着松垮垮的旧袜子、过大的木头鞋和灰色大罩衣，满头乱糟糟的女孩气的鬈发，长着少不更事的蓝眼睛——他在修道院的小边门那儿尽职地等着；一个修女带给他两平底锅的食物，一个装满汤，一个装满肉块。怀着隐约的胜利感，他蜿蜒穿行在黄昏里，沿着城东门附近店铺亮着的窗户走，跨过港口主码头边上的铁轨，经过火车站——火车正发着沉闷的轰隆声进站——穿过华斯兰德和登德尔蒙德之间狭窄的街道——比科尔夫街、齐姆街、华斯街，朝着圣伊丽莎白贝居安会[1]的方向——再走过一个长着白杨树的小广场——这些树几年后被砍倒了。那儿附近有一家小糖果店；他放下平底锅喘口气，观看在昏暗照明下展示的糖果。

接骨木糖球，高温熬制的硬糖带着写有短句的纸条，卡特琳焦糖，糖衣茴芹，甘草咀嚼棒，黑甘草糖丝，酸甜糖果和酸草莓糖球，全都装在排起来的大罐子里。一个男人出现在他身旁，满是污渍的脸朝下扫了一眼这个衣衫褴褛的脏孩子；看到修道院的平底锅，他往汤里扔了几分钱。"这儿，鼻涕虫，把它们捞出来，你就

---

[1]. 贝居安会是罗马天主教会的若干平信徒妇女组成的团体，于13世纪在低地国家（荷兰、比利时和卢森堡）创立，其成员是寻求侍奉上帝而又不离群索居的妇女。

吃得到糖果了。"于尔班惊诧地抬头看那个人；犹豫了一会儿，他卷起袖子，在温乎乎的黏腻的汤里摸索，直到摸到了那几枚硬币。他把硬币拿出来，放到嘴里舔干净，把袖子从沾满汤的胳膊上放下来，再舔干净手指，然后买了一些糖果。他吮着一颗糖果往家里走。就要到家了，他在下水沟的石头边儿上崴了脚，平底锅摔到地上，汤从锅中汩汩流出；什么也无法说服他母亲相信他真的是用汤换糖果吃了。在有霉味的房间里，他坐着受罚，闷闷不乐，没吃上晚饭饿得发慌，透过暮色盯着窗外那些下陷的屋顶——一只鸽子正骑在配偶身上交配。

※ ※ ※

每周两次，有几个年轻人会到家里来。他们是神学院最新的毕业生，被从事贫困救济的圣文森特·德·保罗协会派到劳工们住的街区。有时他们来就是聊聊天，问孩子们在学校里怎么样，有没有什么烦心事，通常带来一些吃的。有一天，他们又始料未及地出现了。那天，赛琳在为那个街区的一个意大利女人做清洁工，于尔班和兄弟姐妹在家。他们很无聊，没父母在身边，下午过得很慢。他们在进行比赛：看谁能咬下最多的三明治又不吃下去。眼看外公就要轻而易举地获胜，他刚咬下四大口，双颊鼓得像河狸；这时，从圣文森特来的年轻人出现在厨房里，深灰色的大衣从肩上挂下来，松垮垮的像垂下的翅膀。兄弟姐妹嘴里塞满了面包，跑到楼梯下面的黑暗中，留下于尔班面对这个两人组成的审判团。他们礼貌地问他母亲是否在家，又高又瘦的身体弯下来，傻笑的脸在他头顶上方晃悠个不停。个子较高的那个露出一排不整齐的黄牙。大块的面包抵着于尔班的上颚,变成了又湿又黏的一团。他嘴里塞得太满,没办法咀嚼,吞咽也不可能,吐出来则更不是一个选择。他感觉头发晕。他听见兄弟姐妹在楼梯下面咳嗽和吸溜鼻子。他一阵恶心,眼睛向外鼓出;那两个人抬起眉毛盯着他。

"喂,小孩儿,猫把你的舌头吃了?"

他被呛到了,眼里涌出泪水。

"这孩子不正常。"个子较高的那个人说。

一只瘦骨嶙峋的大手笨拙地拍着他的小肩膀。外公感觉那只手在广袤空间中的某处浮动,不断变大,朝他的喉咙伸过来。他摇摇头,忍住眼泪,走到了院子里,呕出大块的湿面团,连带最先吃下的剩汤。他走回屋里,打着嗝。那两个人已经离开了。厨房的桌子上躺着一张长方形的卡片,上面用蓝墨水打了一个"换一条长面包"的戳记。

他把卡片塞进罩衣,跑到街上。走着去面包房要超过十五分钟。他忘记穿大衣了,现在发着抖。木头鞋在街道上发出很吵闹的嗒嗒声。等走到了,面包房就要关门了。他冲进去到了柜台前,挥舞着卡片说:"请给我妈妈来一条长面包。"

面包师的老婆仔细地看那张卡片,又扫了一眼这个满脸通红、衣衫破旧的男孩子,说道:"我帮不了你,我只剩下几条长面包,那是给老主顾的。"

等又出来到了街上,他听见身后那女人把钥匙插入锁孔里转动。在城东门附近,一辆火车头鸣起汽笛。空中飞着细雨,汽笛声似乎也带上了湿意。一群大雁排成V字形，在了无生气的城市的上空庄严地飞翔。它们古老的叫声使他平静了一点儿。那个V字形好像形成了一支箭，指向港口；在那儿，一条雾蒙蒙的光带已经在屋顶和林端成形——在将要降临的寒冷暮色中，在低处耙梳的光形成了一条缓慢张开的裂隙。

※ ※ ※

只有在读他的回忆录时，我才逐渐形成了一个对他童年生活的认识；我自己的很多记忆也跃入脑中，重见天光，拥有了内涵、意义、色彩和气味。比如，我看见他在我眼前，已经是一个老人了。他想上床睡觉，他脱掉工作服、衬衫和内衣，我看见他赤裸的背——我一生中第一次也是最后一次看见。从他的肩膀到背部布满了深蓝色的伤疤和凹痕。他转过身严厉地说："快跑开，小家伙，别待在这儿。"第二天，我问他那些伤疤是从哪儿来的。是战争吗？

"铸铁厂，"他短促地说，"我十三岁起在那儿做工。"

※ ※ ※

他经常缺课，所以跟不上学校课程。部分原因是他经常在早上到给穷人开的药店里为生病的父亲取药。他带着医生用拉丁文写的处方去那家老店，在硬邦邦的长凳上坐下——那儿通常已经有十几个人在等。药剂师从木头隔板里伸出他引人注目的秃头，喊道："请问，谁是第一个？"然后一片喧闹，所有人都开始争论谁最先来。有些人跳起来，在人群中用胳膊肘开道。小窗啪的一声关上了，连带嘟囔的咒骂。等到混乱逐渐平息，药剂师重新打开小窗，请他们表现得像一个文明人。然后，他们一个接一个地挪进他的办公室，出来时嘴里嘟囔着。他通常在队列的最末尾，下午很晚才回到家，带着曼陀罗干叶——有毒闹羊花的粉末——还有硝石纸，都是那个年代开给哮喘病患者的疗效可疑的药物。他父亲坐在火光熊熊的炉子旁边，一只手放在椅子扶手上，为了呼吸而大口喘息；外公把用薄纸包着的药物放在他父亲的手边；它会待在那儿，直到过不了多久他又发作下一阵剧烈的咳嗽。

※ ※ ※

他描写平日放学后空荡荡的教堂，父亲站在小木头梯凳的顶部，给圣彼得的左脚重新上色。

"再把天蓝色递给我，儿子，我要给圣彼得外衣上的那个褶皱添上几笔；然后给我一点钴蓝，要画那个阴影——那儿，钴蓝颜料在你右边，在调色板上。"接着，父亲给圣母马利亚身边那朵颜色在剥落的白色百合花涂上一层新颜料，在祭坛后面。那是又一个天使报喜的场景。一个年轻女人长着一张佛兰德人特征的脸——小下巴，高高的、苍白的前额，细瘦的鼻子，宁静的蓝眼睛；她站在一朵发光云彩的光辉中，一团黏性的银色水雾环绕着她虔诚的脸。在她旁边是一个拿着百合花枝的天使，脸部特征很阳刚，泛着黑色，腰间系着一根金质的带子，一条闪亮的缎带在他背后扬起，直升到圣洁的云朵里。缎带上的字难以辨认；几个词还能读出来，是旧式的哥特字体，说的是保守上帝的秘密。有时父亲需要在一块边沿凸起的板子上混合灰泥——用一把破刮刀快速搅拌，直到灰泥成了乳脂状的一团，这时要立刻使用，最好是一抹到位。几分钟后，父亲用裹在一块破布里的海绵把画的表面弄光滑；在等它干燥的过程中，父亲用画笔、一小块布、一个手指尖或者一个大拇指对画进行修整——一言不发，全神贯注，快速地从一处挪到另一处。这些时辰有着虔诚奉献的性质，对于尔班来说是神圣的。天气冷的时候，他向光柱中呼出一口一口的水雾，它们像主日弥撒中的香篆那样升起来。父亲的旧调色板中有色彩的魔法；单独和他在那儿是一种特权——在他们身后，巨大教堂的门被一把沉重的铁钥匙锁起来了；父亲在梯凳顶上哼唱，仿佛是他所画场景的一部分，一只脚已经在天堂里，一个灰泥与油彩的天堂，气味熟悉的天堂，冷和湿的天堂；被滤过的光洒落在他们的胳膊和肩膀上，他们仿佛出离了自己，进到了一个《圣经》的场景中——这些都点燃了他的信仰。这是对绘画的提升，一个私人的寓言，一个父亲与儿子之间的共谋关系。

※ ※ ※

如果说这些在教堂里度过的下午是他童年时代的天堂，那么他很快要经历炼狱。他找机会做学徒，但是几次都不成功，之后，他去为伯父埃瓦里斯特干活——他是一个铁匠兼技工。最开始，他给机床上油，试用机器，搬运铁料：圆铁块和方铁块、沉重的铸铁、角铁，以及他几乎搬不动的铁板。一个月后，他被允许与老板或者另一个帮工在作坊外干活。过了一年半,他一天挣半块钱。

他在干活时目睹了一场可怕的事故:他的堂哥——铁匠的儿子——醉醺醺地来上工,脸朝下栽进火光熊熊的熔炉。铁匠咒骂着把儿子从火焰中拉出来,但为时已晚。他们看见一张烧得焦黑的脸,只能模糊看得出的五官,流出混着唾液和鲜血的黏液。眼睛被烧成了白色,像炸鱼的眼睛;嘴成了一个黑洞,暴露的上齿在洞里发亮。一个帮工提来一桶水,泼到垂死男孩的头上。伴随着一阵撕心裂肺的汩汩声和嘶嘶声,水被烧灼的肉吸进去;他咳出最后一口气,身体在扭动抽搐,一块黑色的污渍出现在他的工作裤的耻骨处。铁匠扑到儿子身上,猛抓起那无法辨识的头,紧紧抱着他的身体,什么也不说,只是一动不动地坐着,含混地说着一连串几乎听不见的诅咒。一分钟又一分钟过去,他不抬头看任何人,好像要把目光注入那白色的眼球中去。工人和学徒站着,看着。

"滚蛋!不然我把你们都杀了!"他头也不抬地吼道。他们一个接一个地走到外面;太阳低挂在天边,在被雨水扫过的棚屋和畜栏上闪耀。

这是外公第一次看见死人。那时没有心理咨询。他回到家,整个晚上没说一句话。

在接下来的几天,他每天回到铁匠铺,看到那儿的门锁着。他不敢问堂哥会何时下葬。几天后,在晨光中,他在城门附近碰到另一个工人,听说了他被埋的情形:"他们把他扔到一个坑里,跟埋动物一样,在他们房子后面的什么地方。牧师去看了,可是铁匠差点儿把他掐死。"铁匠铺关了一个多月,订单堆了起来。等到它终于重新开业,只来了两个工人,还有一个学徒:于尔班。这些人有气无力地干活,这地方一片狼藉,越来越多的订单被取消,铺子里经常没人,车床没人碰。最后一个熟练工说他要走,于尔班几天后也离开了。铁匠坐在工作台上,连头都不抬;于尔班耸着肩膀,结结巴巴地道歉,跌跌撞撞地走出去,像刚尿湿了裤子。

※ ※ ※

之后,时间过得很快。又过了几个星期,他就在铸铁厂干活了。重体力劳动。一个不满十三岁的男孩,最初几天在震耳欲聋的轰鸣声中晕头转向地游荡,混在抬着沉重铁块的男人们中间,在熔炉烧灼的热浪中,在吼叫声中,还有露骨的笑话,充满肺部的毒气。在红热金属的光亮中做工,有些人的眼睛蒙上了一层白膜。其他人则踩到炉子旁边的熔铁,脚变成了马蹄样的畸形。他们像举止温和的邪魔在地狱中游荡,强硬又习惯忍耐,固执又羞缩。像于尔班这样的男孩是不被允许拖着装满废金属的筐子在狭窄的通道间走动的;他被安排在炉口工作——从泥制的槽沟里涌出的熔铁,流进一个大木盆,他要使出全身力气使木盆保持平衡。男人们拿着长柄的木质大勺子围在周围,把勺子举到盆子上;他则要小心地使这个沉重的坩埚倾斜,让每个人都接到适量的熔铁,带回到模具上去。热浪使他无法呼吸,眼珠好像在眼窝里熔化了。等到熔铁流量减少成了涓涓细流,孔道就被一个插在长矛上的尖形泥块堵起来。火焰在炉口噼啪作响,发出嘶嘶声,翻搅着吐出烟气。有时塞子飞了出来,炉口像恶魔似的喷出螺旋状火焰、扇状飞射的火星以及熔铁,熔铁在夯实的泥地上流出一条蜿蜒的小路——一个微缩版的火山喷发。男人们会使尽全力扬起大铲的湿土,这样火才不会蔓延到整座建筑。有一天,发生了这样的事:塞子从破旧的炉口掉出来了,筐子里的湿土不够,男人们对于尔班叫喊,让他把木盆移回原位,千万不要让它倒了,等着他们从院子里弄来湿土。火焰很快喷上坩埚的边沿,他使尽全力把它扶稳。他感觉热浪在吞噬他,他的眼睛瞎了,他被活活地烧着了;他的神智变得模糊;耳朵里有风刮过,之后,一阵震耳欲聋的静默。熔铁从盆子的边沿泼溅出来,他的手好像已经不见了。熔铁绕着他穿的木头鞋流过,他感觉它们在烧灼的热浪下开裂了——他想起畸形足,动弹不得;他不再注意人们在他身后疯了似的跑动。热浪像一个母亲,把他裹起来,拥着他,使他麻木;叫喊声再次退去。黑色的斑块出现在广袤、神圣的光照中,这光照在招引他;大铲的土抛在他身体周围,抛进火光熊熊的燃料口,长矛上的泥块被塞回去了,某种知觉回归了,嘶嘶声和咯咯声,有种恶心的感觉。大手朝他伸过来,有声音在喊:"到这儿来,孩子,快!"但他站着不动,头晕目眩;从他的裤子口袋里伸出来的手帕着了火,像一朵浅蓝色的花在燃烧。他看见父亲画在一幅旧壁画上的一位圣人仰视的眼睛,在一个静寂的教堂里;他想永远坐在那儿。这时,有人从湿土铺成的窄路上跑过来,拽他的肩膀,在腋窝下托起他。他的木头鞋卡在正在冷却的熔铁中,一个人开始用撬棍把鞋子从他脚上敲下来。这全都像是一场梦;等他终于被从打破的木头鞋里抬出来带走时,他干呕出那天吃下的很少的食物。在温凉的细雨中,他被放倒在院子里;在那儿,他缓慢地恢复了意识,看着灰色的云朵飘过。

※ ※ ※

"在那个时刻,我心里有什么东西发生了变化。"他写道。

我想象他母亲那天晚上就注意到了这种变化。他走路的样子不一样,新近变得肌肉发达的脖子有些不一样,耸起的肩膀有些不一样。他个子小,很结实;自从开始在铸铁厂干活后,他很少说话。最早的一批疤痕出现在他背上,那是火焰腾高时火星飞到身上留下的。母亲看到他眼睛里内敛的闪光——他坐在晚饭桌上,盯着空中,完全没有在听其他孩子说的话。他说他不饿,走出去到了院子里;从低矮的墙头望过去,他看见几个路过的修女嘴里咕哝着,黑袍子不规律地摆动着——来自另一个世界的奇怪的鸟儿。后门咯吱作响,他父亲来到他身旁;最近几周,父亲的体重减轻了很多,虚弱的身体与这个强健的年轻人形成对比;他在无言中用胳膊环住这个年轻人的肩膀。

※ ※ ※

我在报纸上读到,根特市的一个年轻政治家对这座城市有了新的规划。他说应该拆除20世纪60年代修建的立交桥,代之以隧道——这座立交桥深入市中心,大家原先引以为傲的祖德公园由此减小了一半。如果拆除立交桥,这个公园就能成为根特市的中央公园,骄傲地宣告一个环保新时代的到来——公园起初是传统的19世纪风格,但是后来的高速公路使它的灵魂流失掉了。连接立交桥的高速公路一开始就饱受争议,批评者把这看作是这个骄傲的外省城市为了肮脏的金钱利益而出卖了自己的尊严。奢华的公寓沿着邻靠公园的两条优雅的大道拔地而起。自从20世纪60年代以来,这些公寓就俯瞰着高速公路。伟大的佛兰德诗人卡瑞尔·凡·德·沃艾斯迪尼[1]的一尊胸像立在一个不起眼的花坛里,看着有些失落;不远处,立交桥建成后剩余的一半公园内有一座阿尔贝特一世骑在马上的雕像;在公园尽头——那儿曾经矗立着一个华美的火车站,即祖德车站——一座喷泉在一栋现代建筑背后喷涌。我回想起这座建筑出现之前的春天里的秋海棠的颜色。在这个公园的周边,很大一部分历史消失了,特别是19世纪的动物园和优雅的老火车站。带池塘和花床的动物园在外公十四岁时消失了,里面的咖啡店是拜占庭式的。在穆因克米尔森——原先动物园的所在地——出现了劳工阶级的住宅,围绕很多小院子集合在一起。动物园的唯一遗迹是舒服宜人的小穆因克公园,里面有拱桥和人造大石头——先前那里是居住区,在过去十年间被大型影城的到来扰乱了。我想象外公和一个邻家男孩从这个街区穿过——从掠食性动物的笼子里传来腐肉的气味,正在表演的大象厌倦了它们耍的花样,而中产阶级观众则满脸喜色,异国情调使他们如痴如醉;这种异国情调还没有受到我们现代良知痛苦的影响。

1.卡瑞尔·凡·德·沃艾斯迪尼(1878—1929),佛兰德象征主义诗人和小说家。

Vue principale de la Gare de Gand - Sud Gand

Edition V. G. 42 avenue du midi Bruxelles

公园尽头的祖德车站是这座20世纪早期城市的骄傲——一个宫殿似的火车站，前面带一个方形广场，广场上，一个鲜花环绕的喷泉旁边立着一尊角斗士的青铜雕像。外公在那里度过不需上工的周日下午——周六是工作日，一周六个漫长工作日的最后一天。他有时和一个朋友四处闲逛，溜下青石的矮护墙，在铁轨上方的站台上看火车到达和离开，火车的大烟囱喷出一阵阵混着煤烟和灰土的云团，撒到他们身上，他们从中取乐。祖德车站的内部令人惊叹：钢结构的宽敞大厅，倾斜的屋顶上有符合潮流设计的大窗户，醒目的室内花园中栽种着棕榈树、杜鹃花和各种装饰性灌木，占据了玻璃穹顶下的空间的中部区域。站前广场也同样明亮宽敞，散发着自信。这个火车站于1930年被拆除。当我现在从地下停车场来到地面上时，我一边面对的是现代的市立图书馆，另一边是一个购物中心——过去那里是时髦的帕克酒店,建在火车站对面。年轻一代甚至感觉不到失去了什么,常态化是遗忘的副产品。我努力想象一个世纪前这儿是什么样子:一辆马车,马匹在耐心等待,脖子上系着装燕麦的饲料袋,马车夫当然留着八字须,在咖啡店里用硬陶制的大杯子喝啤酒,到处是马粪的气味,乘客们在火车站外墙上庄严的希腊式三角墙楣饰下走进走出,也许还有一架手摇风琴在演奏,那个角斗士的青铜头颅上歇着一只鸽子。没有谁会模糊地设想十年内将要发生的事。

※ ※ ※

从祖德公园沿着坡道向上走,你就到了圣彼埃特尔,一个很大的广场——在那些日子里,最晚近的新奇玩意儿总在那儿展示。周日下午,你付几个五分钱硬币就能坐上一个热气球带动的柳条筐,沿着一组粗缆绳升到空中,在那儿悬浮一会儿,看到远处老城区的中世纪的屋顶,然后再降到地面上。"瞎胡闹的新花样,"老一辈的人说,"得意忘形就栽跟头。"但是男孩们和留着上扬的八字须的士兵对这新花样感到兴奋不已。外公骄傲地说,他在那儿同比利时飞行员丹尼尔·基内特[1]握过手,当时一阵强风正反复抽打热气球。基内特那时已经出名,是这个项目的支持者——他在你预料不到的时候还会再次出现。

祖德公园的修建基于传统的几何形状,城堡公园的灵感则源

---

[1]. 丹尼尔·基内特(1889—1910),比利时试飞员。

自设计要取法自然的浪漫主义哲学,很像过去的动物园。根特市希望城堡公园的塑形一方面受到理性主义规划的影响,另一方面也有如诗如画的浪漫主义。在修建休闲区域时,它实现了这一点。新古典主义风格的城堡很久前就不见了,这给以它命名的公园腾出了地方,剩下的只有古罗马风格的拱门。事实上,那个所谓的城堡以前也只是像一个旧军营,陷入了颓坏状态,很难再找到奠基的残留,但是瀑布背后的那些浪漫主义的洞室还在。我想象外公长成了一个年轻人,一头粗硬的直发,手插在口袋里,穿着木头鞋,在那里徜徉。池塘的水面上,鸭子嘎嘎叫,他和同伴扔石头打水漂。

我记得自己曾经从那个拱门上的拉丁铭文下经过——"没有谁冒犯了我而不受惩罚";那是在周日下午去美术馆的路上,我和年近七旬的外公手挽着手,去看那些他崇拜的画作:最重要的是埃米尔·克劳斯[1]创作于1891年的《溜冰者》中闪亮的冬日景象——一个用浅黄和白色描绘的池塘,在粉状的飞雪中冻得坚硬,三个穿木头鞋的男孩准备乘坐简易的木头雪橇。他们的衣服很厚,是灰色的;池塘边有一个雪人,远处浮动着一行顶部被截去的柳树,一座农舍沉埋在风景中。一种凝冻的静默从色彩中喧腾而起,一场光与明晰感的盛宴;外公从中得到极大的愉悦,并把它们传承给了我。我后来才意识到,这幅画是在他出生的那一年画的——他不是生在二月份吗?克劳斯画下这风景不是在霜雪覆盖的冬月里的

---

[1].埃米尔·克劳斯(1849—1924),比利时著名的印象派画家。

某个时候吗？我从于克勒的皇家气象学研究院查到了那天的天气情况报告，发现那天冷雾弥漫，气温刚好在冰点以下；我想象莱斯河和谢尔德河交汇处袤娜的雾气，他妈妈在生产，气压很低，火炉通风不太好，新生儿被裹在羊毛襁褓中，接生婆把他放在炉边简陋的摇篮里；克劳斯在画那幅引人浮想联翩的蛋壳白的画；附近的池塘上，几个男孩在滑雪橇——外公小时候也许碰到过这些男孩，他们那时则是年轻人了。

※ ※ ※

在我面前的写字台上躺着一块灰色岩石。它长而薄：几乎有七英寸长，三英寸宽，一英寸半厚。它的圆角完美对称，顶部和底部绝对光滑；数百万年在浪潮中无目的地翻覆把它塑造成一件完美的东西，仿佛经人类的手加工过似的，很难想象还有什么能更好地展示大自然在无心之间造就的完美。从意大利之旅回来之后，外公在岩石平滑的顶部画了一个民俗风的场景：一个男人和一个女人穿着黑衣服，背景是给人威压感的山峦和大海，以及一艘孩子气的航船。他用一支细画笔和有些不稳定的黑色大写字体，在画面的上方写下了"拉帕罗"的字样。

有一个时期，我收集岩石，他把它给了我，那时我大约十二岁。我没有立刻对石头上的画感兴趣；重要的是外公在上面画了一些什么，包括一个我不懂的词——我很快就忘了他告诉过我，那是意大利北部一个城镇的名字。

在他去世十五年后，我努力想读懂诗人埃兹拉·庞德[1]深不可测的《诗章》；在我和妻子前往佛罗伦萨的途中，我们造访了拉帕罗这个小镇。在多石的小沙滩上，我惊讶地发现了形状大小相同的岩石——我们对自己的个人历史多么懵懂无知啊。他就是在这儿把它捡起来的。

在生命中的某些时刻，内在于你的每样东西都开始变化；我记得用胳膊环着我可爱的年轻妻子的肩膀，那种失重和自由的感觉；太阳、风、盐和海草的气息；我猛然觉得似乎与外公的身体合而为一了，在他曾经站在妻子加布里埃尔身旁的地方——披着黑色蕾丝披肩的她很忠诚，又怯生生的。他们在前往罗马的途中。那是某个天主教机构安排的一次朝圣之旅，拉帕罗只是途中做短

---

1. 埃兹拉·庞德（1885—1972），美国诗人及评论家，意象派诗歌的代表，后期象征主义诗歌的领军人物。他从中国古诗和日本俳句中生发出"诗歌意象"的理论，为东西方诗歌互相借鉴作出了卓越贡献。

暂停留的小站，他们恐怕只有吃午饭和散步的时间。他一定是在搜寻沙滩时捡起了这块岩石，加布里埃尔一定问他："你干什么？于尔班，把这放在行李箱里太重了。"他在这些小事上很固执，他带着这块三磅重的岩石上了汽车，费力地一路拖着它回家——那一定是在20世纪50年代中期。后来，他在上面画了那个纪念品上常见的场景，作为对那次旅行的纪念——那次旅行没留下什么照片。奇怪的是，他画这块石头并非是想描绘他自己的某个特殊经历；相反，他画下了一个感伤的、民俗风的俗套场景，这场景显然包含了他在那个时刻体验到的快乐。当然，也许他确实目睹了这样一个场景，总有这种可能。谁知道呢，也许那天是有人穿着传统服装走来走去，也许那是一个节日，我没办法知道。

那次罗马之行是他一生中唯一一次出国——不算一战期间他到英国和法国接受康复治疗，以及到奥斯陆的一次旅行。我很懊恼自己对他的奥斯陆之行知之甚少，只是他常说那儿的人说的方言听起来很像最质朴的根特土话，但是他依然听不懂。有一次，我同作家乔斯坦·贾德[1]谈话，想对此加以证实，结果证明我外公是对的。无论怎么说，这块来自拉帕罗的岩石是那次旅行的唯一纪念物。当然，石头不讲故事。他的回忆录止于1919年，所以他生命的三分之二都湮没在石头般的沉默里。

※ ※ ※

拉帕罗不是中心城市，但是面朝大海。哲学家弗里德里希·尼采[2]在那里的海滩上徜徉——他想写一部英雄史诗，不是关于恩培多克勒[3]（他显然在弗里德里希·荷尔德林[4]的诗作中读到过他），而是关于查拉图斯特拉[5]。像我外公一样，诗人埃兹拉·庞德深受第一次世界大战的创伤性影响；他于1924年搬到拉帕罗。在此期间，他的情妇，美国小提琴家奥尔加·拉奇怀孕了；生产之后，她把孩子送去跟奶妈一起生活——奶妈是一个说德语的农妇。庞德不安地四处游荡，又总是回到拉帕罗，创作他的《诗章》，同时也

---

1. 乔斯坦·贾德（1952—），挪威作家，其作品《苏菲的世界》享誉世界。
2. 弗里德里希·尼采（1844—1900），德国著名哲学家，被认为是西方现代哲学的开创者。
3. 恩培多克勒（约前495—约前435），古希腊哲学家。
4. 弗里德里希·荷尔德林（1770—1843），德国著名诗人，古典浪漫派诗歌的先驱。
5. 查拉图斯特拉，古波斯琐罗亚斯德教创始人。尼采假托他的名义写下了著名的《查拉图斯特拉如是说》。

在意大利电台抨击犹太人放高利贷，成了墨索里尼的追随者。通过奥尔加的帮助，他甚至亲眼见到了墨索里尼，并试图向这个法西斯独裁者贩卖有关犹太金融业罪恶的观点。据说墨索里尼拒绝了他，并称《诗章》"很有趣"——庞德把这件逸事结合到了《诗章》中，表现了一种反讽。叶芝在拉帕罗从事有关占星术的写作；科克施卡[1]描绘拉帕罗海湾的画近乎印象派；乔伊斯[2]一度造访拉帕罗；埃尔莫·伦纳德[3]则把拉帕罗作为他的惊险悬疑小说《马上》的发生地。

墨索里尼被公开用私刑处死；在光天化日之下，在米兰的一个加油站旁边，他残缺的尸体像一头被屠宰的公牛，挂在他情妇的尸体旁边。这之后的第四天，即1945年5月2日，法西斯诗人庞德被反对派逮捕，从他位于拉帕罗的住所被带走。在离开前，他把一本孔子的《论语》和一册中文字典抛进旅行袋中。在几天后的一次采访中，他把希特勒比作圣女贞德[4]，称墨索里尼是一个"丧失理智"的领袖。他被看作一个发了疯的天才，被囚禁在比萨附近一个关动物的笼子里。后来他回到拉帕罗，洗心革面的老年庞德对自己曾经叫嚣反犹感到羞愧；他对艾伦·金斯伯格[5]说："我不是疯

---

1. 奥斯卡·科克施卡（1886—1980），奥地利剧作家及画家，表现主义戏剧的先驱。
2. 詹姆斯·乔伊斯（1882—1941），爱尔兰作家及诗人，20世纪最伟大的作家之一，其"意识流"手法对世界文学影响巨大。
3. 埃尔默·伦纳德（1925—2013），美国小说家及编剧。
4. 圣女贞德（1412—1431），罗马天主教的圣人，被法国人尊为民族英雄。在英法百年战争期间（1337—1453），她带领法国军队对抗英国人入侵，被捕后以异端和女巫罪被火刑处死。
5. 艾伦·金斯伯格（1926—1997），美国"二战"之后出现的"垮掉的一代"的领袖诗人，参与了20世纪60年代的嬉皮士运动，在美国越战期间是一名主要的反战激进分子。

子，我是笨蛋。"

※ ※ ※

《诗章》中有很多关于大海的谜一样的段落，我无法分辨其中哪些指涉拉帕罗。但是站在拉帕罗的沙滩上，我确实知道，在这个地方，那个跟我外公同样固执、长着同样的蓝眼睛的诗人曾有一刻在一个朝圣者面前黯然失色；这个朝圣者戴着黑色软呢帽，口袋里装着一块沉重的岩石。他们之间几乎没有任何共同点，我想我外公一辈子也没听说过庞德的名字。然而，有一件东西把他们连在一起：一种转瞬即逝、令人费解的联系，被各种关系中最无法确定的质素激发，好像我与那张叔本华照片的联系——总在我的把握之外，与别样的风俗、别样的道德相关。欧洲那些灾难时代的人们——我们对他们了解多少？我又看着这块岩石，指尖滑过上面精细的笔触。没有什么会在时间中回归——除非被储存在喑哑的物品中；石头毕竟还是会讲故事。循着这笔触，我触摸到他的手指在这块冰冷、安静的石头上移动，好像几年前我在他死后触摸他的前额；当时我被一种想法攫住了：我摸到过比这前额还冰冷的东西吗？为什么他不睁开眼睛对我讲话？

※ ※ ※

有些物品已经消失了，但在我的记忆中挥之不去。我最常记起，也令我备受折磨的是他在我十二岁生日那天送给我的金表。看到他走下楼梯，来到起居室，脸上容光焕发，我就知道他有什么特别的东西要给我。"张开手。"他说，然后小心翼翼地把这件珍贵的礼物放到我的手里。我向他道谢，张开胳膊要拥抱他，这块表就此从我手中滑落，在瓷砖地上摔碎了。我在记忆中无数次重现这一幕：他脸上的表情，他的震惊，他低声诅咒的样子；他摇着头，紧闭双眼，抑制住怒火，扫起碎片，把它们胡乱地塞进工作服的口袋，走出去到了花园里，几小时后才回来。这一幕常常在无眠之夜浮现在我眼前，每次我都想猛抽自己，有时我真的抽了。

但是，在描写他的童年经历的第一个笔记本中读到了这只表的真实故事后，我知道我永远无法弥补我欠他的。

这只表曾经属于他的曾祖父；当家里揭不开锅时，他父母会叫他带着几件值钱东西到当铺去，当铺的名称是极具讽刺意味的"虔敬之基"——这个基督教的词汇给典当这种世俗事务点缀上了一种堂皇的感觉。"虔敬之基"的大楼如今依然矗立。由虔信的君主阿尔贝特和伊丽莎白下令，这座庞大的巴洛克式建筑于1620年开始修建，于1622年修建完成；那个时期的宗教战争导致了毁灭性的贫困。这座建筑在阿伯拉汉街，邻近格列文城堡和舒适的普林森霍夫区，现在被完美修复了，墙面上依然刻着"虔敬之基"的拉丁铭文。从1930年起，它被用来存放城市档案。这座建筑拥有这座城市中最早的巴洛克式面墙，使人想起一座意大利宫殿。对于一个劳工阶级的孩子来说，从城区边界走到这个历史中心的路很长；我能想象这座建筑使他感觉有些怯生生的。

一天，他父亲不情愿地把这块表交给他，敦促他千万别掉到地上。他紧攥着这件宝贝走进"虔敬之基"拉丁铭文下的大门，把表放在桌上,桌前坐着一个皱着眉头的修女;她给了他一些钱和一张收据,他拿着回家。在那些艰难的日子里,他父亲的病发作得越来越频繁,他拿到"虔敬之基"的东西有他母亲的几本法文书,她的项链,象牙雕件——刻着一个扎马尾辫的小女孩,底面裹银、她自己母亲的镀金发簪,银质餐具,她祖母在19世纪中期手工制作的一块布鲁日风格的蕾丝桌布。过了几年,弗兰西斯卡斯攒下一些钱,他叫我外公到"虔敬之基"去赎回这块表——"虔敬之基"借钱给穷人不收利息,这也写在它的面墙上。他父亲当时愤怒地说,如果那些秃鹫想偷走这块表,他们也逃不掉惩罚;他母亲则想着自己的母亲被当掉的珍珠项链说:"别这样,弗兰西斯卡斯,基督徒不该诅咒。"

表被赎回来了。在他父亲早逝之后,悲痛的母亲把表交给他,说现在他是一家之主。他把它放在口袋里。在军训期间,他把它当作护身符一直戴着;在一战的整个四年间,他把它带在身边。经历了希普拉肯[1]的噩梦和圣玛格丽特-豪特姆的恐怖,它精确的计时机制依然如故;它挺过了向亚贝克和奥斯坦德的传奇性撤退,以及接下来在伊瑟河前线度过的地狱般的几年。渡海前往南安普敦时,他想着他要死了,那时它在他的口袋里。在伊瑟河前线竖起铁丝网的屏障时,他的腹股沟被一颗子弹射穿,它离伤处只有几英寸。在我十二岁生日那天,在我稚拙的手中,它遭遇了不光彩的死亡;这一天将因其情感的强度而一直留在我的记忆中。现在查看

1.希普拉肯:第一次世界大战期间一场重要战役的发生地。

日期，我发现那是在他开始撰写回忆录的两个月前。这就是说，就在他要开始写作之前，他最珍贵的纪念物从我手中滑落，永远消失了。

※ ※ ※

在灰蒙蒙的一天，我开车到了根特市，只为了漫步走过"虔敬之基"，然后转过身，重新从它前面走过，再穿过街，斜眼看它被完美修缮的面墙。很多想法在我脑中激荡：那块表曾经被放在这里，他曾经拿着它经过那扇门，而我把它摔碎了。一个传家宝，在他小时候就几乎是一件古董。他会怎么处理那些碎片？一个人带着一头猛喘的杜宾犬走过，它在领路，把牵绳挣得紧紧的；我听见鸽子咕咕叫。现在懊悔太晚了——这懊悔紧抓住我不放，我无法摆脱。

※ ※ ※

在春天里的周日下午，他会带我到库特——根特的中心广场。那儿的每周花市比现在的规模还小。在仿若维也纳风格的面墙旁边，在乐队演奏的天棚底下，他和我站在前排；他穿着一尘不染的深蓝色西服，拐杖杵在身前。他记住了他们演奏的所有曲目，一个音符接一个音符。当他们演奏又一首进行曲或者选自比才[1]的《阿莱城姑娘》的曲调时，他会随着哼唱，或者是有节奏地点头。有些

---

1. 乔治·比才（1838—1875），法国作曲家，是世界上演率最高的歌剧《卡门》的作者。

乐器发出颤抖的音调，好像吹双簧管的、吹单簧管的、小号手和满脸通红地用大号吹奏低音部的人正通过一座摇晃的桥——在高难度的曲段组成的湍急河流之上。当我们心满意足地走回家时，他经常对我说："我在那儿唱过合唱，指挥是彼得·贝诺特[1]。"

※　※　※

贝诺特！佛兰德的伟大诗人！谱写了一部关于斯凯尔德河的清唱剧！赢得了著名的"罗马大奖"——一个作曲家所能赢得的

---

[1] 彼得·贝诺特（1834—1901），比利时佛兰德作曲家。

最高荣誉。他在雅克·奥芬巴赫[1]位于巴黎的喜剧剧院当指挥，开创了佛兰德歌剧的前身，被外公称为佛兰德的勃拉姆斯[2]。贝诺特于1901年去世，所以外公在参与庆典合唱时一定不满十岁。经过简单的调查，我了解到有关庆典的情况：身为巴伐利亚女公爵的伊丽莎白公主与比利时的阿尔贝特王子于1900年访问根特。为庆祝他们新婚，一个大型混声合唱团为此组织起来，其中包括经过精挑细选的童声合唱。这无疑是一桩盛事，在库特表演的乐团很有实力，与这位年轻公主高雅的音乐趣味和她对音乐的热情很搭配。她是一位广为人知的音乐爱好者，后来她把自己作为王后的名字

---

1. 雅克·奥芬巴赫（1819—1880），德籍法国作曲家，法国轻歌剧的奠基人和杰出代表。
2. 约翰内斯·勃拉姆斯（1833—1897），德国古典主义音乐的最后一位代表人物。

赋予了欧洲最有声望的音乐比赛之一，即伊丽莎白王后竞赛。关于这个竞赛，我在几年前听到一位著名的佛兰德指挥家向国王询问："陛下，难道还不是时候由你来一劳永逸地结束这个老派过时的马戏表演吗？"阿尔贝特二世则友善地眨巴着眼睛回答说："你是一个小顽皮，不是吗？"——阿尔贝特二世是伊丽莎白王后的孙子，名字随她丈夫。贝诺特1900年在库特的演出给外公留下了深刻印象，只需抬起一条那传奇性的浓眉毛，贝诺特就足以有效地行使他对根特童声合唱团的权威。画家戈·凡·比尔斯[1]画的著名肖像是一个性格研究的卓越范例，你能看到那浓眉毛多么令人敬畏，以及在这位伟大的音乐诗人的眼睛下面，皱纹多么深。无法否认这幅肖像与老年勃拉姆斯的著名肖像有一定的相似之处，然而贝诺特的头部比勃拉姆斯更像勃拉姆斯。我后来听贝诺特的钢琴协奏曲，听起来的确很像勃拉姆斯的风格；我不由得想象外公坐在收音机旁，闭着眼睛，一根手指举在空中，随着庄严的曲调轻柔地吹着口哨——考虑到音乐节拍缓慢，这么做很不容易。当音乐猛扎进深处，他吹出的曲调有时会猛地上扬，但是当灵魂被深深触动时，情况有时就是这样。

※ ※ ※

从库特，我们会继续走到威内兹亚尼亚——一个在中世纪的佛兰德伯爵城堡附近的老冰激凌店。这是一家老派的店铺，古怪

---

[1]. 戈·凡·比尔斯（1852—1927），比利时画家及插图作者。

得可爱，外公总在那儿给我买甜瓜冰激凌吃。威内兹亚尼亚像一个机构——诗人们到那儿喝咖啡，传播流言蜚语，吹嘘他们养在运河上富于怀旧气息的房子里的秘密情妇，读报纸或是抱怨天气。年老的根特作曲家路易斯·德·梅斯特[1]属于勋伯格[2]的现代派，但是他怒目而视时也能像彼得·贝诺特一样令人敬畏；他经常在店里开庭问案，身边坐着比他年轻很多的妻子——据说她在这家冰激凌店里做过侍女。对于心满意足地吃冰激凌的几代根特人来说，威内兹亚尼亚是这个城市的一个亮点，它却不幸于2006年停业了。我总觉得停业的起因是店主尼基·扎兰多决定重新装修店面：去掉覆盖墙面和屋顶的棕色木板，用轻薄的现代家具代替那些可爱的19世纪30年代的家具。扎兰多并非真的是威尼斯人，但确实来自威内托大区的科尔蒂纳丹佩佐附近。他显然低估了自己发明的传统在这个佛兰德小城中拥有的力量。他崇尚新奇的做法欠考虑，给了这家老店致命一击；在我心里，这家老店永远和甜瓜味道连在一起——那时只有富人才吃甜瓜。有一次，我告诉外公说我没见过甜瓜，他就领我到附近的蔬菜市场，在那儿买了两个香喷喷的坎塔卢甜瓜。等我们回到家，加布里埃尔说："你疯了吗，于尔班？谁会吃这样的东西？"

---

1. 路易斯·德·梅斯特（1904—1987），比利时作曲家。
2. 阿诺尔德·勋伯格（1874—1951），美籍奥地利作曲家和音乐理论家，西方现代主义音乐的代表人物。

※　※　※

　　外公对音乐的热爱通常像一阵突然发作的忧郁影响着他。比才的《阿莱城姑娘》中抒情组曲高扬的管乐部分，舒伯特[1]的《死神与少女》中充满悲伤渴望的旋律，威尔第[2]的《拿布果》中声名狼藉的奴隶合唱——这些都产生相同的效应：他的蓝眼睛变得湿润。瓦格纳[3]则使他充满愤怒和厌恶。他不知道那个视瓦格纳为眼中钉的伟大哲学家也有同感：尼采在晚年写到，瓦格纳晦涩的神秘主义传达的是日耳曼人的鸦片梦想；相比之下，他更喜欢比才那种南方的无忧无虑，对爱情和生命的肯定。奥芬巴赫使外公感到快乐，《军队进行曲》让他意气风发。他背下了贝多芬的整首《田园交响曲》，尤其是那段布谷鸟在凉爽的维也纳森林中鸣叫的乐章。但是其他音乐都不能像比才的《阿莱城姑娘》的序曲那样令他珍爱："国王的行军"极富感染力的节奏，紧接着是管乐充满悲伤渴望的旋律，戏剧化，甚至是悲剧性的转折韵律优美——这些组成了一个如此流畅的序列，可以看作对他整个人格的完美表达。听着这首序曲，他有时会说："啊，南方之光，你根本想不到的！"谁知道呢，也许他在想拉帕罗的海滩。当然，这个来自阿尔勒的姑娘害死了她的求爱者，与比才的同名歌剧中令人畏惧的红颜祸水

---

[1]. 弗朗茨·舒伯特（1797—1828），奥地利作曲家，早期浪漫主义音乐的代表人物，也被认为是古典主义音乐的最后一个巨匠。
[2]. 朱塞佩·威尔第（1813—1901），意大利作曲家。
[3]. 威尔海姆·理查德·瓦格纳（1813—1883），德国音乐家，古典音乐大师，德国歌剧史上的巨匠。由于在政治和宗教方面的复杂性，他是欧洲音乐史上最具争议的人物。

卡门[1]惊人地相似；卡门把爱情称作一只叛逆的鸟儿，给她的情人提供了一个选择：如果爱我，你就必须当心自己；或者不爱我，那你就更得当心自己——但是，考虑到那个时代佛兰德的起居室里羞缩的道德氛围，他没有点明这种相似性。他有什么选择吗？一种消耗生命的激情曾经几乎吞噬他，对他造成了极大伤害。聆听这首序曲中不祥的转折，我直觉地意识到这首序曲蕴含了整部歌剧的力量。

※ ※ ※

地方不仅指涉空间，它们也是时间。因为怀着他的回忆，我现在用不同的眼光看这座城市。我的思绪继续围绕库特——从小时候起，我就把那里看作一个举行庆典的场所；与它相关联的是周日早晨，我父母买的鲜花的芬芳，被完美修缮的演奏台上演奏的老派管弦乐。但在眼下，我正挨个儿观察建筑的面墙，想找出那所房子——曾经有几个月，我外公在来自布鲁塞尔的裁缝汤拜伊先生门下当学徒，他会在做服装零售生意的卡彭铁尔先生的门前报到。根据外公的描述，那所房子毗邻库特的著名文学俱乐部"高尚者俱乐部"。它很容易找到；从1802年起，"高尚者俱乐部"就设置在哈利根酒店——这座被完美修复的洛可可式建筑，依然骄傲地矗立在那个主广场上，建筑的色调近似于哈布斯堡家族[2]的"玛丽

---

1. 卡门是比才的歌剧《卡门》中的女主人公。她放荡不羁，充满诱惑力，由于移情别恋被情人杀死。
2. 哈布斯堡家族是欧洲历史上一个显赫的封建统治家族，其统治从1282年起一直延续到第一次世界大战结束。1918年奥匈帝国解体，哈布斯堡王朝的统治随之结束。

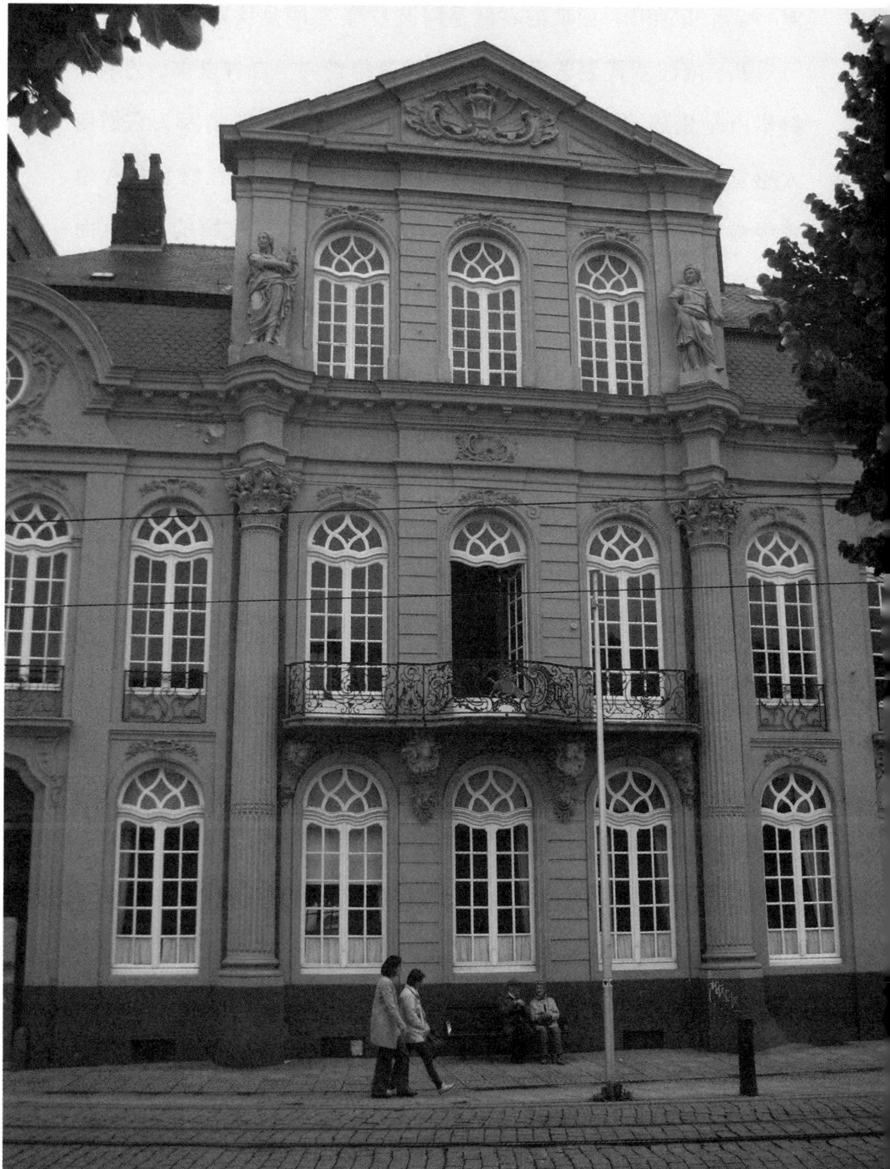

亚·特蕾莎[1]黄"。面墙的右侧是阿波罗[2]，左侧是狄安娜[3]，有名的一对儿；阿波罗代表艺术，狄安娜代表狩猎——自古以来，艺术和狩猎就是贵族阶级最喜爱的两种消遣活动，这主要是因为它们使人感觉特立独行。但是我从网上得知，这两座雕像在修复过程中曾经被"换头"：真的很有趣，阿波罗最后拿着狄安娜的弓箭，而狄安娜必须学习如何弹竖琴。这种强制的职业替换比什么都引人注目，无疑证明了这座城市中有教养的贵族的眼界拓宽了。直到今天，"哈利根法语文学同志会"还在这座建筑内举行会议。这是根特正在消失的讲法语的中产阶级的最后遗留物之一——一个排他的、怀旧的世界，苏珊娜·莉拉[4]在《童年的根特》中对之作了历史记载。莉拉也是《匿名告白》一书的作者，安德烈·德尔沃[5]把这篇小说改编成了黑暗而充满激情的电影《本弗努塔》，性感的芬妮·阿尔丹[6]担当主演，富于洞察力的作曲家弗雷德里克·德弗雷兹[7]为影片创作了一首精妙的乐曲；故事发生地是运河上最令人浮想联翩的建筑之一——一所很大的神秘的运河房子，有一个带围墙的花园；如果有钱，我会很想买下这所房子。

---

1. 玛丽亚·特蕾莎（1717—1780），哈布斯堡王朝唯一的一位女性统治者，在位长达四十年。
2. 在古希腊和罗马神话中，阿波罗是司管太阳、音乐、语言与医药之神。
3. 在罗马神话中，狄安娜是司管狩猎、月亮、野生动物和林地的女神。
4. 苏珊娜·莉拉（1901—1992），比利时小说家及剧作家。
5. 安德烈·德尔沃（1926—2002），比利时著名导演，比利时电影之父，魔幻现实主义电影的主要代表。
6. 芬妮·阿尔丹（1949— ），法国女演员。
7. 弗雷德里克·德弗雷兹（1929—2020），比利时作曲家及指挥家。

那位做服装零售的卡彭铁尔先生在库特的房子不好找——在"高尚者俱乐部"的左边还是右边？左边是一个商店，招牌上有毒似的绿色字体吸引我走了进去，又马上走出来了，里面有互联网。第一层装饰着一种廉价的黑色大理石墙面，这种粗俗趣味好像会出现在全世界的零售商身上。但是上面四层依然使人确信这是一栋19世纪宫殿似的中产阶级的住宅，每层都有一个漂亮的凉廊。"高尚者俱乐部"的右边是一栋巨大的建筑，现在归一家银行所有，正面有不止十扇窗户。这栋建筑如此庞大，不会是为私人住宅设计的。外公说的房子应该是左边的建筑；我想象现在如此难看的第一层在1900年后的几年间曾经多么漂亮时髦；我开始描画一个十三岁的男孩——为了每天赚到十分钱，他穿着木头鞋和松垮的长袜子，拿着沉甸甸的几包衣服，从城市的一头跑到另一头；他来到这里，按响卡彭铁尔先生的门铃。一个用人来开门——我设想是一个女人。她从他手里接过沉重的包袱，用带根特口音的法语向他道谢，然后关上门——她也许先塞给他一两分钱，这个我不知道。男孩又跑回裁缝的房子——地址现在找不到了——在那儿，雇主严苛的妻子使唤他劈柴、生火、搬运煤块；然后他又跑回缝纫车间——在那儿，他被训斥离开得太久，又没洗手。裁缝严厉地命令他到学校去替他接儿子。过了一阵子，这变成每日必须做的了。他给这位中产阶级的少爷拿着书袋；为了躲开少爷用来抽打他的手杖，他一定走在他身后几步远的地方——这个十二岁的少爷已经把手杖运用自如了，带着一种普鲁士人的彪悍劲儿。

　　他没有记录如下逸事，但是我经常听他讲到，两个月后，他母亲到缝纫车间来带他回家。看见她站在屋子中央,腼腆的于尔班惊呆了;在他看来,即便不必为母亲的固执付出代价,他也已经挨够骂了。但是不,她甚至没停下来扫一眼那裁缝——他正从夹鼻眼镜的上边斜着眼看她。她直视着儿子的眼睛——他正盘着腿坐在一个裁剪用的大桌子跟前,要把扣子缝到一块古怪的布片上——说:"来,儿子,你在这里的事儿完了,我们回家。"裁缝看着这个不卑不亢的劳动妇女,好像在地板上发现了一只蟑螂,他傲慢地说:"夫人,你要有礼貌——"她打断他说:"汤拜伊先生,你那每天十分钱的薪水你自己捂着吧,用你的礼貌。"然后,她拽着吃惊的儿子,大踏步地走出车间,在身后砰的一声关上门。

这故事表达了他对母亲深深的敬仰。一次又一次,他讲到她傲然的态度,她的自我克制,她的黑头发和令人印象深刻的发结,她走过时人们怎么给她让路,她怎样用浅灰色的眼睛看穿每个油嘴滑舌的人,一言不发,直到他们羞愧地溜走。那天走在她身旁,他的心怦怦跳,胸中充满了一种压倒一切的重获自由的感觉。他比她驯顺,他永远都会在高于他的社会阶层面前表现得温顺谦和。他生命中的所有事件都暴露了他的羞辱感和自我怀疑,这常常与他从她那儿继承来的自傲相冲突,让他很痛苦。甚至到了高龄,当知道家庭医生要来时,他都会提前一小时开始打扫,擦干净拉门铃用的绳结、前门把手和楼梯的栏杆柱上那个炮弹片做的盒子,直到房子里外的所有铜制品都在阳光中闪亮,迎接医学博士的胜利到来;当医生作检查的时候,他总是僵直地立正站好,好像一个坏脾气的军医要决定是否批准他进军校。

※　※　※

  他一直都没能从那个创伤性的时刻完全恢复。大约十岁那年的一个晚上，敲门声、屋子里母亲的尖叫和男人们焦虑的说话声把他惊醒了。他赶忙从床上起来，踮着脚尖走下台阶。在厨房里，在微弱的灯光下，他父亲坐在，或者说瘫倒在椅子里，"头上都是流血的伤口"——讲到这件事，他从来不漏掉这句话，所以我从小时候起就把这情景同巴赫[1]描写耶稣被拷打的著名合唱曲连在一起了。那些男人中的一个拿着一块湿布，正在揞从父亲断裂的眉骨处涌出的鲜血；另一个人说着鼓励的话——父亲正从流血的唇间摸出一颗碎掉的牙齿，头垂到胸口上，由母亲抱着。于尔班冲进厨房，喊着"爸爸！爸爸！"，一个男人抓住这个挣扎的孩子，叫他回床上去，但是母亲说他可以留下，因为他已经都看到了。她依然抱着丈夫的头，他时而清醒，时而昏迷。没人回答于尔班的提问；他们正忙于照顾他被打坏的父亲——把他挪到藤椅上，递给他水喝。他的鼻子肿着，血流到裂开的嘴唇上，流下脖子，滴到棕色天鹅绒外套上。

  到处是血，他父亲，他温和的朋友，创作教堂里那些壁画的英雄！恍惚间，他得知了这件事的片段。母亲说剩下的事她自己能料理，那些男人便起身离开，叫她放心，他们第二天会来探望。父亲开始恢复意识，头被包扎起来。只有到了这时，于尔班才平静了一点儿。他被告知了整个事情的经过。

---

1. 约翰·塞巴斯蒂安·巴赫（1685—1750），巴洛克时期的德国作曲家，被认为是音乐史上最重要的作曲家之一，并被尊称为"西方近代音乐之父"。

那天,他父亲和几个老朋友去了在谢勒贝尔举行的一年一度的陶器集市。在回来的路上,他们到以前居住的街区喝啤酒,在黑尔尼斯路过去一点儿——他们全程步行,到接近黄昏时才到达根特。他父亲几乎从来没做过这类事,但那天是一个该庆祝一下的初夏日子,一小杯啤酒不会害了他。在酒吧里,他们忍不住唱起歌来。一个侍者突然来到桌子跟前,叫他们"闭上臭嘴"。接着,侍者把一品脱[1]啤酒打翻在地。他不该这么做,这啤酒是巨人路易斯·凡·德布勒克的。路易斯站起来,挺直全身,抓住侍者的脖子,问是怎么回事。侍者喊道:"我不用听你们使唤,肮脏的天主教徒!"说完,他想挥出一拳,但还没来得及甩起胳膊就挨了路易斯一拳,猛摔到吧台里。他趔趄着走出去,嘴里骂骂咧咧。路易斯又重新点了一品脱啤酒,事情就这么完了。他们半小时后离开,天已经黑了。在瑞特格拉赫特运河附近,他们遭到五个人围攻,领头的是那个侍者;他从背后攻击路易斯,路易斯紧抓住他,把他像玩偶一样甩到运河里。等他爬上岸,拿着一把刀冲了过来,路易斯又给了他重重一拳。这时,其他人已经抓住了弗兰西斯卡斯。两个人坐在他胸口上,其余的见哪儿踢哪儿。巨人路易斯快步跑回来,把他们打到一边,然后捡起侍者的帽子,像战利品一样戴在头上。他与其他两个朋友一道,拖着昏迷的弗兰西斯卡斯回家——这两个朋友在出事的时候逃了,现在又战战兢兢地回来了。在厨房里,路易斯看见帽子上有一个名字,属于一个领头的社会主义者。这

---

1. 英美地区使用的容量单位。1品脱约为0.57升。

个人从和平法庭领到一年的缓刑,这一点儿没缓解天主教徒和社会主义者之间的紧张关系。

对于像我外曾祖父母这样的人,社会主义意味着危险、暴力、恐惧和极度混乱。这座城市经历了几年的社会动荡;怀着恐惧和憎恶,外公描述"赤色分子"夜晚在劳工阶级居住的街区游行。有人唱歌,声震屋瓦地叫喊,骑马的警察冲进人群,打斗开始了:一个警察被从马上拖下来,打得不成人形。外公在外头,在这些行进者前面。他穿着木头鞋从他们那里逃离,到家时喘着粗气,在身后砰的一声关上门。"我们经历了暴民的起义。"他痛苦地写道。

被遣散的士兵又被集结,驱散在拉卢维耶尔和沙勒罗伊爆发的大规模罢工游行,镇压随之而起的民众暴乱。人们谈论发生在霍尔努的矿难和矿井中惨无人道的状况——霍尔努是瓦隆尼亚地区的一个小镇;奥斯坦德被淹死的渔民;在织布厂里干到筋疲力尽的孩子——他们挑拣亚麻纤维的线头,手指被巨大的梳毛机扯下来;伤残的金属工和缺胳膊少腿的人——他们无法再上工,在家里奄奄一息;还有劳工阶级遭遇的难以计数的其他灾难。但是信奉天主教的劳工不到街上抗议,他们厌恶这想法,转而躲进他们安静的小日子里去。

甚至连根特都发生了社会主义者与警察的流血冲突。人们愤怒情绪高涨,双方都死了人。在漫长的夏夜里,他们听到"赤色分子"的演说家在死巷里煽动,来自底层的人们挤在那里发泄仇恨,针对所有地位高于他们的人。

有时鲁莽急躁的人喊道:"是时候从有钱人手里把钱夺过来

了，为什么不现在就干？"外公十岁的心因为恐惧而紧缩：用不了多久，所有有教养的女士们、先生们就会发怒，然后他父母就再也找不到活儿干了。因此，天主教信条在他们家里生了根："赤色分子"是心怀妒忌的平民——他们忘了自己的本分，说话虚张声势，到处制造麻烦，酗酒到不省人事。最早的迹象似乎有意要把更多的恐惧植入到以做工为生的人们心里去；每个行列"前头走着两排肌肉发达的莽汉，每排十二个；他们清空街道，从大街到小巷。所有希望安静与和平的住家都关上了门"。教会也竭力破坏所有与社会主义分子之间改善关系的可能性。冲突给两边的宣传机器火上浇油；牧师在布道坛上宣泄与街头抗议者同样多的怨恨。在主日，范德玛伦神父的布道主题是不信上帝的异教徒——他们像在古罗马时期那样想要杀害基督徒并把他们扔去喂狮子。虽然外公来自平民阶层，而且在某种意义上一生都以此为傲，但是他对"赤色分子"只感到厌恶。他谴责这些危险的敌人没有文化，不尊崇上帝和他的教导，也没有正义感。他听到他们粗鄙的语言就感到恶心；他们一辈子用的词汇不超过三百个；他们用争吵和咒骂污染运河两岸；他们拿到薪水就在酒馆里喝个精光，而不是像他父亲那样尽职地回家，把薪水同家人共享。"他们叫嚣'打倒暴君'，但是自己却表现得像野兽，从他人的不幸中取乐。"

在回忆录中，他愤愤不平地提到，社会主义分子后来被任命为市政委员、国会议员，甚至政府部长，但是这些人组成的新阶级几乎不识字，需要他们从前诅咒的那些人帮忙。这样的事无疑加深了劳工阶级的分裂。外公小时候看到的是他父亲躺在床上，肿胀的头上缠着绷带。他年轻的心变硬了，不同情那些后来被他描写成是与法律和秩序为敌的人。

在20世纪50年代，有一阵子，这次经历造成的创伤表现为被迫害妄想。他说房子里到处是麦克风，社会主义分子在监控他的言论。等他开始说基督教民主党的人要请他当部长，但是"赤色分子"在他自己的房子里监视他，这时候就该请家庭医生来干预了。他被送到斯莱汀精神病中心，接受了五次电休克治疗。从那儿回到家，他生气全无，连着几周不说一句话，只是坐在温室里的青色小葡萄架下哭泣。童年景象时而重新浮现，他会用拳头擂桌子，大声攻击来自贫民区的"暴民"——虽然他自己来自同样的地方；他把无产阶级的邻居称作酒鬼。在这种情况下，相安无事的唯一办法是把报纸放在他看不见的地方，同时尽可能避开收音机上的新闻。

他的旧创口一次次被揭开——在1951年是因为有关国王利奥

波德三世的争议，在60年代是每日的电视新闻。社会主义者与天主教徒之间的积怨似乎与瓦隆尼亚和佛兰德这两个地区之间的紧张关系合而为一了，与讲法语和讲荷兰语的人之间的紧张关系合而为一了，这使他想起很久前在军校里受到的羞辱。他听说俄国的"赤色分子"摧毁古老教堂中的圣像，挖出圣徒的眼睛，杀害牧师。每次都像是阴谋，要把他已死的父亲再次杀死。是的，要是有机会，他们甚至会毁掉他的壁画——那是亵渎神圣。他再次发病，开始胡言乱语，又被送进医院接受更多的电休克治疗。

关于第二次世界大战之后的那些年，他没有留下自传性叙述，因为他拒绝谈论真正重要的事。留存下来的是作者身份不明的拼图块，混合了逸事与回忆，讲述者是我的姑妈们、堂兄妹和我父母。这些引发的痛苦继续闷燃——当他看到我在大学里受到左翼思想的影响时，他指责我在抛开父母为我所做的一切。在他看来，这是我第二次让祖传的东西毁于一旦。

我后来意识到，正是在他出生的那一年出版了臭名昭著的教皇通谕《论革命性的变化》[1]——教皇利奥十三世写的一本有关天主教社会教义的小册子，是支持掌权者和贵族几百年后的一个出人意料的新发展。这是教会企图阻止社会主义联盟兴起的一次尝试，部分也随声附和社会主义者的要求，间插以天主教戒律，呼吁

---

1. 教皇通谕《论革命性的变化》发表于1891年5月15日，也题为《论资本和劳工的权利与义务》，它奠定了天主教的现代社会教义的基础。这份公开信讨论了资本和劳工之间的关系以及对彼此的义务，其主要关注点之一是在维护私有财产和反对社会主义的前提下，如何改善大部分劳工阶级悲惨的生活状况。

死板的道义与服从——正是这导致了我外公与他不信教的劳工同仁产生如此隔阂。

※ ※ ※

在洗涤杂物用的小房间里,他站在父亲放盥洗用品的白色小橱前。他在试着第一次剃掉脸颊上绒毛似的短胡须。向布满斑点的小镜子里看去,他看到一个结实、充满活力的年轻人,长着厚厚一头倔强的头发,明亮的蓝眼睛,几个大粉刺从下颌上金黄色汗毛的底下挺出来。他站着,手拿一把剃刀——他第一次按照父亲说的方法把剃刀磨快了:在一块磨刀用的皮革上磨,皮革要拴在门把手上,以便拉伸使它绷紧。他快十五岁了,但不会再长高了。甚至到了老年,他还说他一直没长到该长到的高度,原因是他十四岁时在铸铁厂里搬运重物。他拿起刮脸用的刷子,把它浸在装着微温的肥皂水的大碗中,然后把皂沫抹在右颊上。他那指甲带黑边的手握着剃刀,笨拙地刮着。像某个不知名的动物唤醒了他身心中的什么,这东西还在沉睡,半睁开眼睛,从孩子气的慵懒中被粗鲁地唤起;一个慢腾腾的温暖的梦,像五月里夏季的第一阵风,扫过他颤抖的身体;在冷冰冰的小房间里,一阵暖意从他的嘴蔓延到他的耳朵;这暖意伤害他,切割他,使他意识到自己易受伤的身体。他感觉它在裤子里正变得温暖而坚挺。他擦掉脸颊上的皂沫,把放在粗制木头架上的明矾拍在发烫的皮肤上,又在另一边脸颊上抹上皂沫,然后绷紧脸上的皮肤——像他看过父亲做的那样。就在这时,他在镜子里看见了身后的一张脸:他母亲正屏住呼吸盯着儿子,浅色的眼睛里有一种光。她注意到他在镜子里看见她了,他们的目光相遇了。他站着,目不转睛地看她,剃刀举在脸的前面。她的表情变柔和了,似乎微笑了,脸上的肌肉却纹丝未动,只有眼神变了,像一阵短暂的阳光冲破了云层的遮掩,正在飘走,在你真的看见之前消失了。然后,她退了出去,轻轻地带上了门。

❋ ❋ ❋

在隔壁那家,一个年轻女人要死了。她病了几个月了,抱怨说背疼,肚子疼。她的四个孩子看上去没被照料好。她的丈夫——脾气阴沉的亨利——是做橱柜的;他把自己灌醉,待在外面很晚不回家。这个叫艾米丽的女人三十五岁。她站在厨房里,身心交瘁,脸色苍白;她狠命敲打薄墙壁请求帮助;她痛苦地尖叫,想快点儿死去。赛琳把她的新生儿抱在怀里——一个早产的女孩儿,叫海伦娜。她用自己的奶水喂她,因为她还在给最小的女儿米拉妮喂奶。在那个时代,女人都多年哺乳,这样就少一张吃饭的嘴。在接下来的几周,艾米丽很快衰弱下去。赛琳给她拿来一些吃的,她吃完后几乎立刻就吐了出来。当有人查看她肿胀的腹部时,她疼得尖叫。从外公的叙述推断,她的死因可能是肚里的某处长了一个未被发现的肿瘤;死的时候,她肚子上有一块黑色的脓肿。

亨利把其他孩子也交给赛琳照料,不知道他除此之外还能做什么。这对她肯定是一个沉重的负担:她自己的五个孩子,加上隔壁家的小孩。几周之后,她精疲力竭。弗兰西斯卡斯不忍心看着妻子被压垮,他走进隔壁家去见喝醉了在椅子上打盹的亨利——

那些房子没有门槛把屋子和街道分开，冲着巷子的门从来不锁；他坚持叫亨利把孩子送到慈善机构去。亨利不情愿地答应了，后来他自己搬走了。他带走了最大的儿子，最大的女儿莉奥妮一周两次来跟赛琳一起缝补衣服——又一个小小的收入来源。这对我外公意味着四个新收养的兄弟姐妹，对他贫困潦倒的父母则意味着又多了几张要吃饭的嘴。他从来不多谈他们——除了告诉我那个最大的叫约里斯，他几年后得到某个基督教组织的资助上了中学，外公私下里嫉妒他的好运气。约里斯长成了一个有些情绪化的孩子，总是为害羞到不敢跟女孩子讲话而受罪，不活泛又喜欢挑剔，看什么都能找出不满意的地方，但是每隔一段很长的时间，他们会一起走过祖德车站，回忆过去无忧无虑的日子——他们在安静的城区漫步，消磨周日下午。他们在1915年5月伦敦的混乱中见了彼此最后一面。那时，他们中的一个——我外公——是一位战争英雄，将在第一次受伤复原后回比利时去；他们中的另一个——我外公崇拜的有知识的继兄——则在他患贫血症的妻子死后从战争中逃跑了；他将会在伦敦附近的某地默默无闻地死去。

"他是我的朋友，一个博学的学者，"老年的于尔班用纤细、颤抖的笔迹写道，"我依然崇拜他。无论他生病还是健康，他都是我对更幸福的生活所抱的希望。"

※ ※ ※

在圣文森特慈善会的修女们掌管的女子寄宿学校的小礼拜堂，弗兰西斯卡斯连续数月站在自己修建的脚手架上工作。他粉刷墙壁，给柱子上的装饰物添加一层薄薄的金黄色，修复原先就有的《圣经》场景，甚至画了几个新场景。他被准许参阅学校图书馆里的书籍，里面有描写圣经人物的蚀刻画和石版画。他画素描，画凡能想到的手的姿态。他也画了无数的头部——倾斜的头，在听或在看；眼睛盯着一个孩子看的脸、一条死蛇或身赴火刑的异教徒；必须是沉静而不露感情的脸。他认识到一个画家的伟大能从他所画人物的眼神中看出来，他尽力要达到这种效果。你怎样画智慧的表情？它由哪些线条构成？他经常用一块夹在金属镊子里的炭来画；镊子的另一头安上一小块印度橡皮，他用它来画浅色的部分，方法是涂擦画过的表面，用力程度不一。"看，"他对儿子说，"我能通过涂擦来作画。"外公把同样的技巧传授给了我——当我们一起在公园里画画的时候。

弗兰西斯卡斯购买了所有他需要的东西，他使唤一个男孩取回来一批订购的昂贵颜料。他测量，筛除，分剂量，稀释，试验，提纯，直到达成最理想的混合。他在一些特意锯成的木板上试笔，然后比较，考量，再重新开始。下雪了，冰冻了，下雨了，刮大风了，较温和的天气来了；他在脚手架上爬上爬下，从日出到日落。他仰面躺着画屋顶：堆积的云朵和被风吹的袍子，长条旗和模糊的脸；一个天启的顿悟使人想起天国的音乐，有关星球的音乐，想象的音乐，在他冰冷、拘挛的指关节中的音乐，线条的音乐；擦痕，条纹，表面，褶皱，光束和头发；令人难以置信的生物在主要场景周围或站或躺：一只长着浅棕色鼻子的小狗仰头看着一位圣徒；一株桑树前长着纤薄易断的鹿角的成年雄鹿在逃跑——它看起来几乎没有接触地面,好像正变成他迷信中的神圣的独角兽。而时代的音乐,富于色彩和微妙变化的音乐,无声的音乐,不过是遥远处的嘈杂声,沉寂的礼拜堂周围的市井声——在礼拜堂里,他孤独地与思绪和梦想共处。一周又一周,他回到家,仰着作画使他背部僵硬。有些天,颜料滴到胡须上,在那儿凝结;有时滴到嘴里,他不得不把这苦涩的液体吐出来。这使他想到用唾液稀释颜料,这在很多地方创造了极佳的效果,特别是圣母马利亚的蓝色斗篷——老实说,你会想从她肩上取下来,拿回家给你妻子。

经过几个月的劳作,他终于完成了这项工作。怀着适可而止的骄傲,他向不苟言笑的女修道院长展示成果,她为此请来了附近某所男修道院的院长。他们仔细查看,看上去满意了,但又尽量不表露出来——如果你称赞像这样头脑简单的家伙,他忘乎所以就不会尽全力了。圣文森特慈善会的修女们没有表现得这么克制。她们眼睛朝天,像贝尼尼[1]画中的圣特蕾莎那样仰着头,站在怯生生的教堂画手旁边,喃喃地恭维,转动着眼睛,这使他满脸通红。城里的基督教机构得知了这个低贱画手的成功故事,聋哑人收容所的神父所长迅速召见他,通知他下一个任务。

"弗兰西斯卡斯,我有好消息要告诉你。"

"是,尊敬的神父。"

"你有机会到利物浦工作一年。这是那儿的一个机构派下来的

---

1. 乔瓦尼·洛伦佐·贝尼尼(1598—1680),意大利雕塑家、建筑师及画家,杰出的早期巴洛克艺术家。

主要任务。"

"那是在哪儿,尊敬的神父?"

"英国,弗兰西斯卡斯。"

"但是,尊敬的神父,我怎么能离开我妻子和孩子?"

"你会拿到好薪水,弗兰斯,每月能给家里寄更多钱,在这儿你用六个月才赚得到。你有八天时间作决定。跟你妻子讨论一下。我们会派一个木工高手和一个翻译跟你一起去。好了去吧,现在十二点,今天你可以早点儿回家。"

"好的,尊敬的神父。谢谢您。谢谢,尊敬的神父。"

当他十二点半出现在厨房里时,赛琳几乎被吓死。"出了什么事?为什么你这么早回家?孩子们出什么事了吗?"

他抱住她,安慰她,把听到的告诉了她。

"你疯了吗?弗兰斯。那儿除了雾就是工厂里排出的毒烟。你对付不了,你有哮喘病。"

"不,不,别生气,神父说那儿地方很大,有一个公园,我能在那儿散步。工作日会很短,不超过八小时。我会在那儿恢复健康,你看吧。"

赛琳脸色苍白,下唇在颤抖。她不知道怎么回应。她转过身,挺直背,走到厨房的另一头,然后弯下腰,捡起用来揭炉盖的钩子,把煤推到燃着慢火的炉口。一阵细小的火星飘向她的脸,她眯缝起眼睛。弗兰斯脑中突然闪出一个念头:那么强烈的光映在她浅色的眼睛里,她看起来像一个女魔头,一个美丽的魅惑人的女魔头。他有些害怕将会发生什么。

"好吧,弗兰斯,好吧。"

那天晚上,他们没再说什么。

在接下来的几周,赛琳每天在缝纫机上做活儿。她做了三条工作裤、三件粗麻的深灰色外衣、一件工作日穿的外套和一件主日穿的外套。一个周六,她和他一起去商店买旅行用的行李箱。

"你会忠实于我吗?弗兰西斯卡斯。"

"你这个傻瓜。到这儿来。"

他把她搂入怀中,抚摸她的背,就在街上——人们要是看到,肯定会说三道四。

接下来的那一周,他们用几天时间去看亲戚。蠢问题和怪话没完没了。他跟赛琳交换了一个"随它去"的眼神。在过去的几周,他们好像发展出了一种全新的关系,更伟大的什么,然而也更脆弱,使他们眼神相遇时心跳加快。到了晚上,他们紧紧相拥,一句话不说。他在黑暗中爱抚她,感觉她有一边脸颊是湿的。甚至在床上她都把背挺得笔直,他想,很快有一天,她会像干燥的木头一样啪地折断。他继续爱抚她。"好了,弗兰斯,你在英国期间,我可不想再有一个吃奶的婴儿。"就这样,他们静静地躺在黑暗中,充满渴望,听着对方规律的呼吸,克制着自己,直到早晨来临。那一天,她坐在沙发里,双手放在膝盖上,听不见周围的谈话。她已经看见自己独自躺在那张大床上,在发抖;她想象敌意、寒冷、肮脏的黄昏;她侧转身,紧紧闭上眼睛。

在他离开的前一天,她送礼物给他:一把剃须刀,一块剃须用的肥皂,一条磨刀用的皮革,一块明矾和一个布袋子——用来装他不多的几件盥洗用品。

"噢,赛琳,亲爱的,你不该这样。"

"别弄丢了,弗兰斯,你知道我很迷信。"

✵ ✵ ✵

外公跟他父亲分别时很难受。他描写那次分别就像它是发生在昨天:那个"性情温和的纤弱的男人"坐在他母亲对面,在一辆咯吱作响的黑暗的马车里,光从一条裂缝射进来,给这对无言的夫妻的脸上带来一种私密的微弱光彩,像乔治·德·拉·托尔[1]的一幅画中的脸。泽布勒赫在下雨。他没哭,母亲也没有,但是他觉得在失去什么,从此找不到了。在铁道边一个河岸上的高处,在一间棚子底下,雨水打湿了他们脏污的脸。火车头喷出烟云和煤灰。他们说再见,看着那个弓着背的身影把行李箱拖上火车。在漫长的回程中,他们在铺着卵石的街道上颠簸,母亲把手放在他胳膊上说:"现在你是一家之主了,坚强的年轻人。"

"我们家张开了一条大裂缝。"他写道。布谷鸟的钟发出缓慢、无终止的嘀嗒声——一个远房表兄送给他父亲的礼物,父亲每晚都会小心地拉起钟上的铜锤子。这嘀嗒声填充着他们的日子,减少了他们必须忍耐的时间;在这嘀嗒声中,难挨的早晨过去了,母亲坐着等信来——邮递员经过家门,但是没有放慢脚步。当他放慢脚步时,她就跳起来,从地板上一把抓起信,走到布满阴影的前屋,就

1.乔治·德·拉·托尔(1593—1652),法国巴洛克派画家,大多创作烛光下的宗教场景。

着一盏小油灯独自看信——孩子们就要去学校了。她的心怦怦跳。她读着丈夫笨拙、潦草的字迹，一缕松了的头发落到她脸上：

"夜晚会很漫长，在这儿我完全一个人。要找到适当的词非常难，请一定原谅我。我应该先用铅笔起草，再把信复写下来。下次我会找到更好的语气转折来告诉你我在这儿过得怎么样。一天开始，我先是把自己彻底弄清洁，装扮起来，好像要去见什么重要人物，然后穿上你给我缝的漂亮马甲。我住得离工作的礼拜堂不远。那儿很冷，光秃秃的，但我想把它变得令人惊叹。在天气不好的日子，我为你念主祷文。每天晚上九点半上床后，我脑子里全是你。在西边的远处，我看见不变的灰色的海。愿上帝保佑你，赛琳，还有我们的孩子。"

※　※　※

他跟母亲变得更亲近了。他对一场夏季暴风雨的记忆挥之不去——讲述他们共同生活的一个意象。一天晚上，年幼的孩子都睡了，他和母亲坐在小院子里，他跟她讲自己在铸铁厂的同伴会在下工后去那家声名狼藉的歌厅；她逗他，问他是不是也看女孩子。突然间，没有任何预兆，一道闪电划过温暖的暮色，几秒钟后是震耳欲聋的雷声。这时他正告诉她，他永远不会去看女孩子，因为他只喜欢她，只对她感兴趣，但是他感伤的告白被这场突来的喧嚣吞没了。沿着房后的小径，野鸽从白杨树晃动的树端振翅飞起。他们跑进屋里；雨水倾盆而下，落到屋顶上，院子里，还有他们的亲密世界里——这世界闪着一种空灵的光。赛琳正安抚被暴雨惊醒的孩子们,一扇窗户啪地打开了,窗框正好拍在她脸上,雨水冲了进来。她趔趄了几步,接着又站稳了。在闪电中,他看见她的前额上有血。他们一起使劲推窗户——插销开裂了。他让她抵住窗户,把狂啸的风雨挡在外面,然后他跑下楼梯,在柴火堆里找到一块木片,用来楔在窗户的活页之间。他跳转身上楼,一步跨三级台阶,把木片塞进裂缝中,同时风在屋顶上怒号,松了的瓦片在嘎嘎作响。他们一起站在岌岌可危的房子里,浑身湿透了。赛琳把儿子抱到怀里。

七十岁时,他写道:"当我美丽的母亲把我紧抱在胸前时,一种伟大的感情忽然深刻地影响了我,我的心在狂跳。我那么想念父亲;看见母亲前额上的血,我把它擦掉,忍不住抽泣起来。没有什么比看见他坚强的母亲突然变得像一个受伤的小女孩更使一个男孩感到震撼了。母亲轻声笑着说:'你和你父亲一样心肠软,这不过是一处擦伤,傻孩子。'她用手梳理我湿透了的头发。现在写下这些,我忍不住又抽泣起来——我想到我母亲那天晚上在蓝色闪电中站在我面前;在被定格的那一瞬间,她像一幅可爱的旧肖像画。"

读着这几行文字,我想起他对我说过的一些话:"我想根据记忆来画我母亲,但从来没成功过。我不能精确地捕捉她的表情;我撕掉了最后一次尝试的画作,把画布投到炉火中。"而他却至少临摹了五次拉斐尔[1]的《圣母与圣婴》,那个在母亲怀中寻求庇护的婴儿的眼神每次都变得更加湿润迷蒙。

※ ※ ※

比这再早些时候,他和一个铸铁厂的朋友去看这个朋友的表兄——他在生产明胶的老厂里工作。

"什么时候你得来看看,"表兄说,"看了就忘不了。"

在一个不上工的下午,他们出发去那个工厂。在天空湛蓝、万物金黄的十月,在温和的空气中,沿大道生长的核桃树挺立着,叶子纹丝不动,好像世界在屏住呼吸——为了使每个活着的生物都充分注意到这一天转瞬即逝的美丽。跟朋友一起度过一个闲暇的下午时,外公总是很兴奋;他疯狂地旋转身体,唱着一支关于珍珠和欢乐的歌,或者别的以"女孩儿"和"男孩儿"押韵的歌;他沿着路边长着结籽野花的土堤跳舞:这些野花是峨参和羊角芹。为了看谁先到达那扇生锈的工厂大门,他们短跑冲刺,来到看门人的小屋。透过一扇蒙尘的小窗,他朝外盯着他们,问有什么事。

"我们来这儿找阿方索,"外公的朋友说,"他是我表兄。"

"你们穿的鞋子结实吗?"

一无所知的外公脱下一只木头鞋,把它举到窗前。那个人喉音很重地说了几句听不清的话,朝着那栋阴郁的建筑点点头。就在这

---

1. 拉斐尔·桑西(1483—1520),意大利著名画家,与达·芬奇和米开朗琪罗并称"文艺复兴三杰"。

时，生锈的铁门唰地一下打开了，一辆奇大无比的运货马车轱辘着出来了，裹着铁皮的木头轮子在卵石上发出很响的嘎吱声。拉车的布拉班特马直朝他们走来。他们跳到一边。这匹马绝望地摆着头，在马笼头的口鼻处吐着浮沫，固执的眼睛在皮制眼罩间闪着黄色的光。两个男孩溜进里面，一个穿着无袖皮夹克的人把门推上，沉重的蝶铰发出呻吟。他面无表情地看着他们，挥手叫他们走开。

直到转过身，他们才看见院子里的一大堆，立刻僵住了。形状各异的动物头颅躺在院子的中央，堆成金字塔形。在摊开的黏糊糊的垛子上，马头、牛头、羊头和猪头仿佛还能喘气，刚从马车上倾倒下来。成群的苍蝇，那么密集，那么狰狞，像一团闪亮的蓝色水雾，围着那些头颅嗡嗡地飞；头颅上面巨大的眼睛已经死灭，像盯着人看的脓肿；流血的眼睛，凹陷的眼睛，无神的盯视和瞎了的瞳仁，蛆在里面蠕动。但是那儿不光有眼睛，还有成堆的口鼻和下颚，滴着褐色的黏液；成堆的伸着的舌头，血淋淋的鼻孔，断掉的角。一股盘旋的恶臭使他们几乎停止呼吸。一个人走近他们。他穿着一件到处溅上脏东西的灰褐色大衣，戴着很厚的手套，手套的袖子长及肘部。他胡乱地抓起几个头——抓它们的角、耳朵或者口鼻；为了抓紧，他把手指埋进一个切开的喉咙，用拇指钩住一个没有眼珠的眼窝，把十个左右的头甩到一辆长长的独轮手推车上。他推车通过一扇开着的门，进到那栋砖砌的楼里；一路上，混着血的黏液从车上渗漏下来。两个男孩依然目瞪口呆。好像氧气正被从他们的血管、肺、眼睛和心脏里挤出去，取而代之的是一种令人窒息的黏稠渗出物，将会一辈子粘着他们。

他们一言不发，在滑溜溜的卵石上跌跌撞撞地朝那栋建筑走去。从那儿传来一阵嘈杂声：金属刀刃前后滑动；持续不间断的打雷般的碰撞声，好像身体跌入了大水槽；在这些噪声之上的黑暗中的某处响着洪亮的金属撞击和震荡的声音。等适应了那里微弱的光线，他们看见十几个人站在一张长桌前，把头颅按动物分类：马头、羊头、猪头。这些多骨的东西滚动和砸到桌上的响声被闷住了；它们被甩起来，扔到一边，排出越来越多的液体；在这长列的尽头，一个拿砍刀的人把每个头砍成三块。

这个人的衣服上溅上了如此厚重的一层污物，看着像是从液态的石头上砍削下来的。他把头颅的碎块扔进一口大锅，锅下生着火，燃煤在半层楼以下——在那儿，拿锹的人正把煤堆起来；在火坑泛黄的光照下，他们的脸闪着光。

直到这时，两个男孩才意识到脚边有什么在动：摆动着，前后滑动。从头颅上掉落了大量的蛆，积成了厚厚的一层，在地板上蠕动。他们看着脚上无遮盖的木头鞋，又看看那些人穿的高筒靴。他们恶心地跺脚，意识到这样只会使黏稠物变得更稠。他们浑身不自在，两只脚轮换着踩地，不敢再往前走。一个人用一只手给头颅分类，用另一只手拿着一个三明治，在漫不经心地吃，看见两个男孩在那儿，他示意他们让开。那个推独轮车的人从他们身边跑过，又几乎撞到他们。他把车里的东西倒在他们脚下。一个黑色的公牛头滚到一条桌子腿那儿，白色的蛆立刻涌过去，像来自另一个世界的不可战胜的军队，要吞并所有东西，把自己吃得饱饱的，直到什么也没剩下。这是光天化日之下的一次日全食，一种黑色物质,从中榨出某种未命名的东西,废弃物转化成废弃物,死亡转化成半凝固的黏稠物。

正当两个男孩要走到外面去时,他们被那个表兄拦住了。他拍着于尔班的肩膀大叫:"有看头儿,对吧?"

碰他衬衫的那只手有陈腐油脂的气味,于尔班喉间一阵恶心。他点点头,像一只停止叫唤的驯顺的羊,什么事都愿意做,只要有人能让这一切停止,但是它不停止。表兄把他们拉到这栋楼的背面。在那儿,头颅被扔到水槽里发出闷响,砍刀发出单调的、有节奏感的巨响——这些声响全被淹没在碾轧轮子和连接发动机与机器间巨大皮带快速抽动的声音里。熬煮过的黏稠物被泼进很大的容器,像冒泡的岩浆那样泼溅,打旋,再从一个孔漏下去。从另一头脏得像覆了层壳似的生锈喷嘴里流出"造明胶的基础成分"——表兄对着他们的耳朵大喊。它们被倒进五十升装的圆桶,再由戴着很大的皮手套的人拧上合适的圆形盖子。

表兄显然是工头。他朝院子里挥手指点:星星点点的草长在石缝里,动物的皮等着在另一栋建筑里被鞣制。一辆巨大的运货马车从他们身边冲过,上面载满圆桶。"他们要把这些好东西运到一个加工厂去,"他说,"在那儿过滤,除味儿。从那儿,它们被送到国家的每个角落,被用在各种产品中。那些说法文的女士用的高级乳液里有它,她们把它擦在鼻子和娇嫩的小脸蛋上;"他涎着脸笑了,"装阿拉伯树胶的瓶子里有它;你那像天赐的食物一样的糖果里面有它;妈妈给你做的果酱里有它;你浑身上下全是它,亲爱的伙计,你浑身上下都是这烂玩意儿,但你不知道,因为他们把它除味儿、过滤、杀菌,直到你意识不到吸进你的小嘴里去的是死亡。那些时髦女士涂抹到她们柔嫩的胸脯上的就是这黏稠物。"他嘴角泛出唾液形成的小泡泡,"全是一回事儿,但没人知道。这也是好事,不然世界会停止运转。"他笑起来,露出黄牙,打了一个嗝,怜悯地看着这两个惊呆了的男孩。他眼里有狰狞的闪光,使外公想起他们小院子里那头山羊白痴一样的神情。正是这种傻乎乎的迟钝的微笑使他重新想起来,在眼下无法想象的情境下——他躺在冰冷的淤泥中,在睡与醒之间飘移,沉思他那天所看到的——这个世界生成的黏稠物。他别无选择,把它吸收进去了。

所有的峨参和羊角芹,大道两旁摇摆的树像一群走失的天使,全都在朝他们大喊:这个世界不是那么糟糕。所有在夏末的道旁簌簌作响、移动和活着的东西,银色白杨树的轻柔叹息,野鸽单调的咕咕声,最后的蛱蝶和赤蛱蝶,一棵梨树上的庭院林莺——好像他们听不到,看不见,好像他们被剥夺了所有感官。他们在沉默中并排走,当回家的路要分开了,他们只点头道别。向晚的太阳斜射在这座城市呈曲状的房屋上,令它们沐浴在黄色的夜光中,好像有人正用一盏巨大的灯照射这个世界,要揭示一个没人想知道的秘密。

※ ※ ※

在接下来的几天,一个景象在他脑中挥之不去:院子里血淋淋的动物头颅。在记忆中,午后柔和的光线洒落在那没有呼吸的丑陋堆垛上,他看见色彩、色调、光和影最微妙的变化,灰色和红色，暗褐与深蓝，几乎成了黑色的紫红，近似于白色的嫩黄；一块完好的动物皮摊开在一个死去动物的口鼻旁边。他想起父亲翻看过的一本书，更具体地说，他想起一幅给他留下深刻印象的画——虽然他那时还是一个小孩子：一头被剥了皮的公牛，著名的伦勃朗画的。在那幅画里，一个令人不适的东西被转变成一个拥有力量与美的奇观。这种对立啃噬他的内心。他在铸铁厂盯着熊熊燃烧的炉口，火星像萤火虫似的四下飞舞，他渐渐意识到，当看到那腐肉堆成的末世般的堆垛，上面大睁着死灭了的眼睛时，极端憎恶引起的惊吓唤醒了一直在牵扯他的什么东西。这东西令他痛苦，在他内心打开了一个新境界——有生以来，他第一次感觉到一种比他自身更宏大的欲望，想用笔和颜料绘画的欲望。在意识到这欲望的那个瞬间，他正举起又一个盛满熔化铁水的大勺子，感到膝盖发软。这个突如其来的意识带着排山倒海的力量，其中还带有一丝负罪感。他想做父亲在做的事。这想法混合了因想念父亲而起的苦涩的刺痛，使他想把盛着耀眼火焰的大勺子扔在地上，跑到一个明亮又安静的地方，比如教堂和礼拜堂。在那儿，他在父亲身边度过了童年时代的那么多日子；在那儿，父亲给天使的一只手重新上色，被彩绘玻璃过滤的光照射下来，静默如此完美，画笔在墙上发出极细微的摩擦声，充满了整个空间。绘画的欲望涌起，像一声抽泣，像一次痛苦的电击，源自他的内心深处——他的潜意识在那儿缓慢地成熟，现在破空而来。在地狱般的喧嚣声中，锤子在击打，人们在叫喊、拖曳，搬起重物，铿铿锵锵，叮叮当当，他梦见一种天国般的宁静，就在这儿——在车间被火闷燃的黑暗的拱顶中央，满是做苦工的人们的魅影。

他哭了。他用刺痛的手紧抓住那该死的大勺子粗糙的木头手柄，努力集中注意力好好表现，做自己该做的事。但是在那个时刻，他知道他不想再做他该做的事，而是想跟不在家的父亲一样。我想画画儿，我想学习怎么画，这声音在他脑中轰鸣。一整天，他给铁料分类，吃他的三明治，在危险的过道里走动——所有做工的人都在其上游荡，拖着脚步，度过这十二个工时的惊惶的一天——他没再说一句话。

"你病了，于尔班？"

他摇头表示他没病。

他们不再打搅他。

等回到家，他感觉两腿不听使唤。他回家又晚了几个小时，因为一个难伺候的主顾非要他当天把铸件送到门上。木头鞋在热力下开裂了，一根刺扎进了右脚板。他一言不发地走进他的房间，钻到床上。他想着父亲，让眼泪尽情流淌。

※ ※ ※

尽管他父亲反对他学画，他还是在1906年开始在圣路加夜校上绘画课。画师教他画"一条又一条线，画不完的线"。这很快使他感到不耐烦，也使他气馁；这不是他梦想要做的事。怀着负罪感，他记起父亲的话："随便做什么你喜欢的事，但看在上帝分儿上，别学画画儿。你看我现在到了什么地步。这不是16世纪的佛罗伦萨——记住这一点。"但使他下定决心的是他对在教堂里与父亲共度的时光的回忆，他越来越想念父亲。在接下来的几个月，他每周用两个晚上俯身在画纸上，满脸通红，笨拙的手里握着一块用折叠小刀削尖的石墨开始练习：直线，右斜线，左斜线，垂直线，交叉线，不同长度的线。等他掌握了这个技巧，他们用炭笔从头开始。

"重新开始！于尔班！"

直线，直线，直线。他透过窗户看到直线，在云上看到直线，通过朋友的眼睛看到直线，在梦里看到直线。

他伏在纸上睡着了，梦见一片生铁的海洋涌起浪潮，浪尖火热通红，翻滚着冲向无尽的白色沙滩。课后，他几乎注意不到其他男孩在交谈，相约着在回家的路上喝一杯。他回到家看到线条，他恨线条；他在厂里干活儿落后了；在过去几周，他把两个铸件弄砸了，工头对他大吼。过了一阵子，他开始缺课；等他终于来上课了——这种情况很稀有——画师又训斥他。他对自己的失望一字不吐，躺在床上担心。母亲的缝纫机在楼下持续响着，因为她得挣出多余的钱来负担他的学费。这一切真的值得吗？为了没完没了的愚蠢线条？他怎么可能在将来去修复天使的一只手——如果他不得不没完没了地在劣等纸张上画线？他告诉工头他又能晚上加班了，工头心里有数地咯咯笑，他沉默地忍耐下来。但是他至少在课上交了一个朋友：一个在纺织机出故障时失掉右臂的男孩。他用左手画得比他们都好。他甚至给线条变出花样：把线条连成整体，富有节奏感地变化长度、厚度和重量感，从浅色到漆黑的线条，有个性的线条，大组的线条说着一种无声的语言，一层又一层——好像他在这些线条中看见了整体的空间,无尽的维度和视角。它们变得成群结队,为了某种目的组织起来,像前进中的部队。它们变成了只存在于独臂男孩脑中的建筑,沿着路边竖起的电线杆,军营的窗户排成的行列的侧影,一个未来主义的城市,建筑的幻象,一层又一层,一个由消失点构成的世界把你拉进去,而于尔班的画纸上除了直线没别的。学期结束,独臂男孩升到下一个班级:画块状物,正方形,长方形,菱形,然后是立方体。他再次把机械的练习变成奇迹,装满神秘盒子的储藏室;你盼着打开这些盒子,以便发现他的秘密——块状物,更多的块状物,开敞的微型房屋和廊道,凹面的块状物和凸面的块状物;他是怎么做到的?好像这孩子被幻象深深地打动了,这些幻象像炭笔和想象力的音乐变体;他的上身微微斜侧,好像随时准备要跳到内心里去,跳到他笔下的那个世界不为人知的深处去。他身体另一侧的断肢在用别针别起的衣袖里随着他轻柔地晃动,可怜巴巴的,划着小小的圆环形,完全自动,被某种奇怪的力量驱动;不知为什么,它好像将暗藏的意味和力量赋予了另一只手画的那些精致的线条。相比之下。外公看到自己的练习多么寒碜;也许他对独臂男孩的崇拜使他失去信心了,但是他不会忘记他的独臂朋友发烧般的决心。即使没有绘画教士,这位朋友或许也能画出这些图案,它们甚至不是布置的作业,而是直接从他的笔下涌现,一个没有起因的世界就这么形成了。

在周五晚上,他有时漫步走过"金色羽毛"的橱窗——那是一家售卖艺术用品的商店,至今还在营业。紫貂毛的画笔,圆规和铅笔，麻质画布和速写本，全都躺在照明昏暗的橱窗里。他会两手插在裤袋里站着，神情羞愧，盯着那些美丽的物件，盯着一个把他吐弃出来的梦境。

※ ※ ※

一天，独臂男孩从他身旁冒了出来。

"于尔班，为什么你不来上课了？"

他耸耸肩，死盯着橱窗里的东西，没说话。

男孩说："跟我一起来，重新开始。"

他固执地摇头。

但是，等独臂天才走了，他深吸一口气，鼓起勇气，用不多的零花钱买了一个素描本和几支新铅笔——他几乎把全部薪水都交到家里，留下的零花钱很少。

在接下来的那个星期，他走进位于弗尔德尔街和维尔德角落上那家优雅的书店，橱窗里有艺术书籍。他翻看着，不时紧张四顾。他看那些插画，把它们刻印到脑子里去——凡·戴克精美绝伦的肖像画中的手和眼睛；提埃坡罗[1]画中的发式、包头巾、被风吹的衣服、肌肉发达的肩膀和正在交配的蛇；约尔丹斯[2]的一幅画中一个小女孩朝下看的胆怯的眼睛；皮耶罗·德拉·弗朗西斯卡[3]的一幅画中一个旁观者的奇怪表情，壁画背景中别墅精致的帕拉第

---

1. 乔瓦尼·提埃坡罗（1696—1770），意大利著名画家，属于早期洛可可风格。
2. 雅各布·约尔丹斯（1593—1687），荷兰佛兰德画家。
3. 皮耶罗·德拉·弗朗西斯卡（1416—1492），意大利文艺复兴初期的著名画家。

奥式拱门[1]；德·洪德库埃特[2]想象的禽鸟乐园中骄傲的孔雀和鹦鹉；在他困惑的脑中舞蹈的色彩和形状。

店主阿道夫·贺斯特——根特的一个知名人物——突然出现在于尔班身旁。他从头到脚打量他，仔细查看他的脏衣服，吸着鼻子闻他身上刺鼻的生铁和劣质油脂的气味，斜眼看他踩在精致的镶木地板上的木头鞋。他说："你还想用那脏爪子摸弄我贵重的书多久？如果不想买什么，那么赶紧离开。"

满怀羞辱，于尔班抬脚走到外面，用几乎听不见的声音咒骂。他感觉内心有一股力量涌上来，觉得自己能凭记忆画下那些素描和蚀刻画，那些油画和壁画。等着瞧吧，他会让他们看看他的本事。他走回家，从抽屉里取出素描本，在厨房的桌子旁边坐下；其他孩子在椅子底下、他的腿后面玩捉迷藏。他则试着画一个《圣经》人物的头，一位雷神，一个长老，一个有力量打破这咒语的人。他画得一团糟，一张扭曲的脸看着像小丑，像一头死公牛被砸烂的头。他把画着混乱线条的珍贵纸张投进燃烧的炉膛。

整个冬天，只要晚饭后还有一些力气，他就坐着画画儿。开始是把左手放在桌上临摹，其结果是一只邪恶的爪子，狮身鹰首翼兽或类似动物的爪子。他饶有兴趣地把它改画成一组令人毛骨悚然的逼真的爪子，拿给孩子们看："看，一个怪物！"他们的尖叫听

---

1. 帕拉第奥式建筑是一种欧洲建筑风格，主要根据古希腊罗马建筑的对称思想，意大利文艺复兴时期的建筑家安德烈亚·帕拉第奥（1508—1580）是这个风格的代表。
2. 梅尔基奥尔·德·洪德库埃特（1636—1695），荷兰画家，擅长创作以自然风景为背景的禽鸟图。

起来像是鼓励。他临摹汤锅,它成了炭笔线条组成的扭曲可笑的一堆。两个洋葱变成了怪异的煤堆。那么好吧,他要画煤堆,凭记忆画一大堆。这也不太容易。现在他必须保证煤堆不要看着像洋葱。慢慢的,一个苹果看起来像苹果了。一支绘画用的铅笔躺在桌上。他临摹它——噢,好吧,画它——铅笔旁边有一个淡淡的影子。那么,这是线条能做到的。如此缓慢地,他从羞辱中解脱,开始自得其乐。他甚至从不成功的习作中得到乐趣,因为它们带给他新的想法。在漫长的冬日,在形状的持续变化中,在那些游移的蜕变中,在图像的成像变形和相关形式的变化中,一个新世界向他敞开了。在一天漫长的劳作之后,这是他回家能做的一件事;这是他在午饭休息时期待的一件事——他用温吞吞的咖啡把三明治冲下喉咙,努力屏蔽车间里的哄然大笑和那些大男子主义的故事,比如手伸进女人的裙子里摸,厕所门上的孔眼,洗浴室里淫荡的侍女,客栈旁边母马的漂亮屁股,以及其他同类的有趣话题。

他在镜子前坐下,试着临摹自己的头部。他手忙脚乱地画,擦除,表现不同程度的阴影,努力把握轮廓。一小时后,从纸上朝他做鬼脸的那张脸如此令人反感,他忍不住笑起来。母亲走过来,从他身后飞快地看了一眼。他把画纸甩到一边。

"别这样,傻孩子,让我看看。"

"不,妈妈,别看。"

他想着独臂男孩,以及线条和立方体构成的梦的世界。

他把涂得满满当当的画纸塞到卧室里旧橱柜的抽屉最下面,在袜子和内衣底下。第二天,他重新开始,一次又一次,这样过了整个冬天。春天来了,其他男孩到户外散步、游泳。在早春的温暖日头里,他们跟女孩子在莱斯河上划船,但他独自在家里画画儿。其他人都在户外,在轻松飘过的白云下,在温暖的空气中——这空气正使这座城市发生神奇的变化。他在画,在进步。坐在那儿,独自一人,他有时感觉有一种力量内在于他,一种伟大而深沉的力量,使他觉得自己是一个人物,能做到其他人做不到的事。经过数月的努力,他感觉像是到达了一座山顶。"别犯傻,"一个声音说,"这儿没有顶点,你还没开始呢,这是山边的一块小空地,你能在这儿喘口气,向下看,然后说:'看我们已经走了多远。'"这想法使他感到骄傲。但是当他仰望——换句话说,当他想着在书店里看到的复制品时——他知道前面有一段漫长而陡峭的路要走。甚至这也吓不到他了。他真想见到父亲,把一些素描拿给他看;他确信母亲在几个月前就把他的秘密告诉父亲了。他盼着父亲回家。他沉入无梦的酣眠。

※ ※ ※

我们去赫肯拉斯买书就像一种庄严的仪式——赫肯拉斯的前身是阿道夫·贺斯特书店。外公从来没有像去赫肯拉斯时那样把黑靴子擦得如此雪亮。他从来没有如此庄重地走进过任何其他地方,而赫肯拉斯先生正在店面后头把顾客抽出来的书放回架子上——他与已故的伟大诗人卡莱尔·冯·德·乌史泰纳[1]的友谊广

1.卡莱尔·冯·德·乌史泰纳(1878—1929),佛兰德作家。

为人知。当赫肯拉斯太太在旁边和善地看着时，外公会站在光洁的书架前，在肃穆的静默中翻看几本书。看到了感兴趣的什么，他会审慎地吸吸鼻子。

他离开时总要买一些东西。说法语的赫肯拉斯太太带着优雅的倦意，眼睛游移在他的夹鼻眼镜上，他的拐杖上，他的深蓝色西服和波希米亚风格的领结上，目光中掺和了温情与怜悯。她用一只戴戒指的纤细的手摸着苏珊娜·莉拉的一本小说的封面——在收银台旁边一个整齐码放的书堆上——她等着，直到他展开钞票，递给她两张。她用漂亮的纸把书包起来，纸上印有她雅致又贵气的书店的店名；她矜持地微笑着，把书递给他，用几乎听不见的声音说一句法文的"再见，先生！"。这表明她愿意把他看作一个完整的人——即便他只说字斟句酌的老派佛兰德语。他拿起那本枫丹白露派[1]的画册，微微鞠一躬，然后拉起我的手说："跟我来，孩子，该到威内兹亚尼亚吃奶油雪糕了。"

我后来数不清有多少次自己一个人去赫肯拉斯，在那儿买了几本用《圣经》纸印的昴宿星团系列的昂贵版本、我最早的哲学书籍、几本华美的画册和一本丁托列托的传记。店里荷兰文的书不多；虽然有几本放在一个边窗里，但那儿更像一个躲藏的地方，而不是一种展示。有一次，我找到一册我自己写的第一本书，埋没在旅游指南和一本有关星际旅行的书当中。我想到一个穿木头鞋

---

1. 枫丹白露派指的是16世纪活跃在法国宫廷的美术流派，以法王两次修建巴黎郊外的枫丹白露宫为契机形成了两代枫丹白露派画家。

的脏孩子进来翻看这些书,被粗鲁地赶了出去,后来,他伪装成一位矮小的绅士,经常回到这儿来。我的第一本书在他去世六个月后出版。他从未梦想过我会发表什么。街对面是犹太面包师本杰明·布洛赫的维也纳糕点铺,高贵的女士们在里面吃着涂黄油的羊角面包,喝着从一只银壶里倒出的咖啡,一边看着在赫肯拉斯买的书;包书的纸被整齐地叠起来,躺在她们戴着戒指的手边。她们那么时髦,连说的荷兰文听起来都像法文。

※ ※ ※

在温暖无风的一天,他父亲从利物浦回来了。

他们都去祖德车站接他。几十年后,外公依然能仔细描绘那时的情景,就像老电影里的一幕在他眼前放映。列车从火车站的屋顶下缓缓驶进,发出嘶嘶声和打雷似的巨响,在一团烟气和水汽中停下来。他们在站台上,身处涌动的人群中;还没等他们四处张望,他父亲和蓄着小胡子的木工就大踏步地走来,挥着手。赛琳奔向他;小米拉妮紧抓她的裙子,跟着跌跌撞撞地跑。她带着如此强烈的激情投向丈夫的怀抱,小女孩跌倒在地。弗兰西斯卡斯朝下看着自己最小的孩子——她好像只是模糊地认得他。他从大衣口袋里拿出一些糖果。在坐着轻便马车回家的路上,丈夫和妻子像陌生人似的看着彼此。马车夫把鞭子甩得噼啪响,包铁皮的车轮发出嘎嘎声,加上马蹄声,谈话是不可能的。等到了他们住的那条街上,一群邻居已经聚集在他们家的房前。有些人在拍手,但是等到弗兰西斯卡斯从马车上下来——脸色苍白,疲倦地微笑着,由妻子搀扶着——他们沉默了。他走过人群，几个人伸出手来捏他的手，或是把手放在他的肩膀上。赛琳点头谢谢他们；马车夫把大行李箱拖进门道，她往他手里塞了几枚硬币。他们进到敝旧的家里，关上身后的门。一个伯父和伯母已经用自制的花环装饰了起居室；在厨房里，一大锅汤在炉上冒着蒸汽。弗兰西斯卡斯意味深长地看了四周一眼，什么也没说，好像很吃惊每样东西都跟他记的一模一样：长在院子里的几块草皮，羊圈，在简陋的笼子里跳跃的金丝雀和小雀鸟。他几乎没听见妻子和孩子们的发问；他吃惊地转向他们，抱起小米拉妮。她还不确定他的心思，再次把手放在他满是胡茬的脸颊上。最大的孩子克拉丽斯有些嫉妒，闷闷不乐；朱尔斯和艾米丽在咯咯笑；于尔班喘着气，一言不发。赛琳觉得手足无措，她和丈夫又投入彼此的怀抱。孩子们尴尬地看着母亲把手指插进父亲的头发，不停地吻他的脖子。他挣脱出来，走到门道里，解开绑在行李箱上的带子，给了男孩们一个皮制的足球，给了女孩们一个板子似的东西——上面有钩子和数字，还有一个圆环用来往钩子上扔——又给了最小的孩子一个奇怪的木马，上面有很多洞。"特洛伊木马，布拉克先生做的。"他解释说。他把马尾巴拉出来，演示给他们看：你要闭上眼睛把马尾巴塞进正确的洞里。孩子们惊讶地看着。这时，他拿出一个小盒子交给赛琳。他用他为数不多的钱，给她买了一块浮雕宝石和一条项链。她把浮雕宝石拿在胸前，看着镜子里面。

"你这个傻子，到这儿来。"

他坐到过去常坐的藤椅中。为了能坐在他的膝盖上，女孩们气急败坏地争执着。他把满是胡茬的下巴往她们的脸颊上蹭,弄得她们在他怀里扭动着咯咯笑。

克拉丽斯去院子里把山羊解开,把它带进屋里。父亲拍着它的背,用指关节在羊角之间摩挲。"她上了年纪,我们的贝蒂。"他说。他又陷入沉默,眼睛盯着窗外。

"看看你的大儿子,"赛琳说,"他最想你。你不在家的这段时间,他让我感到骄傲。他怠慢了朋友,就为了帮我使家里一切运转正常。他还学到了一样东西,你会大吃一惊。"

"去,于尔班,"她说,"把你的画儿拿来给他看。"

一开始,外公脸色发白,向后退缩,摇头表示拒绝。然后,他看见父亲眼中询问的目光,于是叹息一声去拿他的画儿。弗兰西斯卡斯接过那叠纸,一张一张地仔细看。那些自画像,对手的描画,那些素描——他在其中尝试不同的姿态:一条蜷曲的腿,按照透视法缩短的人体躯干,风中的一块破布,虬枝扭曲多结的树,一个拿着喇叭的天使。有些画得很笨拙,但时不时地,它们又很出色,富有表现力。

外公完全没料到接下来发生的事:他父亲抽泣起来,把那些纸放到桌上,搂住儿子——搂得那么紧,他几乎不能呼吸。然后,他把男孩推开,上下打量他,开始要说什么,又抽泣起来,再次想说什么,但是除了含混的片段,他还是泣不成声。

"没事儿,弗兰斯,没事儿,亲爱的,"赛琳说,"坐下。"

他捏着儿子的手,沉默地看着他。

"对不起,"他终于说,"你想象不到回家的感觉。每件事都那么熟悉，但又很不同。"

他又望向窗外，好像陷入了沉思，接着，他咳嗽了——一种生硬的摩擦音。赛琳把一碗汤递给他，摸到他的手有多么冰冷。

"弗兰斯，你的手多冷啊。"

"我知道，亲爱的。感觉冷有好久了。好像冷到骨头里。"

在外面街上的什么地方，他们听到那个拉手风琴的人的声音。"那么说，他也还活着？"弗兰西斯卡斯说。鸽子在后厨房的低矮屋顶上拍翅膀，雄性的鸽子咕咕叫，在抓挠。赛琳递给他一杯酒。

"来，把这喝下去，会让你暖和起来。"

他一口喝干。这使他呛着了，他咳嗽起来。赛琳用手掌心拍他的背。

"你想再喝一杯？"

他点点头，从添满的杯子里啜饮。他的呼吸带有摩擦音，尖厉刺耳。

然后，他出人意料地站起来，似乎忽然想起了什么。他想把行李箱里的东西拿出来，但是赛琳说他必须休息，这样第二天才能找活儿干。他一开始表示反对，接着注意到妻子在赶孩子们到房外去："在外面玩儿一两个小时，爸爸累了。"她解开黑色围裙的扣子，说道："来，我跟你到楼上去。"她的眼睛亮起来了。她拉着他的手在前面走，他几乎是胆怯地跟着她上楼去了。

外公写道："父亲回到我们的生活中来。他驼着背爬上楼梯，跟在欢乐的母亲身后，我看到他的头发变得那么稀疏。他比他三十七岁的年纪老多了，面庞清癯，眼睛下面有黑色的阴影。在重逢的喜悦中,恐惧潜入我的心,这恐惧从此不会放过我。"

※ ※ ※

他闲散地在街上走。这是1907年的秋天,他几个月后将满十七岁。根特市中心的街道很安静,人们过着不受打扰、默默无闻的生活,其中充满琐屑的担忧。从美国传来尼克伯克金融危机的消息——一个通过购买联合铜业公司的股份来垄断市场的阴谋引起了大恐慌[1]。约翰·皮尔庞特·摩根[2]和洛克菲勒[3]向将要破产的银行提供大量资金,这才勉强延迟了股票价格突然的严重下滑。在埃及,卡纳冯勋爵[4]得到许可挖掘底比斯城。在荷兰,前来访问的德皇威廉二世[5]乘坐战舰到达,他告诉威廉明娜女王[6],如果战争爆发,德国将尊重她的国家保持中立。但为什么要说到战争?意大利乐师在道旁用意大利文唱着"我为艺术活着,我为爱情活着,我从不伤害谁"。于尔班把两个五分钱硬币扔进车下用一根皮带吊着的锡盒子里。

到了晚上,他会走到父亲的床边,在他的前额上画十字,说着

---

1. 1907年,美国第三大信托公司尼克伯克举债购买联合铜业公司失败,传言尼克伯克公司将破产,华尔街陷入恐慌,引发了美国历史上第一次经济危机。
2. 约翰·皮尔庞特·摩根(1837—1913),美国银行家。1912年著名的"泰坦尼克"号就由他出资修造。
3. 约翰·洛克菲勒(1839—1937),美国实业家,美孚石油公司创办人。
4. 即乔治·爱德华·赫伯特(1866—1923),英国贵族,最为人所知的是他资助发掘古埃及的图坦卡蒙法老墓。他在陵墓发掘六个月后因病去世,引发了"木乃伊的诅咒"之说。
5. 威廉二世(1859—1941),末代德意志皇帝。
6. 威廉明娜女王(1880—1962),荷兰女王(1890—1948年在位)。

那个带魔力的词"神佑汝眠"。从前他们说"愿上帝祝福并照护你",现在只有这个词还保留在他们的日常语言中,说的时候用拇指在前额上画十字——一个年深日久的程序,在外人听起来很傻,也无法理解;一个在打雷的夜晚安抚你的密码。"神佑汝眠"同样也伴随了我童年时代的无数夜晚,像岸上的一块石头成为一个遗迹,从前是从海里桀骜突起的大岩石,被水冲刷光滑,跨越几百万年,最后躺在床边的一张桌子上。那个生病的男人在睡觉,被回忆困扰——他总是在夜里不可抗拒地迷失在回忆中。

透过薄薄的墙壁传来他父母床上的弹簧发出的有规律的、轻柔的咯吱声,像夜空中的音乐,摇晃他入睡,没有思想,没有梦。

※ ※ ※

在城市遥远的西边,在又一个慈善兄弟会主持的机构里,弗兰斯接受了一项将花费他整整两年时间的任务。棚屋和储藏室里粗糙的木构件需要重新涂一层颜料,很多旧窗户的玻璃需要重装。弗兰斯的哮喘有规律地发作,他不情愿地接受了这项任务。他不得不经常在又高又不结实的梯子上一待就是几个小时,在穿堂风中从旧窗框里取出破玻璃,用钝刀子把旧灰泥铲掉,再切割新玻璃,把它们装上去。他偶尔会失去平衡——伸手去拿工具或别的什么;他舞动胳膊以免掉下来,有几次在玻璃上划伤了自己。他的工作总被牧师打断;他们找他去做各种七零八碎的事,无谓地延长了他在寒气逼人的棚屋里做工的时间。

他在数日子,因为他被告知,等干完了手里的活儿,他就能着手修复主食堂里的一幅壁画,并加上他自己的涂面和装饰。这幅大壁画创作于18世纪,现在被潮气损坏了。这项工作像是专为他设置的。他决定在完成第一项更需要体力的活儿之前就开始修复壁画,形成一种在两项工作之间交替的节奏,这使他能够定期恢复体力。晚上,他坐在厨房的炉边画素描:新的人物形象,依据的是他在慈善兄弟会的图书馆里找到的版画。这幅壁画把基督描绘成一个年轻人,背景是花园中一座隐约带有东方色彩的建筑,花园里种满树和灌木,枝叶呈喜庆的环状垂挂下来。青年男女走向前,提着装满水果和蔬菜的篮子。在中景部分的一张长桌子上,有为衣衫褴褛的农夫提供的食物和饮品。基督在前景中,正用一个接纳的姿势迎接神情凄惨的老人和孩子。在这幅场景的下方,弗兰斯在一条微呈曲状的条带上用深红棕色重新画上了《路加福音》中的一段话,用一道金边突显出来。这句话来自一个富人的故事:他的朋友不来他家吃晚饭,他对仆人说:"快去,到城里大街小巷,领那贫穷的、虚弱的、瞎眼的、腿瘸的人来。你出去到路上和篱笆那里,勉强人进来,坐满我的屋子。"

※ ※ ※

我在网上逐个查找慈善兄弟会的修道院和医院的地址,选出了那些位于根特布吕赫、欧斯塔克和根特的。我找到一个以圣弗朗西斯的名字命名的修道院,跟我的外曾祖父的名字一样,但是它在莫策尔,在安特卫普附近。没有一个修道院位于城区西边,或者曾在城区西边——外曾祖父工作过的修道院是在城区西边。是外公记错了？我给一些修道院和医院打电话。谁都没见过食堂里有这样一幅壁画：墙壁在二战前被重新粉刷过，或者食堂被重新装修了；的确有可能在一个世纪前有这样一幅壁画。我能指望什么？他们不能为了我把墙面刮掉，这我能理解，是吧？不，在他们的记录和档案中没有这类事的记载，他们非常抱歉，但是他们真的必须挂电话了，"谢谢您的理解，再见"。

❋　❋　❋

一幅壁画是在刚涂上新鲜灰泥的墙上画就的。颜色涂在湿灰泥上，在灰泥干燥的过程中粘合起来。技巧所在是要能预测颜色干燥后的效果，因为所有色调在湿的时候看着都要深一些；水分使蓝色和红色更亮，也更艳丽，黄色和绿色则看起来没有光泽。假想在弗兰西斯卡斯正在修复的巨大场景中，一个年轻女人的一条腿被潮气侵蚀掉了。那么你首先要在墙面上涂一层高度稀释的灰泥，直到潮湿导致的霉斑消失，或者至少被遮住，同时要保证墙面绝对平整。不能让一丁点儿颜色透过新涂的灰泥显出来，这非常需要技巧，因为有时颜色只在光线从一定角度照射下来时才显出来。接着要做的是重新画上那条腿，但不能是与你眼前所见相同的色调。你必须在刷上灰泥的木板上尝试多种颜色的混合；木板被仔细地标上了编号。等木板干了——在潮湿的天气要花上一个多星期——你就能判断颜色是否大致合适。如果不合适，你就不得不在新木板上重新尝试。

食堂里很快放满了几十块木板，上面全是不同的颜色。采用这个方法,我的外曾祖父仔细画上了那条消失的腿,一件白衣服上灰蓝色的褶皱,食盘里一个浅黄色的苹果,阴影中的一块草地。每次他都必须仔细研究用来尝试的木板,把它们举在要补画的部位。当日晚的太阳照进来,东墙沐浴在欺骗性的红光中,这时他不能工作,除非用旧报纸把高处的窗户遮起来。即使这么做也不保险:早晨的光线中有更多蓝色;在这样的光线下,有些补画的部分看起来没有完全到位,与原画有细微的差别。这时唯一的解决办法是再涂上一点稀释过的颜料,尽可能使它不明显;如果色调太暗,就覆上薄薄一层水质的白色,大部分都要用一块细海绵重新擦掉——在灰泥完全干燥的前几天。哪怕多了一笔,他都不得不从头来过。

就这样,单是修复一面墙上的几个人物形象就用了好几周的时间,没有模特儿也没有版画用以参照。但是牧师们非常热心,时不时给他端来一碗汤,对他赞不绝口。他会变得非常紧张,几乎不知道如何作答。

※ ※ ※

六十年后,外公在回忆录中写道:"现在我老了,已经画了一辈子的画,我相信我多少具备了一个专家的眼光。在我面前有一件证据——一幅彩图描绘了父亲修复的那幅壁画,显示他添加了什么。我心中充满对父亲的崇敬,他逝去得实在太早;看到他怀着爱与奉献精神给那个老农夫的手重新上色,我心中一阵剧痛。他把每个人都看作值得他全神贯注的对象——无论这个人多么卑微。

现在我自己行将就木，我比任何时候都更想念他。"

我多年来就想知道，他是否有意没提到他父亲曾经让他做青年基督的模特儿——他要修复那幅壁画中基督的脖子和肩膀。我终于向感情炽烈的老姑妈米拉妮提出了这个问题——其实是我的姑姥姥，她活到一百零三岁，对那时只记得模糊的细节。她住在挨着祖德公园的弗雷尔·奥尔邦街上的一所宽敞的公寓里，谈起过去，言语清晰，派头十足，备受瞩目——一个过往时代的最后见证。她父亲去世时她还太小，她也不确定那个修道院在哪儿；她从未听他讲起过描绘那幅壁画的彩图，但是她哥哥对她讲起过。姑姥姥米拉妮枯槁的手娇俏地拿着茶杯，手上点缀着一个钻石戒指；她跟我讲话时，我眼前出现了我外公——一个铸铁工人，结实的肩膀上搭着一块旧毯子，在冷飕飕的食堂里摆着基督的姿态，他父亲站在他面前，一言不发地在画。这就好像我想象中的场景变成了记忆，好像是我的亲身经历，在此时此地重现脑际；我也感觉老年在悄然临近。在一幅不可磨灭的壁画中，已逝者越来越鲜活；它是一个没人能重访或重新发现的寓言，但却深深地植根于我的存在。

"在空中跳着舞步"，坚毅的姑姥姥米拉妮说。她是他们中最小的，是这家的宝贝儿；她发出有百岁年纪却又像小女孩儿似的笑声。

※ ※ ※

亲爱的父亲身体越来越差。我夜晚醒着躺在床上。在我身边，我听见也感觉到大弟埃米尔均匀的呼吸。两个姐妹，克拉丽斯和米拉妮睡在最边上那个嵌入墙里的凹处，在一个折叠屏风的背后。在靠门的地方，小朱尔斯躺在他的小床上。倦意使神经绷得紧紧的，我无法入睡——铸铁厂的意象在我脑中闪烁明灭。街灯把苍白的光斜射在床头板旁边的墙上。在夜晚的柔光中，窗框在粉刷过的墙上画出一个黑色的十字。

小油灯的烟气充满了房间。木头鞋在外面的小道上嗒嗒地走过，我试着猜想过路的是一个什么样的人——男人还是女人，年轻还是年老。床垫在床脚那儿被扯开了，填在里面的碎草像烟斗柄似的从我的脚趾间戳出来。沿街再往前是铸铁厂，沉重的铁门在晚上关上了。在它的隔壁，从那些工人家庭的小后院过街是玛依珊德咖啡馆，那儿有时髦女人。我听见音乐声。有人在边走边唱："磨粉机咔咔响……风车叶片总在转。"过了一会儿，我听见父亲在费力地喘气——他在艰难地爬楼梯。过不多久，母亲又进到孩子们的房间里，把几个小的盖暖和，在他们的前额上画十字，然后吹灭了壁炉架上的油灯。我听到在铸铁厂的院子靠后的地方，牧羊犬在窝里哀号，远方一列火车鸣响汽笛；当沉重的火车头倾斜着绕过那个大拐角开向港口时，铁轮发出尖锐刺耳的响声。在所有这些声音之上，我听见父亲在挣扎着呼吸，呼哧呼哧地喘着。我听得很清楚，因为我父母总是让他们卧室的门半开着，为了让父亲亟需的新鲜空气进来。我祈祷了将近一个小时，恳请上帝保佑我父亲，拯救他的灵魂；如果可能的话，治好他的病。我喃喃自语，念珠在指间穿过；有些夜晚，我的脸被泪水打湿。"亲爱的主，请救救我父亲，天上的父，愿人都尊你的名为圣……"我沉入一种混沌状态；等醒过来，我听见母亲在楼下的厨房里——她从炉门中把灰舀出来，拉风箱使火燃旺，以便很快为她丈夫准备一杯热牛奶。她端着奶上楼，我听见她对父亲说："拿着，喝一点儿，这对你的嗓子有好处。多休息一会儿，会没事的。"我从床上起来，偷偷朝我父母的房间看去。父亲安详地侧身躺着，旧被单从他身上滑下来了。我踮着脚尖走进房内，悄悄地整理被单，把父亲盖好，然后轻手轻脚地走下楼梯。母亲给了我一个那么有信心的眼神，卸去了我肩上所有的重担。我拥抱她，在水泵那儿洗了脸，喝了一杯加菊苣根粉的咖啡，穿上工作服，捡起我的帆布包，把它甩到肩膀上——母亲已经把做好的三明治放在里面；我在前门那儿把脚滑进木头鞋，走到清晨的街上。这是一月下旬，圣诞节和新年刚成为记忆，很快就是大斋节[1]前的狂欢——整个星期，戴面具的人在街上一路欢叫。碎纸片被吹到小道上，像最后一场小雪，苍白，被染污了。玛侬珊德咖啡馆挤满了找乐子的人。在街道尽头，两个警察骑在马上，剑插在腰带上，警惕着狂欢的人群。

接下来的那些天，这座城市出奇地安静，好像所有的人都待在家里舔伤口。

最早的暖和天气要来了。春天的暗示，蓝天上有白云在阴郁的

---

1. 大斋节亦称"封斋节"，是基督教的斋戒节期。据《新约》载，耶稣在开始传教前在旷野守斋祈祷四十个昼夜，这个节日由此产生。

工厂上空滑过。希望在大街小巷中游走。人们买来装在盆子里的褐色肥皂水，清洗因为几个月烧火供暖而覆满煤烟的房间。所有窗户都大开。装在罐子里的涂料和装在桶里的石灰水准备好了。人们粉刷小后院的墙，这样就不会有害虫；在墙的底部涂上一条闪亮的黑焦油，把潮气挡在外面。这气味很熟悉，邻居们心情更好了，喳喳叫的麻雀在树篱中飞进飞出。在城区的院子里，贫瘠的黑土用马粪施肥——你在街上就可以把它们铲起来。在这个充满希望的卑微世界里，我对父亲的健康状况感到恐惧，这恐惧膨胀到使我百事俱废，我想把它告诉那些树和灌木丛。因为咳得厉害，他待在家里三天了。在白天，他坐在火光熊熊的炉边发抖；到了晚上，他躺在床上呼哧呼哧地喘，三个枕头叠起来支撑着他疼痛的背。沿着他的牙龈有一条蓝色印迹，那是他干活时经常使用白色铅粉而导致铅中毒的症状，这也许会加重他的哮喘。医生每天来看他，朋友和亲戚来家里问我母亲他怎么样了。在我家的前门边上，邻居的女人在交头接耳。勇敢的母亲砰的一声关上门。一种令人作呕的气味弥漫在房子里，那是疾病的气味。在过去的一周，父亲阵发的猛烈咳嗽在床边粉刷过的墙上留下很多血迹。床边是没人碰过的汤碗和茶，饼干变潮了不再新鲜，水果没人注意。从修道院来了副院长和理事："你最近把活儿做得那么好，弗兰斯。希望你很快回来。你用来实验的木板现在全都干了。"父亲的呼吸越来越沉重，他试着在每次呼气时告诉他们，他知道工作进展到哪一步了——"是的……是的……是的……是的……"早晨，中午，晚上，家里每个人都心急如焚。下午，母亲坐在藤椅背后，把手抬着放在椅背上，他在椅子上呻吟。她的视线游移到外面院子里的树端上，树端在死灰的天空下摇摆。长出新叶的树枝在四月的雨中扫前扫后,像赤裸的臂膀举向天空。母亲的眼圈是红的,但她一句抱怨的话也没说。副院长和理事被感动了。"我们会尽力而为,赛琳女士,请记住我们每天都为你丈夫祈祷。他对我们来说已经变成一个很亲近的人了。"我母亲耸耸肩。

第二天晚上,我和母亲不睡觉来照顾父亲。筋疲力尽的他得了急性肺炎,可能致命。在20世纪早期,没有什么能减轻他的痛苦——没有抗生素,没有盘尼西林。在1908年,放在垂死的肺病病人的床头桌上的是曼陀罗干叶、樟脑、聚醚和焦油丸。为了使他有力气,母亲又为他准备了一杯加糖的牛奶,命令他至少喝一点儿,但是他吞咽极其困难,马上就把喝下去的又咳出来一半。糖使他的嗓子不舒服,牛奶使身体产生更多导致窒息的黏液,但是那时我们认识不到这些。呼吸对他而言变成了一种令人筋疲力尽的战斗。他整个上身扭曲着,完全绷紧,只为了吸入最小口的空气。血液中缺氧使他每分钟心跳一百二十下,一天二十四小时都这样。他的嘴干枯了,嘴唇开裂。不能吸气,他的眼睛似乎都向外鼓出——有时长达半分钟。他一天天瘦下去,脸颊塌陷,鼻子像木乃伊那么尖削。他在床上坐起来:"于尔班……你一定要……把我的手杖拿来——光滑的那根……把它捅到我喉咙里去。"母亲尖叫道:"弗兰斯,请别这样,你要让我们发疯了。"

我从没见过她这样。她撕扯头发,揉搓围裙,好像它是一块破布;她踢床头板,穿黑袜子的脚在木头地板上到处踩,因为无助的愤怒而变得狂暴。在黎明前的天光里,神父带着圣油到了门前。就在那时，母亲内心有什么崩溃了。她把神父领到楼上。她在父亲的床边跪下祈祷，神父喃喃地说着祷词。昏迷的父亲几乎意识不到周围发生的事。因沾上煤烟而变成黑色的油灯继续吐着煤烟，一团烟气悬浮在令人窒息的小房间里。邻居女人聚集在我家前门附近。"胡言乱语，大声喧哗。"母亲抑制着恼怒说。一小时后，医生坐着他的轻便小马车到了，命令马上送父亲住进医院。医院里的人——两个修女和三个打杂的——直到下午很晚才来。他们把父亲抬到一个木头担架上，母亲用两件大衣把他裹起来——他的和她的。"穿上这些，我的孩子——我们不能让你再受寒。"他扯起上唇，想呈现一个微笑。他直盯着我们的眼睛，喘着气对妻子说："再见，小甜心。很快……回来。"其余的话被一阵剧烈的咳嗽淹没了，更多的痰涌上来。

担架被费力地抬放到马车后部。我和母亲坐在前头的一条板凳上。父亲朝前伸出手，紧抓住我的手，结巴着说了几个词；在马车的咯吱声和嗒嗒的马蹄声中，我听不清他说了什么。我点头表示听见了。父亲捏着我的手指头。

等他住进了医院，登记卡填好了，他的衣服被交进去了，我和母亲在沉默中往家里走。她把我拉进圣母礼拜堂；在那儿，她点燃几根蜡烛，跪了下去，沉入喃喃的祈祷，好像要永远持续下去。过了一会儿，她扑倒下去，保持着葡匐的姿势。我坐在她旁边，把一只手放在她的背上。我能透过彩绘玻璃窗看见头顶的天空在暗下来。我听见几个孩子在礼拜堂前面的小广场上玩耍。蜡烛的火焰在圣母像前一动不动，好像冻住了似的。雕像下面是一行涂写得很拙劣的拉丁铭文："你，颤抖的人，在上帝这儿找到庇护，因为他会疗愈你。"等到母亲站起来,天已经黑了。"来。"她说。我们到家了,兄弟姐妹没吃晚饭就睡觉了。那天晚上,我在母亲的床边坐了很长时间。我们什么也没说。第二天早晨,我们九点以前就到了医院门口。修女们在高吊天花板的走廊里走动,回避我们的眼睛。她们把我们昨天拿来的衣服放在一张桌子上,一个医生坐在桌前。"亲爱的夫人,"他说,"请不要惊慌。这是我主的意愿。你丈夫得了我们称为百日疯的病。他今天早晨三点钟过世了。请勇敢面对,照顾您的家人。这是我主希望您做的。"他把她丈夫的念珠和钱包推过来。他的内衣被捆成一个包裹。母亲的面色变得深红,接着又变灰了。她拿起包裹,结巴着机械地说了一句"谢谢您,医生",然后踉跄着走了出去。

到了街上,我试着扶住她,但是她像一个布娃娃一样从我胳膊上滑脱。我扶着她坐到一个花圃旁边的凳子上,番红花和水仙花盛放成鲜艳的黄色和蓝色的行列。她开始抽泣,好像刚刚才从内向外爆发。她抽泣得那么厉害,我怕她会喘不上气。她用一只木头鞋踹花。"我不要这样,我不要,我不要……"她哭喊道。我试着使她平静,但是这只让情况变得更糟。她的身体摇晃起伏,好像里面有一个魔鬼被放出来了。我紧抓住她的肩膀。像这样有一刻多钟,她精疲力竭,陷入沉默。她看着我——浅灰色的眼睛好像在她脑子里游走。"三十八岁变成寡妇,"她说,"我不能,我不要。"又一阵猛烈的抽泣,伴着哀号。她的发髻——那天早晨那么仔细地梳好的——已经松了,她看上去有些发狂。我根本无法理解自己的感情。我哭不出来——好像胸口有一个塞子,一个坚硬的、外来的东西,从前不在那儿,可是现在塞得那么紧,使我无比痛苦。伯母罗萨来了——她在我们家照看孩子。她立刻明白发生了什么事;她把抽泣的母亲扶起来,拖着她走。在运河两旁的树下,母亲在她身边深一脚浅一脚地走,像有关节的玩偶。她经常在途中停下来,又开始抽泣,有几次腿软得跌倒了。一个男人跑过来,想帮她站起来。她用指甲划伤了他的手,厉声叫他走开。我结结巴巴地说着废话:医生搞错了,也许父亲只是昏迷,我会回医院去亲眼看看,我……母亲粗暴地推搡了我一下。"别说话,于尔班,求你,这次你要闭嘴,看在上帝的分上。"

我们连着几周都闭嘴。谁都不说话,因为我们都生活在恐惧中,担心母亲会发疯。她把自己同所有的人和事都隔开。一天开始,她一言不发地给孩子们洗澡。早晨,她沉默地把牛奶递给他们;到了晚上,再沉默着把用酪乳做的粥递给他们。她让罗萨收拾碗碟,她自己则爬到床上,甚至比孩子们还早,躺在那儿直到第二天早晨。她不再在睡前在我们的前额上画十字。她看着像一个机器人,一个幽灵,一个鬼魂,只是模糊地好像是我们的母亲,但是无法靠近。一天晚上,她在桌边坐下,突然像狗一样哀号——"我的弗兰斯,我可怜的孩子"——然后垮成发抖的一团,把晚饭吐在椅子旁边。我们心焦地看着。米拉妮开始哭。我扶母亲上楼到了她的房间。春风吹打窗户,发出钝响。我听见奇怪的咯吱声,好像在这漫漫长夜里,这栋老房子的构架在轻微地挪动。晨光乍现,一只黑鸟在屋顶上唱歌。它似乎在吸进所有的空气,我们的父亲不能再把这空气吸进他的肺里。

三天后——在办完由政府出钱的葬礼之后——我回到铸铁厂。虽然没问我什么,但这些人对我很温和,从我手里接去了大部分难做的活儿。等晚上回到家,我看见母亲睡在她丈夫的藤椅中,黑色的长发没梳起来，在苍白的脸周围呈扇形胡乱地披散着，像希腊神话中的命运三女神中的一个。山羊又进屋到了厨房里，地板上到处是啃过的面包和蔬菜的残余。兄弟姐妹不在家。我在山羊的脖子上松松地系上一根绳子，把它领到外面。我走进玛侬珊德咖啡馆，问酒吧侍者想不想买我们的山羊。没有讨价还价，他同意了，把手伸进放现钞的盒子。他给我三十法郎买下了我们的老贝蒂——实际上太多了，但这将被证明是一条救生索，正好够我们渡过最初几个星期的难关。我回到家，把钱递给母亲；她一开始只是盯着看，好像不知道那是什么。

"谢谢，于尔班。"

她上楼去了她的房间，关上了门。半小时后，她又下来了。我正坐着，两手放在膝盖间，盯着外面。"拿着。"她说。她把父亲的金表递给我——我从"虔敬之基"赎回来的那块怀表。"仔细保管好，于尔班，这是我们剩下的唯一传家宝。"她又上楼消失了，直到第二天才又出现。

※ ※ ※

在电脑上录下以上文字之后，我躺在床上，毫无睡意。在这夜里，他们的时代、他们已消失的世界，他们的形象出现在我眼前；下雪的新年早晨，赛琳和弗兰西斯卡斯的五个子女来到我们家——甚至当我还是孩子的时候，他们就是老人了：姑姥姥克拉丽斯波浪形的白发挽成一个髻，她颤抖着，手里握着闪亮的手杖，她丈夫冯斯在她身旁——一个很吵闹的男人，总在抽烟斗，讲笑话，突然进到厨房里，裤边带着骑自行车用的老式的夹子，好闻的烟草味道萦绕着他,凹凸不平的脑袋上又硬又直的铜色头发已经变灰。呼吸发出嘶嘶声的朱尔斯是外公最小的弟弟,他跟舅姥姥列奥婷结了婚,她是一个心思简单的女人,整天从一个小水晶杯里喝杜松子酒,无论看见什么都把胖乎乎的手放在她那令人仰慕、覆满蕾丝的胸口上说"求主怜悯";埃米尔舅姥爷是中间的那个兄弟,他坐在一把蒙尘的椅子上,苦于帕金森症——我看见他一次次擦火柴,想把雪茄点燃,但是他的手缓慢地起伏颤抖,不断把擦燃的火柴弄灭,直到比他年长,但是身体好得多的外公从椅中站起来,帮他擦燃火柴,已经上气不接下气的埃米尔才能够有节奏地吐出一阵阵烟,然后吸气使烟头燃起来;每次都有那么一刻,火看着要灭了,吐出的小口烟气又使它复燃。这家的宝贝儿是姑姥姥阿妮——优雅的米拉妮晚年这样称呼她自己——她旁边坐着她丈夫,用了太多香水的奥迪隆,一个理发师,有传闻说他喜欢摸女人,七十岁了还是满头波浪似的黑发。最后是最大的儿子,我外公——那个所有事情都围绕他转的男人——他旁边坐着他妻子加布里埃尔,她在安静地微笑;每年新年,全家人在她家里聚齐。他们一个接一个从前门走进来,在垫子上跺脚,擦拭厚靴底,发出嘭嘭声和摩擦声。他们向我母亲喊叫说,要把她漂亮整洁的家弄得像猪圈。他们随身带来雪的气息和冷空气,深色冬衣的材料是防水的罗登呢、貂皮、阿斯特拉罕羔羊皮,带着樟脑球、薰衣草和马赛肥皂的气味。他们的形象非同凡响——这样的记忆随着我们的身体一起成长,我们小时候认识的大人总类似于一个灭绝的旧神祇的种群,在我们眼前依然高高在上。他们不停地讲笑话,呻吟着在椅子上坐下后就抱怨说:"我们不会再变年轻了,是吗,于尔班?"他们会回想,记起老故事,经常伴随着一阵阵大笑,然后这笑声消歇下去,最后是深沉而忧郁的一句,"是啊,老年悄悄就找上你,不是吗,亲爱的?",偶尔有一声叹息;冯斯会大声说我母亲给他们酒喝时不像过去那样慷慨,于是杯子被取出来,又上一轮玛德琳蛋糕和手指饼干。冯斯会用一句暧昧的俏皮话使每个人脸上都呈现微笑,姑婆克拉丽斯会摇着头说:"啊,冯斯,你这个老不正经。"其他人持重地轻笑,外公则不满地望向窗外。我希望再听到他们的故事,包括每个鲜活的细节——虽然那时我悄无声息地待在那儿,看到也听到了每件事,但是我什么都不懂;我是那个几年后摔碎他们父亲的怀表的恶棍。天窗下面的房间里很快充满了雪茄和香烟的烟气——他们把从屋顶上的彩绘玻璃看到的天光叫作"天窗"。装安特卫普的好酒的瓶子很快倒空了;在列奥婷的要求下,杜松子酒被拿上桌。"这对你的病有好处,比长生不老药还好。"朱尔斯轻声笑着说。我母亲拿着甜点和开胃菜跑进跑出;他们谈论儿孙,谈论谁去年过世了,这如何令人难以置信,以及谁家有这房子里的新鲜玩意儿中的一件——"一台电视机。"朱尔斯冷笑着说。他们谈论这些新鲜玩意儿如何一无是处,或者它们有多棒,以及它们多么昂贵;他们谈论这座城市的老式电台转播系统的问题,直到米拉妮怏怏地说她总是选中最贵的东西,因为便宜货最后会让你花更多的钱;朱尔斯会大声说:"我们的小米拉妮跟我们亲爱的过世的母亲一模一样,一个仿贵族的女人。"外公会抗辩说:"母亲一点儿都不仿贵族,你在说什么啊?"

克拉丽斯打着结巴、发着抖活到一百零六岁，一如既往地安静，头脑清晰；米拉妮活到一百零三岁，直到最后一天都是满怀伤情，优雅如故；外公活到九十岁，英勇而感伤；朱尔斯和埃米尔在八十五岁左右时去世。他们全是坚忍的人，幸存者，经历贫困和残酷的战争使他们变得很耐苦，骨子里都是基督徒，但是对于生活的真实状况，他们又讲求实际，持冷峻的反讽态度。按时序发生在他们身上的事件很简单，但同样极具效应；这些事件只有一个参照点——"那是在一战前"或者"那是在一战结束后很久"。他们对第二次世界大战从未讲过太多。有什么可说的？他们挨饿，吃过用柑橘皮和土豆皮做的面包，在斯凯尔特河中见过跟男人的胳膊一样粗的鳗鱼；德国人对他们很礼貌，即使突击检查也这样，没什么可抱怨的；噢，对啦，他们炸毁了城外存放盐的仓库，但那只是逸闻。

※ ※ ※

他们坐着，他们谈话，他们叹气，他们大笑，他们咳嗽，他们吞咽，他们又从杯中啜饮一口，他们说："是啊，生活是一件特好笑的事情。"他们把手放在膝盖上：一双手蜷曲多结，指甲的角质层里有脏东西；另一双手纤细或者苍白。但是我无法像外公那样画下它们。一种非现世的光芒环绕他们深色的身形，永不回返的东西散发的稳定的光。消失了，灭绝了，塌陷的墓碑散落各处，他们的房子被整修或被拆毁，地址变得模糊，他们住过的街道变得认不出来了，表停了，齿轮坏了；我紧张地摆弄那些被扫起的碎片，知道我永远无法使它像一个世纪以前那样，走起来，发出嘀嗒声，重新活过来。

＊　＊　＊

赛琳用了半年时间才挺起腰板，准备重新开始生活。那一定是在夏末，八月初的一天。夏天的几个月在不知不觉中溜走——恍惚间流走的时间，溜走的光，温暖的夜里缠结的梦，醒来时的浑身汗水，伤痛的毒汁充满血脉。她瘦了，这使她看起来更庄严。发髻反射光的地方突显出一些白发，使她周身的氛围更加明亮，意味着情感的净化和内在的决心。她养成了这样的习惯——无论什么时候走过门道里的大衣架，她都会用指关节触摸死去丈夫的冬大衣，大衣挂在那儿几个月了。在房后的农地上空，她目睹了一场战斗。一只乌鸦一次次地攻击一只喜鹊；两只鸟掀起一阵可怕的嘈杂——围着彼此旋绕，突然划着弧线飞开，一起不顾性命地朝下猛扎，在全速飞行中用喙狠啄对方。她站着看它们盘旋，觉得这景象很美，也充满了力量，带给她一种全新的官能感受，一种清透感，好像一股新鲜的水正流过她麻木、休眠的身体。她朝四周看，深深地叹息了一声，感觉好像正从几个月的神智昏然中醒来。房子里一片狼藉，窗户盖满灰尘。这景象使她难过。过去几个月，她觉得她同以往一样在本着良心行事。孩子们在哪儿？他们又在街上玩吗？他们一天到晚都做了什么？她不得不承认她不知道。他们经常到邻居家吃晚饭，放学后很晚了还待在外面；到了上床的时间，她不得不挨家挨户找他们回家。突然间，这情形使她感到羞辱，感到难以忍受。她靠着大儿子很少的收入生活，他们以备不时之需的钱很早以前就用完了。于尔班也在别处吃晚饭，她甚至不知道在哪儿。

她在惊讶中又朝四周看，然后盯着无精打采的八月的天空。鸟儿不见了，几朵低垂的云在屋顶上方飘移，全是下雨的征兆。她被一种渴望压倒，要走到夏日的暴雨中去。她走到院子里。最早的雨滴落下来。她抬起头，无声地抽泣着。这对她有好处，帮助她吸入空气，打开一个内心的空间。她好像与周围的空气融合为一了。她吞咽着，脸上的雨水流到脖子上，像往伤口上涂药膏那么舒服。雨突然倾盆而下。她张开双手举起来，手掌朝向天空。一阵很远的雷声滚过。她黑色的厚衣服湿透了。她快活得发抖——一种她很久没经历过的感觉。等暴雨过去了，她回到屋里。她的衣服很臭。她去到卧室里，脱掉每件东西，换上新衣服。

就是在那一刻，她挺直了腰板。

她把屋子收拾整齐。鸟笼是空的——金丝雀和小雀鸟到哪儿去了？最大的女儿克拉丽斯有一天发现它们死了，一句话不说就把它们扔掉了，她没注意到。她甚至没注意到丈夫的冬大衣在一个月前从门道挪到了卧室的柜子里。到了这时她才注意到。她觉得好像这天早晨还刚摸过它。这她怎么能想得通？她什么都不记得，内心空空如也，但是也第一次感到轻松一些，快乐一些。

第二天早上九点钟，她站在奥斯塔克的慈善兄弟会门前。他们让她进去。她问副会长有没有活儿给她干。他们有。她能为慈善兄弟会管理的疯人院做衣服。在同一天，她走长路到新开运河附近的约瑟夫·圭斯兰医院；从那时起，她从那儿接到缝纫的活儿。有时他们的指示很奇特：袖子要做得特别长，还要缝得连起来。在洗涤杂物的房间里，她放置了两台缝纫机，一台是从医院借的，她分期付款买了另一台。等年纪小的孩子们去了学校——埃米尔已经跟于尔班一起在铸铁厂里当助手——那个早逝的邻家女人的大女儿莉奥妮就开始跟她一起干活；她同意来帮忙，只收很少的钱作为回报。缝纫机的咔咔声和噗噗声持续地响起来。莉奥妮成天讲荒唐故事和八卦新闻；赛琳很少作答，但这显然使她放松，可以让她去想别的事。一天天过去，活儿做得越来越顺。报酬付得很快，按件付酬的钱很合理。家里的经济情况开始显得不那么窘迫了。

※ ※ ※

一天，送走又一批五十件衣服之后，她和喋喋不休的莉奥妮去了在朗厄芒特的鞋店。赛琳买了她结婚后的第一双漂亮鞋子——尽管她那个号码的鞋子只有四双在减价，她还是用了一个小时才作出决定。她考虑买不买——这笔花销似乎有点荒唐，但却带来一种傻气的幸福感，像一个必须抓挠的痒处。她选中了一双带蕾丝花边的靴子，是亚光的黑色。

"我感觉自己像一个虚荣势利的女人了呢。"她笑着说。很多月以来第一次，她浅色的眼睛带着冷嘲的神情，闪亮了。

※ ※ ※

男人们不断出现在她家门前，要同她一起坐下，好好儿谈谈生活。他们中有出类拔萃的绅士，谦逊的店员，普通工人；城里显然有够多的鳏夫得知了她丈夫的死讯。"你依然那么可爱，又那么孤单；对一个像你这样充满生气的女人，这种生活不合适，所以我对自己说，我什么时候要来看看，看……"

"我这么过没问题，别麻烦你自己。"她回答说，然后把男人刚挂在椅子上的大衣递给他。有时，他们中的一个来到门前，帽子拿在手里，打着结巴，发着抖，脸通红，当时就向她求婚。有时她被逗乐，有时她被感动，有时她笑自己傻。更多的时候，她被惹恼了，砰的一声把门迎面关上。有的男人悄悄溜走，肩膀耷拉下来；有的男人请她考虑；其中一两个对她说了极恶毒的话。有一天，甚至连家庭医生都不请自来；从他偷偷的轻笑，她看出他为什么来；他说一个女人没有男人来帮她经受考验，这对健康不利。"尊敬的医生大人，"她说，"您忘了您的希波克拉底誓言[1]？或者说我要找一天同您太太贴心地谈一谈？"他急忙离开了。

※ ※ ※

她独自去墓地。她宁愿这样。她有时在那儿待几个小时。

"妈妈，你为什么在那儿待这么长时间？昨天你回来时天都

---

1. 希波克拉底誓言是古希腊的希波克拉底警诫人类的从医职业道德准则。希波克拉底是公元前5世纪到公元前4世纪的著名希腊医生，被西方尊为"医学之父"。

黑了。"

"我跟你父亲谈话,于尔班,这让我心情放松。"

"你告诉他有很多人来我们家追求你吗?"

"告诉了,"她笑着说,"我告诉他每件事。"

接下来的那周,她去墓地时带上了一罐黑色涂料,要把简陋坟墓上的铁十字架再涂一涂。她在那儿待了很长时间,想着亲爱的弗兰斯的身体离她只有几英尺。他现在看起来什么样……这想法使她头晕。她想用指甲刨开那些土。永久的睡眠,她想,永久的睡眠,天啊,天啊,他离我这么近。她用力咬牙,把牙都要咬碎了;想挖出棺材的阴郁冲动耗尽了她的力气。她闭上眼,等着眩晕感过去,然后又开始刷涂料。"我可怜的画师,"她喃喃地说,"看看我现在,在给你刷十字架。"

等刷完了,她抬起头,注意到那些坟墓上褪色肖像的眼睛,好像无数死人的眼睛全都在看她。"死亡已经消解掉数不清的多少人?"——她记得这行诗句,但是想不起是在哪儿读到的。她发抖了。墓地里没人了。她在这儿这么久了吗?已经是黄昏了。她必须赶紧在守墓人关门前到达出口。她还蹲着,就要站起来时起风了;她听见身后突然响起很响的窸窣声,这声音来自远处,在坟墓间以极快的速度靠近她。噢,上帝,这是魔鬼,她想。帮帮我,弗兰斯,魔鬼来找我了!我做了什么该得到这样的报应?她站直身体,发着抖。一张很大、很脏的纸飞过来,贴在她背上,她发出一声尖叫,那张纸滑开去,贴着她的左臂擦过去,像一只肮脏的大手在摸索。它继续在坟墓间飞,直到卡在一个灌木丛中,像一个不成形的动物那样抽搐着。她的太阳穴突突跳。在极度痛苦中,她尽快跑到出口。守墓人嘟哝了一句"晚安,夫人",让她出去,在她身后关上了嘎吱作响的门。

从那天起,她去墓地都带上大儿子于尔班。

"你必须保护我不受邪神的伤害,"她微笑着说,"假如它来抓我,你会怎么做?"她又笑了,但是她深不可测的浅色眼睛里闪着畏惧。

年老的外公写道:"我母亲像一只令人艳羡的稀有蝴蝶那样被追逐。"

她连着几个月都把前门锁起,即使在白天也这样。

※ ※ ※

在那之后不久,莉奥妮的父亲亨利开始来家里接他女儿。一天,他让她自己回家;他进到厨房里,拧着手向赛琳求婚。她忍不住大笑,说这主意荒唐至极。他继续施压,说他赚的钱可以让日子过得不错,说她能得到帮助,说他是鳏夫而她是寡妇。她打断他说这事儿根本不用谈。但是亨利继续到家里来,最后,她禁止他在完工后来接他女儿。这样安生了一阵子,然后,他开始来信,送信的是尴尬的莉奥妮,莉奥妮有时也嗤嗤地笑。笨拙的信,恭维她的短条,格式很正式,内容荒唐得令人发笑,满是语法错误——他在想什么?她把信扔到盛煤的桶里,注意到莉奥妮在咬下嘴唇。又写了六个月的短条——短得无礼,充满谴责——他又出现了,红着脸,帽子拿在手里。他再次求婚,附带一个最后通牒:她有一个月的时间考虑，不然他女儿不会再来这儿干活儿。当被问到她有什么意见时，莉奥妮最初拒绝介入，但终于还是嘟囔说，要是赛琳做她妈妈就好了，而且眼里满是泪水。

骄傲的寡妇像惯常那样挺直腰板，把想法藏在心里三个星期，然后说："好吧，如果我必须这么做。"

外公被震惊了，满腔怒火，不知所措，惊骇万分。在回忆录中，他言辞激烈地写到这个笨手笨脚的呆子来到他们家，打碎杯子，把叉子掉到地上，不会欣赏音乐，更别提绘画或者任何形式的美；他在饭桌上从不说感恩的祷词，总是飞快地吃完，然后坐到外公逝去的父亲的藤椅上，"肆无忌惮地释放消化道中的气体"——一个亵渎神圣的行为，严重到了令人眩晕的程度。他母亲突然成了一个谜，一个神秘人物，一本对他合上的书。他无法想象她和亨利之间有任何亲密举动。

这样过了一年多，直到一个周日的早晨，他无意间听到他们的谈话。他们刚从教堂回来，母亲穿着为主日准备的最好的衣服，光闪闪的黑发里插了一朵白花。她刚四十出头，正在生命的全盛时期。他听见亨利口齿不清地低声说："到这儿来，让你自己放肆一下，就一次，赛琳，我再也克制不住了。"

她说："为了孩子们你才称心如意地结了婚，亨利，我把我的条件讲得很清楚。你别碰我。如果不满意，你可以爬回到你的破屋子去，把你的孩子送回慈善学校。"

"总有一天我要打垮你。"外公听见亨利回答说。血涌进他的脑子；他愤怒地冲进起居室，看见微笑的母亲眼里嘲讽的神情。她对他眨巴了一下眼睛。亨利像一只挨打的狗一样转身离开，偷偷溜出屋子，在酒吧里度过了那天剩余的时间。

※ ※ ※

就这样，这个蠢笨的亨利·德·波夫成了我骄傲的外曾祖母充满敌意的第二任丈夫，这就是为什么他的名字会出现在那块墓碑上；外公肯定是在20世纪50年代把墓碑从墓地挪走的。赛琳于1931年去世，墓地租约的有效期肯定是二十五年，他没有延长租约，而是把墓碑搬回了家，藏在家里像洞穴似的隐蔽处。如果我算得对，那一定是在1956年，我五岁那年。按照我父亲的说法，外公从根特布吕赫的墓地运回那块石头时用的是一辆手推车——一辆有斜度的老式木制手推车，有很长的木头车把，一个笨重的庞然大物。墓地几乎就在他家的正对面，但是在河对岸。他必须一直走到斯凯尔德河上的那座桥那儿，推着手推车通过很陡的桥面，往回走半英里[1]多，到达挨着根特布吕赫教堂的墓地，搬起沉重的石头，放到手推车上，推着它原路往回走，过了桥，再回到家，距离总共大约两英里半。在回来的路上，他推着木头轮子很易卡住的笨重的手推车，车上载着重物。除此之外，路上只要遇到一个坑，墓碑就很容易摔碎——如果不直立着，大理石像蛋糕一样易碎。他肯定用了半天的时间费力地推那个笨重的东西。

我想象他沿着斯凯尔德河，艰难地推着一辆手推车，车上载

---

1. 英美制长度单位，1英里合1.6093公里。

着他已故母亲的墓碑——他觉得他母亲被一个继父的名字冤枉地亵渎了,他从未承认过这个继父。我想起一个他讲过多次的故事——只要收音机上播放爱德华·格里格[1]的《培尔·金特组曲》,他就讲这个故事,而电台定期播放这个曲子。这是他最喜欢的乐曲之一,他总是跟着唱。"听,"他会说,"培尔·金特用一辆手推车载着他母亲,送她去天堂;嘭嘭嘭,嘭嘭嘭……嘭嘭嘭,嘭嘭嘭……富于节奏感的行进,载着他死去的母亲向天堂进发,在山峦和云层之上,培尔·金特正带他亲爱的母亲去天堂!"伴随着音乐,他像业余指挥家那样大弧度地甩胳膊。多年后,我自己买了这个组曲,主要是为了怀旧——一张聚乙烯唱片,封皮上画着天真的山峦和云层。阅读封皮,我惊讶地发现外公跟着嘭嘭唱的第四乐章实际上题为"山魔的宫殿"。我寻找培尔·金特带他母亲奥丝去天堂的情节,结果发现他没这么做过。在亨里克·易卜生[2]写的同名戏剧中,培尔·金特只是给他垂死的母亲讲有关山魔宴会的故事,让这个神志不清的女人相信他在用雪橇带她去那儿;经过峡湾和松树林,到索瑞亚-莫瑞亚城堡,而不是基督教的天堂——尽管圣彼得在城堡门前,奥丝在最后时刻也隐约看见上帝在靠近她。我拿着唱片,满心疑惑。为什么外公要编造这个故事的另类

---

1. 爱德华·格里格(1843—1907),挪威作曲家,19世纪下半叶挪威民族乐派的代表人物。1874年到1875年之间,他应邀为亨里克·易卜生的诗剧《培尔·金特》写配乐,其中两部组曲成了他的代表作,《培尔·金特组曲》是其中之一。
2. 亨里克·易卜生(1828—1906),挪威戏剧家,现代散文剧的创始人。其创作的诗剧《培尔·金特》(1867)讲述培尔·金特放浪、历险、辗转的生命历程,探索人生是什么以及人应该怎样生活的重大哲学命题。

说法？他把他母亲的墓碑运回了家——只有在父亲告诉我这件事之后，我才懂得了外公讲的培尔·金特的故事或许并非有意地混杂了不相关联的事。这个孩子气的故事掩藏了一个戏剧性的事件，其深度我几乎无法想象——那就是他对他母亲充满嫉妒的爱。在外公的想象中，他母亲原先相信的邪灵来抓她了，贴在她背上的那张脏纸像一只恶魔的手，变形成了亨利惹人憎厌的爪子，这爪子想要牢牢抓住他母亲，没有成功。但是，赛琳那天说的话在她自己是否意味着不同的意思？他无法理解的意思？为什么她那么心烦意乱？为什么她说那是恶魔的手？她已经感到内疚了吗？他父亲去世才这么短的时间，亨利就已经在她的生活中了吗？这是不可能的，也是无法想象的。

问题螺旋式下降，一个个深渊展开来。十月里可爱的一天，我在根特布吕赫的墓地里走着，留心寻找死去亲人的名字，想知道我外曾祖母的坟墓从前或许在哪里。找了几个小时，我却意想不到地撞见了拿破仑·德·波夫的坟墓——一个曾经很有名的根特市律师和桥梁修造者；一个突然的微笑打破了我所有怀旧的记忆。在河对岸，在摇晃的树端间，我看见那所房子；唯一还活着的目击证人——我父亲——如今还在那儿平静地生活。房子周围是挖掘出来的深坑，在摇晃的高大起重机的下面，一个新的街区正拔地而起。他的房子——我童年时代充满浪漫气息的房子——矗立在那儿，在巨大的建筑工地之间，像《培尔·金特》中奥丝的小木屋一样，与周围如此不协调。如果不是这座房子矗立在那儿，我几乎无法认出这片区域。几只懒洋洋的野雁和天鹅在被污染的河边泥滩里，紧张兮兮的黑水鸡在浸满油的黑色沼泽地里。被破坏的自然，记忆。嘭嘭嘭，嘭嘭嘭。嘴里哼唱着，我走出这个年代久远的墓地。在暮色中，当我陶醉地聆听爱德华·格里格的"奥丝之死"中的柔板乐章时——那是为一位死去的母亲写的美到极致的哀歌——我脑际浮现出古老的魅影：它们奇大无比，高高在上，在一个洞穴的墙上闪烁明灭，被一丛火光放大成我不理解的诡异形状。

❊　❊　❊

多年后我才回想起外公有一次拉我去看大熊星座。"看，"他说——在这样的时候，他会表现得又快活又激动——"看，你看见那辆大手推车了吗？那是大熊星座。"一开始，我面无表情地盯着他的指尖，上面染着深蓝色的颜料。接下来，我看见那个巨大的平行四边形滑行在静默的苍穹，在九月初夜晚的柔和空气中。他说大熊星座不是长柄平底锅的形状——像很多人说的那样——而更像一辆手推车，一种古老的、被遗忘的手推车，两边倾斜，像原始的手工摇篮，能在星座延伸出来的星星的行列中看到长长的木头车把。这是培尔·金特载他母亲去天堂用的手推车。

我后来意识到，老式手推车的车把不是从车身上伸出来——像大熊星座显示的那样。相反，车把在车身下面，起到承重作用——一个运用杠杆原理的理性设计。排除孩子气的幻想，我们看到这个星座与超市里的购物车最像。但是无论有无杠杆原理，这些细枝末节都再也不能削减记忆的光彩。大熊的形状似乎比长柄平底锅更叫人信不过。我同意它像一辆手推车。我想，一个人就是这样变成了一个蹩脚的诗人:为了某个无法参透的记忆,他被迫在脑子里堆积起长柄平底锅、大熊星座、购物车、死去的母亲、雪橇、培尔·金特和手推车。在记忆中,我一直盯着外公伸展的食指,在明亮、静默的群星之下。

※ ※ ※

在院子左边的角落,靠着那扇旧窗户,有一个锌制的下水管,用来疏导从低矮的屋顶流下的雨水,正好在一楼那儿截止。管子下面是一个接水用的大桶。桶里通常装着一半水;每星期五妈妈从里面舀水洗衣服,这要用一整天时间。当阴郁的小雨落下来时,水落到桶里溅起来,发出有停顿的啪嗒声;一串肿胀的雨滴,有些比其他更重。噗啰呤……噗啰呤……噗呤-噗呤……噗啰呤……咳啰咳……

我的想象跟我一起跑开。我听见钢琴在有魔力的桶里叮咚响;圆起来的半月飘浮在云层之间,桶里的水闪着黑色的光,好像比最深的井还深。我看见高处一个阳光普照的回廊,玻璃珠滚下大理石的阶梯——那是在夏天,父亲在对我微笑……水晶制的圆锥体,晃动的长串珍珠链,在一个被夏天微风吹拂的枝形吊灯上叮当响,叮当-叮当-叮当,像假面舞会上冻结的泪珠……但是不,那不过是水在桶里,我耳中的音乐,像在一张乐谱上舞蹈的音符……噗啰呤……噗啰噗……噗呤咳-噗呤咳-噗呤咳……嘶噗隆咳……噗啰噗……噗啰呤咳……

我竭尽全力把厨房里尖叫和争吵的声音挡在耳朵外面。

✳ ✳ ✳

我从他桌子上那个旧记事本的下面拿出一张有很多拇指印迹的卡片。

于尔班·约瑟夫·埃米尔·马丁

作战部队第二团士兵，年龄：十七岁零九个月

第一连——第一营

录取入学/编号：55238

科特赖克团校学生

1908年11月11日，星期三，签发于根特

✳ ✳ ✳

他没说他上军校是为了逃避家里的紧张气氛，但是他写到铸铁厂的工作在使他付出太高昂的代价。他也提到一个新学徒迷住了铸铁工的女儿，这或许剥夺了他在车间里得到升迁的公平机会。正是在这个不安定的时期，他的气喘病首次发作——一个来自他父亲的遗赠。几周前，一个教区牧师问他是否感觉主在召唤他。"你看，"牧师又不动声色地说，"对一个像你这样的男孩，没钱也没学位，想不做苦工只有两条路：参军或者当牧师。"外公看不出这与主的召唤有什么关系，这似乎更像一种算计——这种算计从未如此清晰地摆在他面前。

✳ ✳ ✳

好吧，那就参军或者当牧师。在福音传道者范阿克神父的促

动下,他参加了耶稣会教士主持的为时一周的静修。他在幻觉中看到父亲站在修道院花园里一棵开花的小桑树下。在修道院的小室里,他睡得不好——"参军或者当牧师"这句话在他脑子里轰响。几天的祈祷、布道和唱诗之后,他回到家,作出了选择:上军校,他要在那儿待整整四年。在这四年期间,他穿得好,吃得好,有靴子穿;他不再需要当牛做马,而是在脾气暴躁的中士手下受训,因为准时、可靠、纪律性强而脱颖而出;他第一次遇到来自上流社会的男孩,他们的活力与优雅、法国口音、经济独立和高傲的态度再次引起他的不安全感——在阿道夫·贺斯特的书店里,他经历过这种感觉。上司很快看出他具备成为一个真正战士的资质:更有纪律性,更坚信,结合了谦虚和自信。他们给他加大压力;有时,为了靴子或者裤子上的一个泥点,他们惩罚他,其他人却毫发无伤。他没有不满情绪。关禁闭的小室破烂不堪,建在大院里的一棵老椴树下,他坐在里面唱小时候的歌。第二天,在嗜酒如命、眼睛通红的指挥官的盯视下,他立正站好,精神完好无损。

"很好,马欣,现在跑步回到岗位上去。"

"谢谢,长官。我名字的发音是马丁,不是马欣,遵命,长官。"

"闭嘴!马欣,该死的。"

※ ※ ※

"我生命的第一部分就此结束。"年老的于尔班·马丁写道——他正舒服地坐在他的小房间里,在葡萄藤缠绕成环状的窗户下面;从窗户朝东望去,驳船突突地开过斯凯尔德河的下游。正是春天。他刚和女儿一起喝了咖啡。伴着一阵通常的喧闹和混乱，他的孙儿孙女上学去了。房子里很安静。他啃着一块饼干。收音机上说巴黎在发生暴乱。他几乎没在听。在邻家植物疯长的花园里的某处，一只大山雀在啁啾单调的旋律。这是无风的一天，天上有白云。这些天，忧郁情绪不时困扰他。他想着死去的妻子加布里埃尔，希望再跟她讲他所有的故事。

"关于战争，加布里埃尔。"

"我全都知道，你这个老傻瓜，你已经讲过二十遍了。"

于是，他沉默了。他拿起画笔，搅拌小团的颜料，去除隔夜在颜料表面形成的一层膜——天青石的深蓝，赭石的红褐，茜草的红色和锑黄。他站在画架前，给一株榆树的几片叶子添色，榆树在一座坍塌的小城堡附近，小城堡完成了一半。

"我知道，加布里埃尔，亲爱的，那是很久以前。"

但是那一天，他坐在椅子里没动。他又看见自己为了体能测试在爬根特的那座山，同另一个男孩一起。他记不起那个男孩的名字。阿尔伯特？阿达尔伯特？或是罗伯特？本特，按法语发音——对了，他们叫他"小本特"——但是他忘了这个名字的其余部分。

※ ※ ※

他掌握了击剑的技艺和在一千英尺之外射中目标的技能（一个被他比下去的军官下令检查他的步枪，因这个新兵显得太有经验而怀疑他作弊）。他在艰难的磨炼中学习法语——跟羞辱他的军官学，跟中产阶级的男孩们学。很多从佛兰德农村地区来的乡巴佬不加掩饰的粗鲁令他震惊：他们晚上在酒吧里混，捏女孩子的屁股，在床上呕吐。他跟一个朴实的瓦隆族男孩成了朋友，六年后目睹他在前线的淤泥中悲惨地死去。他服从——喝得烂醉的指挥官咆哮"肃静！"时他照样服从，尽管当时谁都没有动一动。但是在他的回忆录中，法文词silence被写成了cilense；他笔误了。这个词从纸上朝我迎面跳来。他怎么会一反常态地犯下这个错误？其中有些很荒诞：他把silence跟Céline（赛琳）——一个在他心中挥之不去的名字，他母亲的名字——混同了。silence, Céline——Cilense.

我盯着这个奇怪的词；它把一束光射进我外公灵魂的黑暗的井中，一瞥之间暴露了他的孤独、对家的渴望、对母亲的呼唤——全都深藏于这个令人惊叹却又并不存在的词cilense。我看见他坐在桌前，啃着放了辛香料的饼干。他写着，一言不发。我将会变得强大而沉默，妈妈；那天晚上和你一起勇敢面对暴风雨，我是一家之主；雨水像珍珠，洒在我们的头发上，有一瞬间，我是你唯一心爱的，'一个没来处的英雄'——你喜欢这样叫我。从现在起，我将在这种生活中活着，我从不想要这种生活，完全不像我了解和喜爱的任何东西。"Silence, Cilense。在接下来的寂静中，"这个谦卑的记事者写道，"我不敢咳嗽也不敢擤鼻子；在指挥官的胸口上，勋章发出金属连续碰撞的细小声音。"

※ ※ ※

四年后——经历了对一个叫贝利尔的咆哮醉鬼的一贯服从,在淤泥和沙土中无休止的操练,无数肌肉疼痛的夜晚,在冷清的宿舍里睡觉或整夜无眠——他完成了军事训练。他变成一个结实、自豪、沉默寡言的年轻人。他被解除义务,在登德尔蒙德的补给站交回了步枪和制服。过了几个月,有命令叫他到泽尔扎特以北的边境地带做关务员。他母亲把信扔进了炉子。如果他打算不顾性命地在夜里追捕武装的偷牛贼,还拿自己的健康开玩笑,睡在睡袋里,睡在沼泽地里,睡在下水沟之间,那么他不要指望她会支持他。他请求被遣散不是为了走回头路,再次放弃他的自由。外公点点头,什么也没说。

几周后,他到铁路上找工作,在根特布吕赫的工厂被雇为一名金属制造工人。这一年过得很慢,平静而有规律。他学会了怎样和继父相处。有时他们一起沿着斯海尔德河岸走,很少说话,但对彼此有了更多了解。他快满二十二岁了,母亲说该让他找一个家教好的漂亮女孩结婚了。他经常在市里漫游——将要到来的世界博览会使那里变得面目全非。人们期待世博会使根特变得世界知名,不过在组织和费用方面存在争议。刚开始是说法语的布尔乔亚领头,这主要是因为德国人在考虑对这件事的投资。这促使正在崛起的佛拉芒族布尔乔亚利用德国人——知道他们的德国兄弟支持他们反对城里法语霸权的斗争。简而言之,当根特世博会临近时,德国和法国的利益已经直接对立。在20世纪最初几十年的世博会的喧嚣声中,这只是又一个令人不安的征兆,预示了将要发生的事。似乎没人意识到发生在根特的争斗象征了什么更重大的事,或许除了四十年前的普法战争[1]和过去的其他冲突。来自讲法语的布尔乔亚的压力使法国人最终占了上风。德国人从组委会撤出;这成了一个完全讲法语的项目,一片糟乱,经营不善。除了雄心勃勃的根特市,没有谁真的需要又一个世界博览会。佛拉芒族的中产阶级阴沉地抱怨说,敌人就在根特自己的人民当中——"时髦优雅的布尔乔亚"讲法语时态度高傲,他们就是社区内部的异见分子。在这个原本要表现团结的项目中出现了这座城市在社会构成上的第一个裂痕。无数石膏涂面的建筑矗立起来,向公众展示旧世界和新世界的所有荣耀。这是殖民修辞的回光返照,伴随着追新逐异的低俗趣味。重建了一个塞内加尔的村庄,完整到连村民都有,但是这个非洲村庄的入口更像是一座德国城堡的大门。来自塞内加尔的访问者引发了流言蜚语,说是"根特的一些女孩子"在城堡公园附近游荡,跟"身材很棒的黑鬼"眉来眼去。当他们中的有些人表示希望在世博会后留在根特时,他们迅速被解送到一艘发往非洲的船上。还有一个来自菲律宾伊戈罗特部落的代表团,伟大的根特作家西里尔·伯伊斯[2]把他们描写成类人猿和蒙古人的混血儿。这些一文不名的原始部落人同样也拥有一座自己的建筑,散发着佛兰德中世纪的气息。在四月到十一月的展览结束之后,他们中的一些人在街上乞讨;一个年轻的伊戈罗特人

---

1. 普法战争是1870至1871年发生的普鲁士王国(德意志帝国)与法兰西第二帝国之间的战争。这次战争使得普鲁士完成了德意志的统一,取代了法国在欧洲大陆上的霸主地位。
2. 西里尔·伯伊斯(1859—1932),比利时的佛兰德自然主义小说家。

死了，被严酷的气候压垮的；新闻报道急不可耐地添油加醋说，他也是被思念荒野的乡愁压垮的。他名叫提米捷格，一个世界博览会和殖民主义趣味的牺牲品。2011年，距他去世几乎过去了将近一个世纪，在理事会、委员会和网络论坛展开各种斗争之后，根特市决定以他的名字命名圣彼得斯车站附近铁道下面的一条隧道。甚至有从菲律宾远道而来的代表出席剪彩仪式，他们代表菲律宾向市长大人和比利时铁路系统的大人物表达谦卑的感激之情。

❋　❋　❋

1913年夏天，于尔班在人群中游走，两手放在他主日才穿的裤子口袋里；他看那些根特最优裕家庭的女孩子，但是紧张得没法同她们讲话。他是一个有着极深的宗教感、倾向于内省的年轻人。时不时地，他拿着一个小素描本坐到一张长椅上，把他看见的画下来。在他去世后，我发现了一张小画，一张黑人肖像，在我的记忆中栩栩如生——一张坑洼不平的禁欲的脸，像一位俗世基督，下垂的眼睛里有一种阴郁的神情。他画的是世界博览会上那些来自异域的牺牲品之一吗？他在城里遇见的？就我所知，这幅画一直在他的小屋里，挂在门的上方，在你期待会挂有一个十字架的地方。当我晚些时候去看我父亲时，这幅画不见了，确实被一个小木头十字架取代了。它消失到哪儿去了？我父亲也一无所知，但是这幅忧郁的肖像一直在我的记忆里。我从来没有完全理解那个异域人物象征了什么，我从来没问过外公；只有到了写作的当下，我才意识到这幅画肯定还涉及别的什么，也许一次会面或一次谈话——和那些被羞辱性地公开展示的人们当中的一个。有很多事他从来没说过，但是这些事肯定在安静的周日下午驰过他的脑际——当收音机里的歌剧节目安抚家里的其他人沉入善忘的酣眠时。

※ ※ ※

1913年的新年前夜，他和家人一起庆祝，跟他们讲军校里匪夷所思的事，兄弟姐妹们满怀崇敬地听着。他的继兄里斯现在安于做一个无精打采的办公室文员，那年春天同一个他描写为"虔诚又好脾气的"女孩子结了婚，但她就是不怀孕。于尔班重新报名参加夜间绘画课，这次比先前成功。三个月后，他得到画真人模特儿的机会——男孩们在耻骨处松松地围着一块布，靠着用石膏制成、满是灰尘的虬曲树桩，摆出希腊雕塑的姿态。画师教他在画四肢时一定要记得皮肤下面的肌肉，还说列奥纳多·达·芬奇[1]发展了一种理想的人体比例，又说画天使一定要使他们信得过；换句话说，一定要想到翅膀是怎样接到肩胛骨上的，那里一定要有肌肉。"飞翔是不可小觑的成就，解剖学不单是人体。"画师又神秘兮兮地补充说。

赛琳的一个年轻表兄出人意料地死了。那是1914年7月。他是一个电工，在他工作的小屋里被高压电击中，当即就死了。从他们家到这个表兄要被埋葬的埃弗海姆村没有公共交通。赛琳让大

---

[1] 列奥纳多·达·芬奇（1452—1519），意大利文艺复兴时期的著名学者、发明家、画家，现代学者称他为"文艺复兴时期最完美的代表"。

儿子于尔班代表他们全家前去问候。他就一个人走路去,六英里多,乘渡船穿过根特－泰尔讷曾运河。简朴的葬礼上没有很多哀悼者。在教堂出席了仪式和传达了慰安之后,他毫不耽搁,回头往家走。天气特别好。他再次渡过运河,穿过阿瑟港和港口周围的一片沙地,走过飞行员丹尼尔·基内特的坟墓——他的双翼机在那儿坠毁。尽管发生在四年前,他依然还清楚地记得那次事故。那天,他去阿瑟港观看早有预告的飞行表演,是基内特在圣彼得斯广场乘坐热气球之后邀请他去的。这次飞行表演象征了一个新时代,象征了这座城市的大胆和英勇,象征了它在新世纪拥有一个壮观未来的希望。在去阿瑟港的路上,他在位于奥斯塔克的卢尔德圣母洞作了短暂停留。正当他合手站在圣母洞前时,双翼机滑翔而过,距他的头顶不过三百英尺。基内特已经在为晚些时候在根特的表演进行试飞。定于9点30分的正式飞行是沿着根特－布吕赫－奥斯坦德运河飞到奥斯坦德,计划让基内特在沙滩上着陆,停在王室成员面前,以示庆祝。1910年7月10日上午9点30分,于尔班在人群中翘首观看,那架法尔曼双翼机起飞时引起一片鼓励的掌声和叫喊。

※ ※ ※

突然间,飞机急转弯,朝一边猛烈倾斜,几秒钟后撞到一棵树上。伴随一声巨响,飞机扎到树的根部。树劈开了,树枝飞向空中,云团一样的麻雀四处飞起。在恍非人世的瞬时寂静中,几个人跑向出事现场。撞击几乎毁坏了飞机的所有部件,基内特被从残骸中拉出来，伤势严重。在现场接受救护之后，他被送到卡斯特街上的一家诊所。他恢复了意识，甚至能够讲话。第二天，医生给他撕裂的腹部和毁坏的肾脏成功地做了手术，但是那个月晚些时候，他死于心力衰竭，或许是术后应激导致的。外公拿着装有一串葡萄的篮子站在医院入口，但是没被准许探望这个著名的病人。他写了一张傻气的条子祝他早日康复，几天后在报纸上看到了讣告。基内特的死使他深受震动。对他而言，这个飞行员成了勇气的典范，也是代表了他称为"男人德行"的典范。

现在，四年过去了，又是夏日七月，他在一块巨石前驻足片刻；巨石立在一片沙地的中央，上面刻有纪念铭文。他敬了一个礼。一大群蝴蝶在四周飞舞，在右边一棵纤细的白杨树上，一只画眉鸟在歌唱。稍远处，这片风景被修建第二个大码头的工程扰乱了。离那条引他穿过灌木丛和杂树林的孤独小径有一段距离是一些建筑工棚，里面有巨大的新型机械。在一个工棚的一侧，他看到了"钢筋混凝土公司"的字样。钢筋混凝土。"这是一种新材料，"他在回忆录中写道，"那时我们没听说过。"——他很快会知道更多：正是因为建在列日的水泥堡垒没有用铁料加固，所以它们才抵挡不住德军的重炮和迫击炮。泥土路上荒无人烟；在树丛间的某处，棕柳莺在单调地啁啾。这儿距离奥斯塔克的朝圣地还有大约半英里。刚好在远程步枪的射程之外，他想。太阳在沉落；在小路上和四周荒凉的风景中，闷人的炎热还流连不去。路的左边是一个山包，像某种路堤。新草从松散的沙地上冒出来——一个湿度的标志。

突然，他看见一小堆衣服，白色和蓝色的。圣母马利亚的颜色，他对自己说。在好奇心驱使下，他朝那堆衣服走了几步，然后爬上山包，发现另一面有一个多沙的池塘。他惊呆了——他在回忆录中把这称作"我年轻生命中最大的惊吓"。一个受惊的女孩子，大约十八岁，从池塘里站了起来，水不及膝盖。这是他第一次看见一个年轻女人的裸体。至于她呢，她看着他，好像在等着看他接下来会做什么，态度几乎是谦卑的。眼前的景象令他难以置信；一个人物形象打开了一扇通向他全新的内心世界的门——他费尽苦心关着这扇门，出于基督徒的虔诚和这虔诚导致的压抑。女孩站在傍晚的阳光里，似乎在等待，看上去并不害怕。他手足无措。"我必须承认，"他写道，"我很迷惑，各种念头在困扰我。"她看见他来了？为什么她不躲在水下？为什么她的衣服在离池塘几十码远的路堤上，让谁都看得见？她是不是有他认为是"不贞洁"的念头？她不是在冒险吗？某个在回家路上的工人也许会对她为所欲为。方圆几英里没有一棵树桩或树干；黄昏前在这荒无人烟的地方，只有浅浅的洼地保护她。他猛地出了一身汗，女孩此时几乎在微笑。他结巴着说了一句道歉的话，感觉衣领在脖子那儿卡得很紧，他又做了一个手势，像是要表示一切都好，然后他转过身，再又回头看那女孩。在这期间，女孩没动过，除了缓慢地抬起左胳膊挡在胸部。他看见她下腹处有一丛深金色的阴毛，小肚脐有阴影的坡面，乳房圆曲的下部，在胳膊底下依然可见，挺直的肩膀和从肩上垂下来的凌乱头发——他只在有几百年历史的画中见过，或者说只在模糊的书上的复制品中见过。这样一个造物清晰地站在他眼前，全身赤裸，在呼吸！一闪念之间，他意识到自己多么天真。他想问她是否害怕什么事会发生在她身上，但是他张不开口；过了仿佛永不到头的一分钟，他挥手再见，逃也似的翻过路堤，大踏步地迅速逃开，感到头发晕。走了五十码，他回头看。她显然从水里出来了，他看见她的头在路基上伸出来，"像树后一只好奇的松鼠"在看着他退隐到远处去。他继续疾走，心跳到嗓子眼儿。下午令人昏昏欲睡，灌木丛和孤独的开阔地突然间似乎都不真实了。

脑子一片混乱，他到达了圣母洞。他走过朝圣者为了感恩挂在那儿叮当作响的瓷片，看见了圣母马利亚的雕像，感到胸口一阵刺痛。他从裤子口袋里摸出念珠，开始喃喃地祈祷，祈求内心安宁。我是一名士兵，他想，我见到一个处女，一个女孩，噢，圣母马利亚，不是您的影像，而是像乔尔乔纳[1]和提香画的女子，一个活生生的裸体女孩，就在我眼前，她的衣服是白色和蓝色的。噢，圣母马利亚，您对我做了什么？他脑子里像在打锤，锤得那么狠，以至于几小时后回到家，在他的房间里，他已经开始纳闷是否真的看见她了：会不会是一个幻觉，起因是炎热、孤独、那天早些时候的葬礼、一个穿黑衣的深金色头发的远房表兄斜视的目光——他在教堂正厅的另一侧，坐在一把藤椅中虔诚地祷告？难道不是狡猾的魔鬼光顾了？他想凭记忆画下她，这只让他更困惑；他撕碎了画纸，必须念五遍玫瑰经才使不安分的下体开始平定下来。"我必

---

1. 乔尔乔纳（约1477—1510），第一个真正意义上的威尼斯画派画家，架上画的先行者。

须纯洁,我必须纯洁!"他不知道他为什么必须,但是他必须。

一个月前,在萨拉热窝,年轻的塞尔维亚人加夫里洛·普林齐普开枪杀死了哈布斯堡大公弗朗茨·斐迪南,外公熟悉的世界快速奔向毁灭,但是他没心情读报纸。他宁愿看着拉斐尔和波提切利[1]的圣处女——脸色绯红,充满母性。他用指尖在手掌上掐出疼痛的凹痕。

※ ※ ※

这是2012年1月。我在布鲁塞尔南边的阿尔森伯格·福斯特墓地待了几个小时。我调查得知,丹尼尔·基内特被人忽视的坟墓就在这个墓地里。这位英雄的飞机坠毁在我外公第一次,或许也是最后一次看见年轻女孩裸体的地方,在第一次世界大战爆发的几个月前。伊卡洛斯[2]和阿佛洛狄忒[3],完美得令人难以置信。于是我开车来到墓地,碰巧距离我那段时间从事写作的地方很近。基内特,一个来自朱默的瓦隆族男孩,一个在根特被尊崇的客人,怎么会最终躺在布鲁塞尔以南一个人迹罕至的墓地里?我找不到人可以提问。

这是一个清朗的冬日。在墓地围墙的另一边,泛着微光的山

---

1. 桑德罗·波提切利(1445—1510),15世纪末意大利著名画家,欧洲文艺复兴早期佛罗伦萨画派的最后一位画家。
2. 伊卡洛斯是古希腊神话中的人物。他和父亲用蜡和羽毛制作飞翼逃离克里特岛。在途中,他飞得太高,太接近太阳,飞翼上的蜡融化了,他跌落海中淹死了。
3. 阿佛洛狄忒是古希腊神话中司管爱与美的女神,奥林匹斯十二主神之一,在罗马神话中被称为维纳斯,被视为女性体格美的最高象征。

毛榉树在风中哀悼。前一天的暴风雨过后，小径上布满吹断的树枝和水洼。有个地方，一棵树躺倒在几个旧墓碑上，有的墓石碎掉了，水洼在敞开的坟墓里闪亮。天光仿佛被冲洗干净，被净化了。墓碑彼此靠着，坍塌下陷，上面的铭文模糊了，被侵蚀的碑文上是一块块白色苔藓。塑料花篮被风刮到一起，落在一个坟墓一侧的淤泥中；三个木头十字架支离破碎地躺成一堆，与废弃物相区别的只有那上面的人名从中间裂开了。下坡道上有暴雨冲刷成的深沟。碎石小路时而被红白两色的塑料带隔断。墓园的设计很奇特。巨大坟墓所在的区域年代最久，有围墙；士兵的坟墓稍稍靠边，排成半圆形。还有多草的开敞区域没有明确用途，有些地方在边缘处有单个儿的墓碑，上面没有铭文。在另一个区域，一行柏树邻接一片草地，那儿有一堆坏掉的机器和枯萎的菊花。没有什么真的在哀悼，每样东西都散发着宁静而超脱的无常性。我步履维艰地在逝者长眠的泥泞墓园里转了三圈，但是没看到基内特的墓碑。很多较小的墓碑湮没在厚厚一层常春藤的下面，基内特的墓碑可能是其中之一——它们唯一的标记是在繁茂生长的植物中间的小隆起。没有人可以询问，墓园的办公室关门了。我向一个老妇人打听，她聋得听不清我在问什么——即使我朝着她长满耳毛的耳朵喊叫。直到几个月后，经过多次造访，我才找到了基内特的墓碑，上面装饰着天使的翅膀，没有形体。

※ ※ ※

在同一天，我开车前往根特的港口，想找到献给丹尼尔·基内特的纪念碑，也希望找到那个池塘——在那儿，我外公在战前看见神祇显灵，在旧世界的最边远处；那儿一定留下了我依然能感知到的浪漫往事的遗迹。我被卡在环路繁忙的交通中，朝着工业化道路旁边的谷物筒仓缓慢地挪动，四周的运货卡车喷着浓烟。天气变得多云而寒冷。车上的卫星导航仪辨认出以丹尼尔·基内特命名的街道。这条街道引我到了一个冷僻的港口地带中央的无人之地，那儿有像是工业用地的区域、库房和栅栏，一大堆废铁堆在法尔曼路边——这条路以法国飞机制造者亨利·法尔曼的名字命名，就是他设计了基内特的双翼机。找了一会儿，我发现了标记基内特坠机地点的纪念碑。被人遗忘的纪念碑立在路边，挨着停成一列的黄红两色的运货卡车。在纪念碑背后，输电塔高高矗立，青石雕琢的粗糙巨石显得很不起眼。一个长着深红色鬈发的年轻女人穿着皮夹克和牛仔裤，站在冰冷的风中拍照；除了我们两个，视线中没别人。她钻进车里开走了。我们带着一丝好奇瞟了彼此一眼，但是没说话。谁会在工作日造访这个冷僻的地方？在这个不再提供人性标准的世界里，谁会在这里走上哪怕一百码？我环顾四周：除了遍及全球的大工业遗留下来的那种无法描述的被忽视的空间外，什么也没有。空间的次级破坏。外公目睹浪漫形象的宁静池塘被深埋在钢筋混凝土的下面。或许它在过去的风景中也不过是一个微微的隆起，被推土机胡乱铲平了——在几十年前扩建港口的时候。

开车又遇到交通堵塞——下班的高峰期开始了——我朝着位于奥斯塔克的卢尔德圣母洞开去，无意间沉浸到对童年时代的回忆中：卢尔德酒店的老式建筑富有异国情调，阴暗的大教堂里，沿着大厅中部有细长的东正教式样的廊柱，每个转弯处都有歌颂圣母的铭文——写着人名的牌子，还愿的牌子——献给那个巴勒斯坦的女孩；她没有沾染人类的精液而怀孕，生下了人神耶稣。我买了一个圣母七悲祷文小册子，是外公最喜欢的。这儿空无一人。在外面，冬天的暮色降临了，刮着寒风。我朝圣母洞走去，比我印象中离大教堂要近得多。我辨别出多年来留在记忆中的那种声音：数不清的瓷片挂在栅栏上，发出颤抖的叮当声，摇晃着，碰击着，在环绕神龛的碎石小路旁排成无尽的行列；久远的轻灵音乐带着被遗忘的事物所拥有的全部力量降临到我身上。在放置圣母雕像的石洞前有一座贝尔纳黛特·苏比鲁[1]的小塑像,她同样也穿着白色和蓝色的衣服。这个目睹神迹的女孩摆着崇拜的姿势,身体稍稍后仰,双手合在一起,举向石洞中被几十盏小灯泡环绕的圣母——这些灯泡在1914年无疑还不存在。这儿肯定是外公站着祈祷的地方,他在黄昏将至的炎热中汗流浃背。我努力想象他从池塘里那个裸体女孩所在的地方来到这里的路径。然而我想象不出:环路,建筑物,工业用地,防护墙,街道,铁路——这些都直接从那条路上穿过,好像一首古老的短歌被现代技术的野蛮力量弄得支离破碎。现代技术就这样在各处铲平记忆。

环绕圣龛的小路上有七个较小的石窟,装饰着宗教场景。寒冷浸入手指,我不得不竖起衣领,紧围着脖子,使自己不要受寒。在黄澄澄的灯光下,没有客人的商店里摆满宗教性的小物件,我花十五欧元买了一个纪念牌,选的是上面意义中立的铭文"感恩"。制成它们的不再是叮当响的瓷料,而是便宜的陶土,或许是某个第三世界国家虔信天主教的孩子在艰苦条件下制成的。大约五十岁、长着深金色头发的女店员问我是否要一个钩子,用来把纪念牌挂在栅栏上,我谢谢她,说不要。她还是给了我一个。我把包好的纪念牌放进大衣口袋,走出了这个空寂的朝圣地。一只矮脚小公鸡不耐烦地在我旁边高视阔步,好像在警告我连瞟都不要瞟在

---

1. 贝尔纳黛特·苏比鲁(1844—1879),法国卢尔德的一个农村少女,在1858年多次目睹圣母显灵,后入修道院,35岁时去世。1933年,罗马天主教会宣布她为圣徒,尊她为"圣女贝尔纳黛特"。在1858年圣母显灵的地方修起了石窟,成为天主教的朝圣地之一。

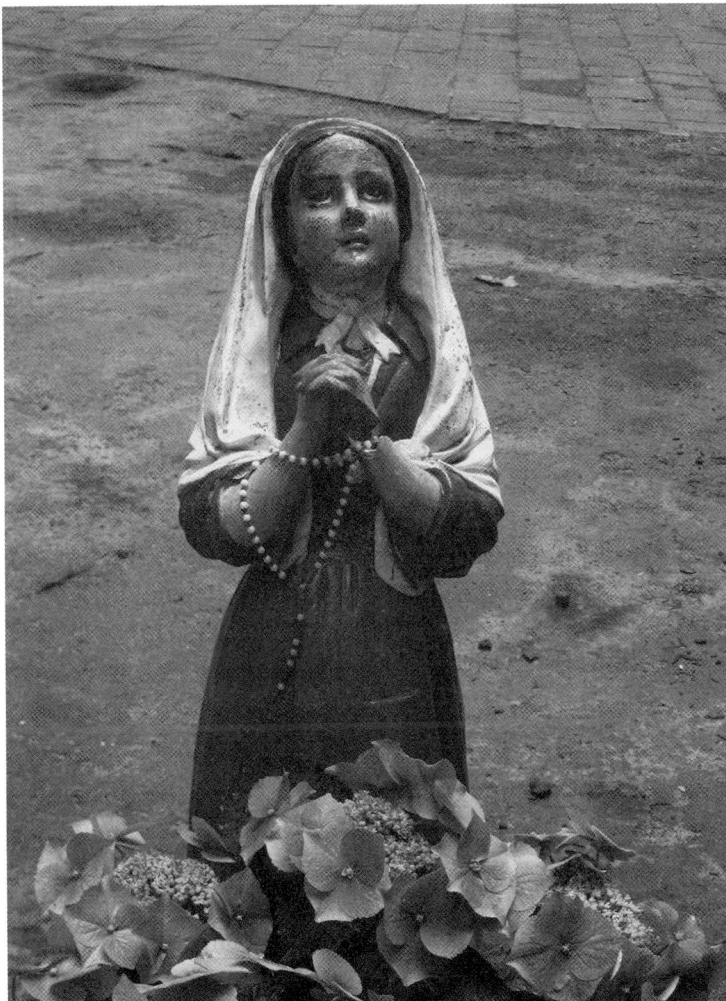

它身后蹦跳的三只小母鸡。我徘徊了一会儿，环顾四周。我从未如此深刻地感受到人类生命的短暂。我对那个池塘里的女孩一无所知，她给我外公的礼物是一个近乎神秘的记忆，一个奇迹般的显现——不知道她的名字，不知道她的背景，甚至不知道她的长相，只除了他对她出离水面的形象所作的激情的描述。她变成了一个人类形象的纯粹幽灵般的呈现，如此缺乏可辨识的特征，以至于可以被发往太空，给宇宙间的其他居民提供一个人类形象的范本；当他们来到这个星球时，这是他们能指望看到的。古老桃花源的最后影像，被永远地摧毁了。

尽管车上的收音机在单调地播报当日新闻，当我蜿蜒穿行在车流中时，静默却笼罩了世界。我驾车时从未感觉如此平静，从所有的人和事中脱身，好像向什么绝对新鲜又无法想象的东西回归了。所有东西都消失了，我接受了这个事实。回到大教堂，我打开一本祈祷书，念了几行，然后偷偷地把它塞进衣服口袋：

我为你

取岩间之水，

赐我苦胆为食，醋为饮。

神圣、永生的主，

求你降慈悲于我们。

第二部分

1914—1918

1

为什么我脑中整晚响着风琴声?

大雁在飞,一个小时接一个小时。黎明前到来的第一批鸟儿,在天亮前极寒冷的时段。它们在乡间展翅高飞,发出嘎嘎的叫声,翅膀在初日最早的光线中闪亮。我抖得厉害,感觉骨头在咔嚓作响。远处,天空展开由灰色、粉红、清浅的一抹橘黄组成的娇柔的扇状区域。升起的雾气形成薄薄一层白色,在田野上飘移。

这是1914年8月5日。四天前,大约凌晨四点,前门响起重重的擂击声——那是一个市议员和一个警察。母亲轻柔的嗓音中有恐慌。我从楼上下来,看见她在敞开的门边,头发凌乱,晨衣是在匆忙中穿上的。我有十分钟时间准备,要穿好全套军服在门前报到——那个警察这么说。有人会陪同这个街区的所有年轻人前往附近的广场,我们要在那里集合。我什么也没说,母亲什么也没说。她紧紧抱住我好一会儿;从她的呼吸中,我闻到睡眠的气息,她皮肤的气息。她放开我,暗淡的目光不可捉摸。

我没有洗漱就穿上衣服,梳好头发。我的姓名是于尔班·约瑟夫·埃米尔·马丁。陆军下士，二十三岁。在军校受训四年。我知道必须做什么，我知道怎样毫不犹豫地服从，我能在雨里和寒冷中几个小时纹丝不动地站着。

在半明半暗的天光中，越来越多的大雁嘎嘎地叫着在头顶上飞，我脑中风琴的音乐就是停不下来。从一个低矮的农庄望过去，远处的田野上有田凫在风中盘旋，像很多纸片，但是没有风，没有一片草叶在晃动。清晨的寒气从地里冒出来。我能听见身边有牙齿在叩击。牛粪的气味侵入鼻孔，混着沾有露水的甜菜地里冷飕飕的酸气。军官们保证说冬天来临前我们就能回家了。我所在的连队将负责守卫边境。这是他们告诉我们的全部。

应征的那天，我们这个街区的十个年轻人排成一路纵队，从街道上走出去。讶异和兴奋的情绪很快占了上风。大批年轻人行进步入祖德车站，在高高的屋顶下挤成一团。到处是混乱；每个人都在叫喊争执，似乎才开始意识到出了什么事儿。我和同一街区的年轻人站在那里等，这时伯母罗萨出现了，在人群中时隐时现地朝我走来。她带来一包袜子和手帕，还有一小瓶温乎乎的咖啡。她的眼圈是红的。她说是因为在早晨的寒气中一路跑来的缘故。车厢沿着站台滚滚向前，火车头发出的嘶嘶声、煤和煤烟的气味，蜂拥着寻找自己连队的士兵。出发前的最后时刻我完全无知无觉，每件事都发生得太快了。一个小伙子在他父亲身边抽泣。我看见站台顶头有一个帆布袋掉在地上，已经破开了。几个三明治滚出来，被急行的脚踩得稀烂。远处，一只白色的母鸡正穿越铁轨，一只红棕色的小公鸡紧随其后。车厢里塞满袋子和包裹，我们挤在里面，像桶里的鲱鱼。火车轰隆隆地缓慢启动，沿途停下来无数次。车里很快就热得令人窒息——我们不能打开窗户，因为火车头的烟和煤灰会吹进来。

大约中午时分，我们到达登德尔蒙德。在士兵吵吵嚷嚷的混乱中，我们被随机分成十二个人一组。每个人都在推搡，想至少跟一两个熟悉的面孔待在一起。

那天晚些时候，部队在镇子里到处征用棚屋、阁楼和谷仓。我被分到一个屠夫的阁楼里，跟我一起的还有其他几个来自同一街区的年轻人。光从屋瓦的缝隙漏进来，那年的八月晴朗又炎热。周围军号在响，军官们在喊着命令，卡车在鸣着按喇叭，在缓慢平息下来的混乱中蜿蜒前行。我们沉默地躺到匆忙扔进来的稻草捆上。

我们等了一整天。晚饭时间，口粮被送到士兵们的住处，只有面包和牛奶，十二个人不够吃。屠夫叫他又高又瘦的女儿拿来四根炸香肠和一些煮熟的牛杂。我们在沉默中狼吞虎咽，然后侧身躺倒，天还没黑透就睡着了。

接下来的三天，什么也没发生。第四天的正午以前，整个团整队集合。一长排的新挎包等着我们，每个挎包上放着一支步枪、一些子弹和一包饼干。军官们站在那儿看着，喊着命令。

"一共四样！把枪收好。"

第二天大约七点钟，我们离开了，精神振奋，因为终于行动起来了。谁都没预想到我们刚离开的小镇会在一个月后被德国人夷为平地。当听到第一波的炮火轰鸣时，我们已经走了几个小时。我们在向列日进发——在那儿，"敌人"已经集结在很多堡垒和城市附近的其他防御工事周围，其中包括邦塞勒、弗莱马勒、奥洛涅、兰汀和绍德方丹的堡垒。德国人想要攻破这些堡垒形成的链条；有人笑了，说那不可能。其他人说这个链条已经被攻破了；如果是这样，那么我们将会是最先冲上去迎敌的人。长官们咆哮着，阻止有人再发问。

我们行进一整天，直到脚上的泡被磨开，流出来的暖乎乎的液体渗进粗糙的袜子。"你们这些软蛋，"中尉咆哮着，"这么些年跟妈咪在一起，你们变得软塌塌的了。"我们行军通过隆德泽尔和斯滕奥克尔泽尔，在那儿休息半个小时，在溪流中把水壶灌满。接着，我们穿过旧海弗莱，直接进入勒芬。站前大街上空无一人；我们从房屋前走过，步伐发出回响，感觉充满了力量。黄昏前又停下来休息，身上被汗湿透，满脸通红。我们解开领子，脱下靴子，想光脚十分钟——脱靴子时疼得面孔扭曲，脚立刻开始发肿，重新穿上靴子时更疼。

黄昏时分，行进了将近五十英里，我们到达汉肯德佛——一个刚过蒂嫩的小村庄。我们筋疲力尽。空气如此清新安静，树木好像在半熔化的玻璃里。燕子在空中盘旋，蚊子在运河上舞蹈。我们在一个大农庄里扎营。奶牛在院子里四处走，在畜棚周围乱成一团。我们向农庄主的妻子要牛奶喝，她摇头拒绝，低声说牛奶是为第二天准备的。一个接一个地，我们手脚并用，爬上摇晃的梯子，来到分配给我们的阁楼里。饥饿，迷茫，军官们在院子里用法语争吵。口粮发放在某个环节被卡住了。一个瓦隆男孩壮着胆把头伸出窗外喊道:"愚蠢的军队!"他立刻被单独禁闭。晚些时候,我们听到他在一间谷仓里叫喊,哀号。

一小时后,我们的长官试着采用更礼貌的方法:"尊敬的上尉,有什么吃的给我的手下吗?他们在挨饿。"

"别吵我,闭嘴,法罗切尔!"那位军官说。他朝沙里吐了一口唾沫。

那天晚上,我们放下快要散架的梯子,溜到外面,在黑暗中劫掠果园,尽量多吃,直到肚子装不下。我们回到阁楼,精疲力竭,听见身下的老鼠和屋瓦间的睡鼠在窸窸窣窣。就在我耳朵边上,一只蚊子在单调地嗡嗡叫。

※ ※ ※

我们躺在这儿好多天了——在一片麦地的后面,麦地挡住了我们的视线。我们定期进行野战训练,这主要是让我们有事情做,消耗掉我们的体力。他们叫我们沿着敌人或许会发动进攻的路线把树砍倒;树干在路上四处躺着,以阻止敌人突袭——在我们看来,这景象似乎无法想象。在夏日清晨凉爽的寂静中,农夫在地里收割谷物。镰刀缓慢地切割着,先是朝前推进,再又收回来,无数麦秆顺着镰刀的锋刃倒下去,发出孤独的窸窣声;打断这声音的只有草场上一头奶牛的咳嗽和远处一条狗的叫声。在温暖的空气中,燕子又在盘旋;我想我看见一只云雀在高空中升起来。

在那之上是蓝色,无瑕的蓝色,使我想起已故父亲的壁画。

没有什么能确证我们一再听说的：战争爆发了。只有这美好又和平的八月，收获的季节；黄梨和黄蜂；凉爽的清晨；懒洋洋的苍蝇和阳光无重力的光斑在叶子上安静地游移。

※　※　※

我躺在太阳底下打瞌睡，做着白日梦。传令兵悄悄走到指挥官跟前，对着他的耳朵说了什么，同时指着我。

"马欣！"

我跳起来，立正站好。

"到，尊敬的长官。我名字的发音是马丁，不是马欣。"

"闭嘴，马欣，你这个白痴！"

他们又窃窃私语，朝我瞟着。

接着，指挥官带着一种敌意的神情打量我，慢吞吞地用法语说："你的母亲大人来向你问好，马欣。"

他用鞭子敲着靴子，对我露齿一笑，让我厌恶。

我走出院子，她就站着那儿：我母亲，一如既往地傲然庄重，黑头发挽成一个亮闪闪的发髻，穿着她最好的黑色裙装和磨损严重的黑鞋子，胳膊上挎着一个篮子。

我们被领到一个树篱的后面——在那儿，其他士兵看不到我们。

"坐下，于尔班，"她说，"我们有十五分钟。"

她抱住我，用心地看了我很长时间，然后笑了。

"我直接从那些帐篷中间走过，"她说，"没人拦我。我问能不能同那位中尉讲话。就是看看你。"

她给了我一个灿烂的微笑。

"什么?"我说,"你走了整整六十英里……"

"别出声,小人儿。我在赫林贝亨停下来过了一夜。"

"但是妈妈,今天是你的生日。"

她点头笑了,拿出牛奶和饼干。

我狼吞虎咽地吃,她则坐在我身边,容光焕发。我把空奶瓶扔进运河。我们在沉默中一起坐着。

十五分钟后,指挥官来了。他对我母亲低声说话,然后转向我,咆哮着让我返回连队。对我母亲,他又令人厌恶地露齿一笑。

"抱歉,夫人。"

母亲站起来,在我的前额上画起十字。

"神佑汝眠,于尔班。"

她把盖着毛巾的篮子递给我,然后从指挥官身边走过,好像他是透明的空气。她在一排树背后消失了,我回到院子里。篮子里有摞起来的几个三明治、一小包内衣、几件熨好的衬衣和一个贝尔纳黛特·苏比鲁的小雕像。我把小雕像放到裤子口袋里。它一直待在那儿,直到有一天子弹射穿了小雕像和我的大腿骨。

在那天余下的时间里,我感觉烦躁不安。那是八月,一个星期三,我母亲的生日,太阳在闪耀。我走回位于农庄庭院后部的畜棚,发现每个人都在恐惧地盯着天空。在东边,一架德国齐柏林飞艇在轻盈的蔚蓝色中缓慢飘移,像梦中的意象那样巨大而不真实。过了一会儿,它威严地滑翔着经过太阳,把阴影投射到我们仰起的脸上。我的心跳有一刻停止了。这条梦中的鱼在我们头顶上无声地飘浮，比所有想象中的战斗更令人惊悚。"集合！"军官们吼道。我们正慌忙地寻找步枪和挎包，这时听到远处的轰鸣、爆炸、炮弹落地的闷响，空中滚过一阵模糊的隆隆声，像蒸汽压路机迎面冲来，啃噬我们的内脏，使墙壁晃动起来。远处，那诡异的影像悄无声息地滑出视线，羽毛似的黑烟升起来，鸟儿像被射中似的滑翔而下，牲畜在恐惧中跺蹄子，在谷仓里把锁链弄得不停地响。第一次，我们在震惊和恐怖中感到心跳停止了。

一小时后，一个信使到了——他气喘吁吁地躺倒在院子中央。他说列日附近的要塞被攻陷了，有报告说德国人焚烧房屋，屠杀无辜平民。已经有很多关于报复性杀戮的故事。我们又向东行进了二十英里。

我们后来会知道凡·艾米奇[1]将军在四天前进攻了列日附近的要塞，从南北两面出击，想围困这些要塞，同时试图插入像邦塞勒要塞和乌尔特要塞之间那样的空当儿。我们在城市西边，所以什么也没看到。第三师显然在艾文格尼要塞受到了攻击。

一种完全不熟悉的声音从空中轰隆隆地传来，像钟表一样规律。脚下的地在颤抖，使我们感觉自己比风中的叶子还要轻，几乎大便失禁。很久后我才知道，我们是最先听到这种大炮轰鸣的人——著名的贝尔莎大炮。与空袭同时发威，这种大炮几天内就摧毁了比利时在列日的防卫，先前这些防卫被认为是坚不可摧的；空袭也是新现象，把庞大的要塞变成开裂的伤口。德国人在八月

---

1. 奥托·凡·艾米奇（1848—1915），德国将军，一战期间指挥发生在比利时列日的战役。

份直接进攻军火库,隆欣要塞在那时被摧毁了。混凝土还没有用铁料加固——那些古老的庞然大物的阿喀琉斯之踵[1],一个偏于轻信的时代的最后遗迹。我不由得想起在阿瑟港附近的棚子上看到的字迹:钢筋混凝土,在我看到池塘里的女孩的那一天,如今显得如此遥远。

※ ※ ※

现在我们处于临战状态,刺刀上膛。高级军官用法语吼叫着下达命令。等到他们嗓子喊哑了,低级军官来翻译。我们向西原路返回,途中听说抵抗是不可能的。德国人使用我们从前没见过的四十二厘米口径的大炮,已经攻破了列日周围的要塞。那些过时的堡垒无法抵挡超过二十一厘米口径的大炮。

"敌人来了,"指挥官高喊,"拿出你们的勇气来。"

我的心怦怦跳。我难受得想吐。

"胆小鬼!我们是胆小鬼!"来自罗西街的斗鸡眼鲁迪说,"我们应该向东挺进,去支援倒霉的第三师。"

没人作答。向西撤退的行军令人疲倦——在荒无人烟的乡村路上,在干燥的八月,有气无力、懒洋洋的八月。要到瓦雷姆时,一个女人从我们身边跑过,狂乱地打着手势,喊着什么,我们没听

---

[1] 阿喀琉斯之踵是荷马史诗中的故事。英雄阿喀琉斯是凡人和仙女的儿子,他母亲为了让他炼成"金钟罩",在他出生时将他倒提着浸入冥河,使其刀枪不入。但是冥河湍急,母亲浸他时捏住他的脚踵,所以他的脚踵没有被浸,成了他最脆弱的地方。长大后,他作战英勇无比,但是后来被射中脚踵而死去。

明白。在我们身后，黑色的烟云在消散。

傍晚时分到达蒂嫩。军官征用房屋。我们躺倒在一所学校的空走廊凉爽的瓷砖地上。我从挎包里拿出母亲做的三明治，同身旁的兵分着吃。没人说话。过不多久，第一批累垮的兵发出鼾声。

在接下来的几天，我注意到上级对我的态度有所改变。他们显得多了一些关心，多了一点儿尊重，不时地告诉我他们想采取什么举措，或者问我想让谁加入我的狙击小组。我知道这不仅是因为我上了四年军校，甚至不是因为我管住了手底下的人。这主要是因为我庄重、自信的母亲给他们留下了深刻印象。

✳ ✳ ✳

8月15日，我们到达蒂嫩以北，在圣玛格丽特-豪特姆。夜幕降临前，我被授命指挥我选中的八个兵，在军团左翼担任守卫，并在东边建立一个警戒哨位。在从维森纳肯到蒂嫩的路上，我们在一座房屋的高墙边支起一个帐篷，盘查每个经过的人。我们粗暴而有效地进行身份盘查，但主要是观察人们的面部特征和行为举止——任何人都有可能是间谍，指挥官这样警告我们。德国人奖赏背叛比利时的士兵。一些比利时人犯下了叛国罪，几个叛徒已经被处决。

今天是圣母升天节。一场弥撒在户外举行。我看见难民们跪着，抽泣着，或者死盯着田野里临时凑用的神龛。牧师试图安慰他们，唱经的声音在夏风中飘散。第一批伤兵瘸着走进营区。一个男孩坐在树下吐血。

这里地形略高，我们能看见大炮在下方的田野中排开阵势，士兵们来来往往。

接下来的几天，我们在困惑中等待。从哈伦村，我们惊讶地听说了德国人针对平民的报复行为——这些平民被莫须有地扣上抵制占领军的罪名，脖子上挨一枪，在街上、谷仓里、地窖里、起居室里被处决。伤兵被抬进来，战地医院建起来了。有些伤兵被灌得不省人事，好让医生给他们截肢；手术器械看着很原始。几天之内，宁和的八月就充满了惨叫和哭喊。我们听见哈伦附近炮火轰隆；晚上，烧焦肉体的气味弥漫在被露水打湿的田野上。8月17日，我们得知隆欣要塞两天前被摧毁了。我们几乎不睡觉，沉入一种发烧似的恍惚状态。很多士兵被命令向蒂嫩行进。我们没看见谁从那儿回来。

※ ※ ※

8月18日下午，大地突然开始颤抖。斗鸡眼鲁迪把耳朵贴在地面上，然后蹦起来喊道："他们来了！他们来了！"我们伸手去拿枪，远处有燃烧弹像雨点似的落在蒂嫩这座城市里。突然，一群尖叫哀号的难民泄洪般冲过来，喊着"救命！救命！"，在恐慌中撞翻了我们的岗哨。一个黑衣修女跟在他们后面跑，大声用法语喊着"卧倒！卧倒！"，但是他们大部分人不懂法语，所以没理会她，而是继续跑——跑向死亡。

德国人的进攻像闪电战。不到一个小时，一堵由金属、烟气和炮火构成的墙就在我们前方立起来。他们在数量上占压倒性优势,带着一种沉闷的隆隆声靠近,像在预告末日审判。从前面的据点跑来的兵撞到我们——他们怕得要命,叫喊说必须逃跑。其中几个被一个中尉拦住带走了。他们将因为擅离职守而受到严惩。

在下方的田野里,我们的三门大炮被炸成碎片,一次全被炸掉。金属片一直飞到我们所在的位置。我小组里的一个兵开始发疯似的到处乱撞,尖叫着,抽泣着。他左胳膊的下半截被一块弹片切掉了。一名一级准尉飞跑着来到我们的据点,命令我集结手下的兵,立刻前进到第二十二团所在的主导位置,在前方大约两英里远。"那是自杀!"一个兵叫道。他被从队列中拉出来,打倒在地。我们出发,沿着树篱和运河行进,时不时趴倒在地,因为炮弹落点离我们越来越近。我们走了大约一英里,在去格林德的路上,我们真的是在地狱中。士兵头上包着浸透血的绷带,躺在路边,喊着救命;一个腿被炸飞的兵哀号说他要流血到死。谁都没有工夫瞥他们一眼。

现在进攻似乎来自两面,朝我们包抄上来。我们继续疾走。一个步兵来接应我们,喊着说我们疯了:"你们真的等不及想死吗?看看你们身后。"我手下的八个兵只有三个还跟着我。我们弓着身体,继续前进。我认出了军官们的住处——地平线上的一个农庄;我朝它跑去。在一堵被炸得只剩一半的墙后面,伤兵在独轮车上呻吟,与他们并排的是从欧普林特和格林德逃来的狂躁的难民,其中有带着孩子的母亲。在我身后,斗鸡眼鲁迪大喊:"继续前进,于尔班,我们快到了。"

离农庄还有四分之一英里,我们在一排白杨树背后找掩护。

一种奇怪的嘶嘶声在身边响起,像一股强风,接着是巨大的爆裂声。四棵树被炸倒,一棵压着一棵,横跨路面形成一堆。我手下的三个兵有一个当场死亡。第二十二军团的一个军官和他的小分队待在一个炮火掀起的泥土形成的土包后面。他手脚并用,朝我爬来。我告诉他上级命令我和我的八个狙击手向他报到,我们只剩下三个人。"在我看来,这像是发疯。"我说。他说:"你们来了没用。那儿没剩下什么让我们去救援。"

四周落下炮弹和燃烧弹,我们的耳鼓好像要爆裂;到处有房屋和树木在燃烧,烟朝我们飘来,把明亮的白昼变成令人窒息的黑暗。

我们匍匐到黄昏时分,周围的乡野转眼间变成了荒原,一种原始风景,一切文明的迹象在仅仅几小时内被抹除尽净。夜晚来临,一种红光在蒂嫩、格林德和圣玛格丽特-豪特姆上空闪耀,翻涌。我们开始撤退,与其说是走不如说是爬。我们衣履不整,像人形昆虫,哀叫着,抱怨着,呕吐着,哭泣着,士气低迷。越来越浓重的黑暗中,我们缓慢前行,走过仍冒着炮弹烟气的大坑,筋疲力尽。

我该向那位派我们出去执行任务的高级军官报到。一级准尉杜古欧勒,一个严苛的人,骑着一匹有深灰色斑纹的瘦马。他倨傲地发布命令——当然是用法语——然后吼道:"马欣,翻译!"

"听您的吩咐,长官!我叫马丁,长官。"

"马欣!给我闭嘴,你这个狗屁!"

夜深了,我们到达后防战线。敌人从两侧和前方发动进攻,我们奇迹般地逃脱了。我和那儿的军官用耳语交谈。我说:"我们能从敌人那儿学到很多。"他们的武器装备我们不但没有,而且从没见过;加之有大量供给的榴弹;地面部队在推进中不断射击——机枪扫射是又一个我们没见过的现象;重型迫击炮;闪电般的包抄行动;能拘禁成百名战俘的壁垒森严的堑壕;瓦解我方士气的心理战略:散布迷惑人的消息,随机处决平民和战俘,在所有方向同时出现。这个军官同意我的分析,并告诉我们天亮时跟他走。我们缓慢行进,经过维森纳肯,走到筋疲力尽,然后在鲍特尔塞姆附近的某处躺倒在仍然热乎乎的地上,睡了几个小时,其他士兵则睡在几个稻草堆的后面。

早晨刚过六点,我们去向杜古欧勒报到,被告知他死了,连同他的战马德诺艾勒。

我真是傻得很,还问是否有其他损失。

"还有别的傻问题吗,马欣?"

"请原谅,指挥官先生。"

军官们困惑地聚在一起,讨论下一步怎么办。自从与敌人首次交锋以来,我方伤亡惨重,剩下的唯一选择是在敌军的侧翼发动小规模突袭,以此打击他们的士气,制造一个我军坚不可摧的幻象。采用这个策略一个星期以来,我们相当成功,但是这也使敌人变得谨慎、狡猾、满腹怨气。他们经常杀害平民,纯粹为了报复。我们怀疑所有人——德国人会派出间谍,这些间谍穿着我方牺牲士兵的军服。他们对佛兰德人讲不流利的法语,对法国人讲不流利的荷兰语,试图以此骗过我们。有一次,一个间谍被枪毙,其他人看到他穿着比利时军装,队伍里突发一阵恐慌。长官们每天对我们吼叫好几次,把在圣玛格丽特-豪特姆的失利归罪于我们缺乏经验。我们试着告诉他们说我们尽力而为了,但他们只是咆哮,叫我们闭嘴。

有时我们被命令全速行进十几英里,去挑起与德国人的小冲突——他们总是严阵以待。这总是使我们损失大量兵力,导致更多的抱怨。

※ ※ ※

这样过了一周,我们累得要死,吃得不够,意志消沉。在敌军的无情打击下,我们沿阿尔斯霍特、维尔赫特、哈赫特、博尔特梅尔贝克一路撤退。我们在博尔特梅尔贝克休息几天,终于吃到了像样的食物。一些士兵得了腹泻和胆结石;他们喝了运河水,运河里有尸体。

我的挎包蒙上了一层灰土和脏物。我们在一个被弃置的农庄里清洗什物。我找到我用来绘画的木炭和一支铅笔——我几乎把它们忘了。我从家里带来的几张画纸满是泥污。我喉间发堵,在一个树桩旁边坐下来,开始画残破的风景——断壁颓垣,弹坑,尸体,炸开的树桩;一匹死马在一棵被炸断的榆树上直挺挺地挂着,头颅被劈成两半,鲜血淋漓,冲着清晨凛冽的天空扭曲着,马腿缠在榆树炸剩的残余上,像古怪的树枝。被炸开的马肚散发出恶臭,密集着苍蝇;在马肚的下面,一辆被炸成碎块的马车的几块残片还挂在一段绳索上。我想起一个遥远周日的下午,父亲在和平环境中作画，手扫过画纸发出令人心安的声响。我眼中充满滚烫的泪水，把画纸揉成一团，甩到一边，还骂了人。

就在同一天，国王下令安特卫普附近堡垒中的比利时军队撤退，但是我们在阿尔斯霍特附近的驻军暂时按兵不动。惊慌失措的难民说德国人用集体处决的方式报复阿尔斯霍特的居民。他们会随便选中一个村子，把村民赶到一起，叫发抖的男人们排成行，宣布说这个村子有三分之一的村民抵抗他们，于是每三个男人中选出一个，在脖子上挨一枪，就这样被处决；他们强迫女人和孩子把他们丈夫或父亲的尸体拖走掩埋。情绪失控的女人被用枪托活活打死，她们的孩子还拽着她们的裙子。据说在瓦隆尼亚的暴行规模更大——作为证据，一个人给我们看一顶气味难闻的帽子，里面沾着他兄弟被殴打时溅出的脑浆。比利时军队遭受的损失是灾难性的，需要时间才能领会其严重程度。两个大军团伤亡如此惨重，幸存者被集合成一个团，比普通的一个团大不了多少。这证实了我们的怀疑：在一周内，我们的部队人员减半。

几天后，在那个悲惨八月的最后一周，发生了"希普拉肯的噩梦"。

2

今天的人们几乎无法想象我同我的八个新同伴走过的风景是如何萧索——这些同伴来自第二团第三营。在博尔特梅尔贝克附近,两个陪同我们的警察一个接一个溜掉了。第一个带着自鸣得意的微笑来到我跟前,说他崴了脚;又走了一英里,第二个坦白承认他害怕,因为骑马的人比步兵更容易被射中。我没跟他们浪费口舌,挥手表示他们想走就走。我们继续小心前进。我提醒手下的兵"之"字形前进,像兔子穿过开阔地时那样。在接近我们的出击点时发现了德国侦察兵。我脑子转得飞快,我必须在眨眼之间做出攸关生死的决定。我们穿过鲁梅塞路,朝西南方向的卡姆彭豪特前进。从凌乱散落在地的什物,我看出我们的部队已经经过这里,朝着一个错误的方向前进了。困惑和恐慌蔓延。在希普拉肯的树林里——那儿夏季的树和灌木丛如此美丽,我希望把它们画下来——我们经过一个小池塘,池塘边有一件枪骑兵的蓝大衣,甩在黄色的沙岸边。从远处看,我一开始以为是一个兵举着枪。我本能地用步枪瞄准,但那不过是一只袖子摊开在地上。我脑中闪现出一个鲜明的意象：在阿瑟港的小池塘边的一堆蓝色和白色的衣服，在不到一个月前。那似乎是几个世纪以前，来自另一个世界的场景，那个世界仅在几天内就抛弃了我们。

在树林的遮掩下，我们向树林更深处前进。夜晚来临了。在夜色中前进更困难。我们不得不在到达卡姆彭豪特之前暂停。四周的地面上覆盖着一层铅珠似的东西，那是具有强大爆破力的炮弹留下的，这说明树林里发生过战斗。时不时地，一颗炮弹落在距我们不到一百码远的地方。大地在颤抖，泥土喷到空中，树木呻吟着倒向地面。有时远方传来哭喊。我们在夜色中缓慢前进。炮火声越来越大，越来越近。我们在预定地点停下来。那儿有我们团的马车——只有上帝知道它从哪儿来。我命令手下人把步枪放成一堆，在东边设了两个哨位。我报告我们到了。几个军官一言不发地走来，用缰绳牵着马。我们得到面包和奶酪当晚饭。过了一会儿，另一个突击队到达了。我惊讶地认出我的堂弟勒内——伯父埃瓦里斯特的第二个儿子，我目睹了他的长子死在炼炉的火焰中。勒内脸色苍白，筋疲力尽。我们没时间交谈。军官们睡在从马车上取来的稻草捆上，我们直接睡在地上。我们接到命令，无论如何都不能点火，唯一的光亮来自挂在马车底下的灯笼，灯笼把微弱的光洒在团旗上，团旗被甩在刺刀中间。我无法入睡。我看见睡着士兵的脸在微光中像黄铜般放光——你会在戈雅[1]的某些画中看到的温暖色调。这些睡着的脸有一侧被阴影覆盖，像非洲人一

---

1. 弗朗西斯科·戈雅（1746—1828），西班牙浪漫主义画派画家。

样乌黑。我从挎包中拿出素描本，画了几张速写。这使我平静了一些。战后，在一幅描绘基督头部的油画中，我用了其中一个年轻人的头部做蓝本。

在这之后，我一定是睡着了，因为一声巨响把我惊醒。一颗炮弹在紧挨马车的地方炸出一个大坑，刺刀散落得到处都是。马车上有几件乐器被炸飞了。团旗上的金狮标志被炸掉了。我们确定没人受伤后，又重新躺下；苔藓很柔软，也很凉爽。因为总有窸窸窣窣的声音，一个军官在大概午夜时分决定在树端安置几个士兵作警戒。之后，我们没怎么睡着。凌晨两点开始拔营，我们尽量不弄出响声。团各部开始集结；行进的士兵汇成巨大的浪潮，穿过树林，发出轻微的咔嚓声。远处，在树林的边界以外，我们看见一个燃烧的农庄。从冲天高的火焰中，火星呈扇状飞散开来。

我们形成了两条战线，一条面向勒芬，一条面向布鲁塞尔。过了不久，一个侦察兵报告说我们距离一个德军阵地不过三百英尺。为了建造掩体，士兵们开始急急忙忙地挖掘。偶尔有子弹穿过晨光。我们挖得很慢，锹碰到树根，弄出巨大的声响。尽管越来越担心，我们仍然继续挖，挖出的泥土用来做护墙。在那个农庄的旁边，德国兵狰狞的剪影在火光中时隐时现。提奥·卡里尔——我在铸铁厂认识的一个男孩——举起步枪，一个狂怒的军官扑到他身上，按下他的胳膊，骂他是白痴。那些德国兵是诱饵，想骗我们开枪暴露目标。微光中，几辆德军救护车在附近的路上经过，接着是死一般的寂静。天在下雨；令人窒息的烟灰散发出恶臭，扑向我们。我们挖的坑不够深，坐着不舒服；在湿地里把两腿屈向一边，我们等着新指令。

过了一个小时，我再也无法忍受这种无所事事的状态。我爬到中尉身旁，问他能否派我执行侦察任务；在一百码远的地方，一棵粗大的山毛榉树被一颗炮弹炸飞了。中尉点点头，对我小声说："听着，如果你犯错，我们全完蛋。"提奥·卡里尔加入行动。我们匍匐着爬到那棵倒下的山毛榉树那儿，随时准备射击。躺在树干背后，我们惊讶地看见德军阵地有两个隐蔽的机枪点。我们数到三，迅速朝每个机枪点发射了三发子弹。很长时间没动静，但是当我把头伸到树干上方时，一切都乱套了。德国兵有意让子弹从我们身边擦身而过，而不直接朝我们射击，想把我们从树干背后赶出来。我们进退两难。子弹在四周呼啸，射在树干上，木片从耳边飞过。我们别无选择，跳起来逃命，在弹雨中从一棵树跳到另一棵树。我们跳进最近的坑里。坑里的水在雨中涨得很快，大部分士兵站在齐膝深的淤泥里。德国人有条不紊地开火——先是用几颗子弹来激起反应，然后，只要看见一颗头在动，就用机枪扫射。

这样持续了一整天，我们坐以待命。军官们不停地说要保持冷静。没有配给口粮，我们的肚子饿得痉挛。我们舀坑里的脏水喝，因为没有别的喝的。夜色降临，几个兵在坑之间走动，发放子弹；其他几个拿来受潮的饼干。我们知道被困住了，像捕鼠器中的老鼠。本该庇护我们的树林变成了一种陷阱。

到了早晨，两方又都开始射击，但是更远处有更强的炮火。到了中午，几个年轻人躺在坑边死了——他们曾经从坑里站起来。其中一个想去马车后面取刺刀，现在他睁眼躺着。一颗子弹从他张开的嘴穿过，把后脑勺炸开了。血涌进湿漉漉的苔藓。

夜色再次降临，一切照旧。军官们脸色苍白得像死人，焦虑地用法语低声交谈。我悄悄走到他们跟前，问能否再去侦察。他们说这主意很糟。他们看到到处都是陷阱，说敌人的包围圈合上了。那天晚上，远处有步枪在射击，迫击炮的轰鸣打雷似的滚过树林上空，黑暗中被惊起的鸽群在树枝间拍着翅膀，远处有火光苍白的反光，机关枪突突地响。到了下半夜，一切都静了下来。在树林里的某处，一只猫头鹰在叫。一轮半月从云层背后滑出来，把一种险恶的光洒在睡着的士兵身上。

第三天早上，晨雾悬垂在树林周围的田地和草场上方，德军看来已经撤退。在雾蒙蒙的远处，埃勒韦特的教堂和房屋在炮火下着火了。我们接到命令在树林深处集合。像魔像获得生命后从黏土中脱身，远远近近的兵挣扎着站起来，跨过死去同伴的尸体。我们发着抖，感觉麻木、背痛、浑身僵硬，穿着裹满泥的军服——我们半靠在步枪上，站成参差的行列。敌人的包围圈被打开了，我们不知道这是怎么发生的。显然德军有比歼灭第二团更大的目标。我们谨慎地离开树林，五人一排，一次走一个营。在村子里，我们看见在雨中嘶嘶作响的房屋残骸，被迫击炮炸死的人和动物，被烧毁的教堂——刚在七年前才被红衣主教墨西尔祝圣。关于令人心悸的希普拉肯战役，这是我们的全部所见。

※ ※ ※

穿着发臭的潮湿军服，我们艰难行进。女人们来到路边，拿着面包、牛奶，有时是一块火腿。她们告诉我们她们儿子的姓名，问有没有他们的消息。村庄之间的田野令人惊叹。夏云飘浮在麦浪上空，草场的树木为牛群提供荫蔽，燕子和云雀轻捷地飞过，刺鱼在清溪中闪亮，柳树在暖风中摇摆。我想起17世纪荷兰风景画家创作的和平的画面，英国艺术家康斯太布尔[1]描画的树端点染着光与影的斑块，他在画布上捕捉到的宁静生活。我们营驻扎在梅赫伦附近的圣卡特莱娜-瓦弗尔。我们领到口粮和弹药。我用画速写和素描来打发时日。没有铅笔了，我就把从熄灭的火堆中取来的小块木炭削尖，用它来画。比起石墨，我更喜欢木炭——线条更饱满，交叉线抹出的阴影更微妙。有些士兵请我给他们画肖像，用来送给他们的恋人，但是我无法胶着木炭的颜色，这些画很快被抹得一片模糊。有些兵把它们扔了，我发现我画的肖像皱巴巴地丢在路边。

我们听说德军把目标定在了布鲁塞尔。在梅赫伦地区停留了一周，我们又朝着西南方向的维尔福德前进。到现在，我们已经无数次听说了发生在希普拉肯的灾难有多大规模，仇恨激发起我们的斗志。在不断靠近的炮火轰击下，我们接近了埃珀海姆附近的塞内河。德军在对岸深挖掩体，用机关枪守桥。就在我们正架起自己的机关枪的当口儿，马雷夏尔上尉被一颗子弹射中了肚子，倒在地上。一个兵想要去帮他，被一块飞来的弹片划瞎了眼睛。我们不去管那个上尉，权当他已经死了，连同那个哀号的兵。我们扎

---

[1].约翰·康斯太布尔（1776—1837），19世纪英国最伟大的风景画家。

进草丛，咒骂着，试着爬近些。必须尽快夺回这座桥，必要的话，就把它毁掉，这样才能阻止敌人前进。德军致命的火力同时发射，离地三英尺，射击频率不断变化，使我们无法前进。我们看见子弹在桥的铁栏杆上弹开，溅起火星；在我们周围，泥土喷向空中。一片宽阔的草场在前方展开，散落着马的尸体——马肚子被炸开了，乌鸦在啄食从它们肿胀的腹部流出的肚肠；每当炮火移近时，乌鸦就在恐慌中蹦跳。塞内河在这里陡然拐弯，我们希望光秃秃的堤坝上的拐弯能掩护我们靠近德军，但是他们马上察觉了，子弹又在耳边呼啸而过。我们几十个人躲在堤坝后面。几个兵想弄清炮火来自何处，但是刚一抬头就被射倒。他们被致命的爆炸甩到空中，掉下来发出闷响。我们急忙从他们的身体上爬过，尽量紧贴着地面。在炮火的间歇，我听到不断有人在骂"操他妈的"。现在没退路了。一个十八岁的兵躺在草丛里大声抽泣。我喝令他闭嘴，不要动，等着下一步指令。我命令附近的兵以十秒钟的间歇开火，把枪举在头顶刚高出堤坝的位置，先是最右边、最左边和中间的人开火，再是其他人开火，然后第一组人再开火。指挥官点头赞同，把同样的指令传达给更远处的士兵。这个策略显然使敌方以为我们人很多。让我们大吃一惊的是，在草场顶那头的树林中出现了大约二十个德国兵，他们把双手举过头顶，喊着"别开火！"。这些德国兵穿着灰色军服，头盔上狰狞的尖角在闪亮；他们缓慢靠近，慢得像是在梦中——甚至投降时也令人恐惧。这是我们近距离看到的最早一批德国兵。我们在惊讶中不自觉地张开了嘴。能够抓获战俘，夺取他们的新式机枪——这是没想到的好运气。我们团最前排的兵跳起来,过去迎接他们。最前排的德国兵立即扑倒在地,在他们身后的树林中,机枪开始突突响。我们有十几个兵被射倒,其他人眨眼之间扑倒在草丛里。敌人的火力距地面一英尺,但是呈斜角向下,这说明至少有一挺机枪布置在高处。现在我也开始骂人了,这个怯懦的骗人伎俩和周围的尸体使我怒火中烧。步枪处于待发状态,我爬得更近。一颗子弹射穿了我背上的餐盒,里面的勺子和叉子叮当作响。几分钟后,通过观察火力方向,我发现了德军布置在一棵树顶上的机枪。我爬到一具散发着恶臭的死马后面,小心瞄准——我不会有第二次射击的机会。我克制住想呕吐的生理反应,瞄准透过树叶隐约可见的那张脸,然后开火。德国兵朝后翻倒,机枪掉到地上。我喊道:"开火!开火!开火!"草场上的所有士兵都开始射击。树林里传来混乱声,枝条折断的清脆声响,有人在哭喊——听起来好像他们在撤退。指挥官要找几个自愿者,到河岸上查看对岸情况,这带给我们新的希望,逃脱德军布下的死亡陷阱。没有人挺身而出。指挥官又问了一次。我暗想,不该总是同一些人做这样的事,这次让别人来干,我干够了。但是仍然没人回应。指挥官咒骂着,又问了一次。最后,为表示对同伴的不满,我举起了手。

"很好,马欣。多加小心,下士。"

"遵命,长官!"

嘴里咒骂着同伴,我沿着塞内河陡峭的河岸爬行,没有任何掩护;我紧抓草皮,以防滚到河里去。天黑下来了。每个声音都令人胆战心惊——野鸽飞起,水鼠在溅水。在看见那些"投降的"德国兵扎进草丛的瞬间,我内心有什么崩溃了。这些该死的杂种!我想杀人,想用刺刀把人捅死。身后突然一阵窸窸窣窣,但是我采取的体位使我连转头看都不能,我想我的死期到了,然后我听见斗鸡眼鲁迪的声音:"马丁,马丁,是我,继续向前,别出声,我用步枪掩护你。再过一百码,你趴下,转过来掩护我。我们轮流来。"就这样,冒着生命危险,我们射杀了每个胆敢在堤坝上方露头的德国兵,一小时后到达了工兵所在的位置。他们在修建一座临时桥梁。为了不弄出太大的响声,他们用破布裹住锤子——这些破布老是被扯开,必须更换。我把步枪留在河边,爬到工兵那儿传达有关德军阵地的消息。现在天黑了,斗鸡眼鲁迪就自己爬回去告诉其他人这儿有一座桥。半小时后,他们到了,鲁迪在前面领路——总共一百人,队列很长,在草丛中蜿蜒前行。他们安全通过了这座桥。没人对我哪怕是点点头,没人说感谢的话,没人帮我捡回步枪。我低声咒骂着,沿着河岸往回爬了几百码,把枪取回来。耽搁了半个小时,我重新归队,在队列的末尾。

九月初的夜晚降霜了。我的军大氅被污泥浸透,冻得直僵僵的,像一块板子。我发着抖,牙齿磕碰得很厉害,我想会在嘴里碎掉。

我们吃一种冷粥,舀进脏兮兮、坑坑洼洼的餐盒里。我的餐盒是漏的,我不得不用手托着底部,于是手掌上沾满了讨嫌的黏东西。

"埃珀海姆,这城市是猪圈,我到死都会爱它。"卡里尔说,一边在我背上拍了一下。

"谁都别烦我!"我喝道。当卡里尔说着"火气大,火气大!"时,我走出去十步开外,把背对着他。黎明降临前,在夜晚肮脏的孔洞里,每个活着的生物都在沾着露水的光秃秃的地上发抖,我梦见了我母亲。她站着父亲打开的墓穴旁边,天下着雨,一张很大的黑纸粘在她背上。她把父亲的画笔放在棺材旁边,棺材在一个坑里,坑里在涨水,她在哭——我母亲从前不哭。我站在她身后,嘴里咒骂着,用机关枪扫射墓地里的坟墓——我从前不骂人。我猛地惊醒,感觉恶心,把酸溜溜的粥吐到草丛里。

※　※　※

我们营厌倦不堪的士兵被准许休息几天。中午汗流浃背,日落时分浑身发抖,我们在细雨中朝几个村庄进发,被告知那儿的村民被迫逃离了。在硫黄色的夜空下,我们到达一个村子。军官们占据了村子的小集会厅;我们其他人进驻遍布村中的房屋,每组八个人,外加一名中士。跟我分到一起的是卡里尔、斗鸡眼鲁迪、安东尼·德登、达曼、布恩、维纳斯·德·布莱泽、我堂弟勒内和一个来自维尔福德的男孩。我们住进一个小农舍,在村外一百码远的地方。穷苦的村民一定是被德国人赶出了家园,之后,德军立刻继续前进了。奶牛在菜园后面吃草,山羊和兔子在窝里游走,好像什么也没发生过。小房子闻起来是潮湿稻草和烧木头的气味。木头壁炉架上的简朴肖像好像在责怪地盯着我们——长着方方的颅骨的乡下人,多肉的手放在大腿上,眼里没表情。我们解下厚重的皮带;我下令把挎包集中放在阁楼上,把步枪沿着狭小的门道放成整齐的一排。接着,我检查地窖,看是否能在里面躲避轰炸。让我吃惊的是,我找到了足足两百多磅土豆和一桶浸在猪油里的咸肉。架子上排成长列的罐子里是果脯和蔬菜;还有五个没上盖的陶坛,坛里的东西覆着薄薄一层盐粒。德登跟着我一起下到了地窖里。"哈哈,种田人的秘密储藏。"他闷声怪笑着说。看到一坛杜松子酒,他把它抱起来说:"我想就在这儿的地上拉屎,喝个烂醉。"他咧嘴笑着,捏了一下裤裆。我想都没想就给了他脸上重重一拳。他朝后仰倒,摔在放着玻璃罐的架子上,那坛杜松子酒在地板上摔碎了。他的鼻子在流血。我必须控制自己不再揍他。

"上楼看看盘子和刀叉够不够九个人吃饭用。"我对他喝令道。他摇晃着走上去,我跟在后面,正好赶上看到他把农夫和他家人的肖像朝向烟囱放倒。

维纳斯从花园里进来,说要在德国人回来之前把兔子杀掉吃了。他问德登这个主意怎么样。"问于尔班,"德登说,"他是领头的。"我盯着他的眼睛——那眼睛很狡猾,躲躲闪闪的,又很驯服。

"好吧,"我说,"今晚我们吃土豆和兔子肉,花园里掉下来的水果够做苹果酱。"来自维尔福德的那个男孩说他姨妈住在附近,问他能否在那儿过夜。他说会带回面包给我们当早饭。我同意他去,也命令他明早八点前回来。达曼和德登在外面仰望天空,想弄清那种越来越近的轰隆声来自何处。接着,我们听到两声爆炸的巨响。一颗炮弹击中了村里教堂的中庭,另一颗落在地里。过了一会儿,第三颗炮弹落在我们住的小农场旁边。前屋的窗户玻璃叮当作响,破成碎片;几排屋瓦从屋顶滑落,在房前的石头地面上摔碎了。

瞬时的寂静,然后我们听到叫喊:"这儿有一个酒窖!"一颗炮弹击中了一个有钱人家的房子,炸开一个与街面平齐的洞,里面的石龛中储藏着大量昂贵的葡萄酒。达曼和德登抬脚向里冲,但是一个中尉捷足先登。他用法语吼叫说,每个兵都有一瓶,谁要是被发现拿了两瓶就要受罚。

达曼和德登拿着酒回来了,维纳斯、布恩和斗鸡眼鲁迪去拿他们的。"这足够九个人喝!"我对在后门边剥土豆的卡里尔说。他耸耸肩。过了一会儿,我们听见那个中尉在吼叫。他把卖鱼的吉尔特和偷狗的普提艾打倒在地,藏在他们上衣里的酒瓶摔破了,军服染上了紫色。傻大个儿赛格斯闯入村里的小面包房,现在大获全胜般提着一个大篮子出现了,里面是面包卷和糕点。他把篮子高举过头顶,喊着说每人可以拿一个,但是拿时不许看。士兵们你争我夺,很快把他撞倒在地,篮子掉在卵石地上。每个人都尽可能多地抢,笑着,踢着,骂骂咧咧,大声吆喝。指挥官没采取任何行动来阻止他们。

到了十点钟,村里的烟囱在冒烟。炖肉的香气弥漫在街上,我们晚饭就着肉汁吃兔肉,葡萄酒尽兴喝。你能听见到处有人唱歌。我们也唱歌,彼此敬酒,舒心快意地吃,开怀尽兴地笑,像在一个乡村宴会上。

吃完了饭,我坐在外面的一张凳子上,就在牛棚后面;很久以来第一次,我几乎感觉平静了。天空清朗,金星低低地悬垂在果园上方，洒下富于穿透力的光；大熊星座拖着老旧的独轮车在夜空中移动；草闻着很新鲜，使我有点儿头晕。我的思绪回到家中——母亲带着我的两个妹妹在那儿独自过活。两个弟弟还太小，不到征兵年龄，我甚至不知道他们在哪儿。我看见死去的父亲蜷缩在炉边，纤瘦的手上镶黑边的指甲，浅色的眉毛。我正在想应该能凭记忆画下他的脸，这时爆发了大混乱。低飞的飞机上，机枪在扫射；成群跑动的德国兵朝各个方向开火——我们从没见过这样的阵势。从四面八方飞来密集的子弹。转瞬之间，在前门口吸烟的达曼倒在厅里死了，血涌到地砖上。他的喉咙被撕碎了，只有几根细条状的皮肉把头跟身体连着。同时我们听到迫击炮的炮火声。一颗炸弹击中了牛棚——我刚从那儿跑开；牛在剧痛中哀鸣。我全速冲进房子。我手下的兵躲在地窖里，他们的步枪在前门附近躺成一堆。我从地上搂起步枪，扔进地窖口，喊他们马上出来。

在四周的黑暗中，我们听见叫喊和哭声；在村子的中心地带，橘黄色的烟升到低矮屋顶的上方。又一次爆炸引燃了教堂原先被炸剩的部分，一群群八哥猛地飞起来，就在我们头顶上；有个地方的井被炸了，门和房子的面墙上溅满了淤泥，没有一块窗户玻璃是完整的。我叫手下的兵爬到农舍后面，排成一行，向村子的中心地带移动，我断后。我们看见前方有大约二十个德国兵，在火焰的衬托下呈黑色。我们跑着穿过花园，直到村里的广场——在那儿能清楚地看见那些德国兵。他们正要大举进攻村里的集会厅，军官们在那儿筑起屏障来阻挡他们。我向前跃起，示意手下的兵同时开火。火力从后面击中德国人，他们没来得及吃惊就倒下了。其中两个居然转身射击；维纳斯倒在地上，在痛苦中尖叫；我们再次开火；那两个德国兵栽倒在人行道上。混乱平息下来。突然间，我们只听到野鸽在拍翅膀，火在爆裂。在远方的某处，一只狗像狼似的嚎叫。银河闪烁，距离这个愚蠢的星球在其中旋转的黑洞无限遥远。我们沿着房子的前脸缓慢移动，步枪时刻处于待发状态，刺刀上膛，怀疑会有伏击，但是全都结束了。在集会厅楼上的一扇窗户那儿，一个军官在朝外偷看，他旁边是那个总跟着他的机枪手。我朝他挥手，喊道现在安全了。

很多地方有伤者在呻吟。

军官们一个接一个地走出来，也有士兵从房子里冒出来，有些还醉着。我们损失了大约二十个人。领头的军官低声咒骂着，在主街两旁安置了两个警戒哨位，在两所房屋的楼上安排了机枪手，一边一个。

"其他人必须睡觉，"他说，"明天是新的一天。"

他对我说："马欣，就冲这个，我保证你能晋升。"

我敬了一个礼，然后带着手下人回到农舍。

布恩躺在前门旁边，在哀号求死。他的军服在齐胸的地方被炸开了，内脏器官从闪亮的扣子间突出来。他吐得满脸都是。我用脏兮兮的手帕为他抹掉呕吐物，一边咒骂德登是笨蛋，因为他早些时候摔碎了地窖里的一坛杜松子酒。布恩的痛苦没持续多久。血从鼻子和嘴里涌出，汩汩有声，眼睛无神地转动。过了一会儿，他失去了知觉，没几分钟就死了。我合上他的眼睛，叫手下人在后院挖了一个坑。我们把布恩和达曼并排放好，再盖上一层稻草，然后把坑填上。提奥·卡里尔用几块板子做了一个简朴的十字架,用小刀把他们的名字刻上去。夜很深了,露水使草丛、树叶和枝条变得湿漉漉的。世界寂静无声,令人费解。月亮升起来,闪闪发亮,像在梦中一样巨大,不受时间影响,像一个奶酪做的黄色车轮挂在一排窸窣作响的杨树后面。我向圣母祈祷,问她为何弃这个世界于不顾。我吸入秋夜泥土的气息——还带着一缕微弱的火药味。我们走进屋里。我睡在地窖里的一些稻草上,斗鸡眼鲁迪、卡里尔和德登在地上安身。一个接一个,我们沉入无底的睡眠,像一束光在缓慢熄灭。仅在几小时后,这束遥远而强烈的光就穿透了小地窖的窗户,鸟儿在老苹果树间发疯似的鸣唱,一只公鸡在被炸毁的谷仓旁边的粪堆上引吭高歌。

※ ※ ※

出发前,我们在院子里为两头奶牛挤了奶。我拿了布恩挎包里的水壶,把它灌满奶。达曼死后,我拿了他完好无损的餐盒。我们依然朝西向霍贝克行进,头天晚上喝的葡萄酒使脑子还是昏沉沉的。走了几英里,几个水壶的塞子砰地冲了出来——有些兵把水壶装满了葡萄酒,酒在热力中晃荡,开始冒泡了。葡萄酒冲出来,流过他们的衣领,滴到脖子和外衣上。在其他兵的哄笑声中,他们穿着染上紫色的军服走完那天余下的路程,闻着酸溜溜的酒精味。

那天下午,天下起小雨,这支宿醉未醒的队伍每分钟都变得更加士气低落。我们费很大的劲才站稳脚跟——在乡村路上滑溜的泥块上，在被射得千疮百孔的街道上，在沾满泥又坑洼不平的铺路石上。从一个被炮弹部分炸毁的男校里冲出来几个修女。听说我们要来，她们准备了很多汤。她们还分发牛肉和沙丁鱼罐头。军官们吼叫说没时间耽搁。我们把挎包装满，继续前进，嘴里嘟嘟囔囔。雨水现在很冷，抽打着我们的脸。在行进途中的一个沙岸背后，我们发现了早先发生过战斗的痕迹。遮阳板和门板从被弃的房屋上拆下来了，躺在沟渠和深坑里。更远处是被弃的战壕，用木板和废铁盖住了一部分。湿地里有脚印、车辙、慌乱中挖的沟。最后经过的部队离开这里不超过一个半小时。我们被命令带上这些木板、门板和遮阳板，以便接下来在几百码开外挖战壕时用上它们。我们不懂为什么要费这个劲——直到看见几百码开外的灌木丛中有很大的动静。命令下达了，叫每个人立刻蹲下。采取这种别扭的体位，我们继续挖掘浅坑；汗水和雨水从脖子上滴下来，流到背上。因为在塞内河表现出色，我又被派去执行侦察任务，这次是到下一个运河，在草场的另一边。我上军校时就认识现在负责指挥的中尉劳伦斯·德·梅斯特，他敬重我；通过布置给我这样的任务，他在不动声色地表达他的敬意。

卡里尔、德登和我在德军营地附近悄悄侦查，直到五点钟。我尽可能精确地记下德军战壕可能所在的位置。这用掉了我最后几张满是污渍的画纸。

日落时分，我又被派去侦察。在发现激烈战斗的迹象之后，军官们怀疑这样的寂静有蹊跷。在寒冷的夜雾中，淤泥冻得干硬，边沿呈锯齿状，使爬行很困难。我们正接近树林左边那个村庄的外缘，一匹巨大的黑马不知从哪儿冒了出来，朝我们猛冲过来。它大步跑过，几乎撞到我们。当意识到我们在那儿时，它很响地吧嗒嘴，改变了原先的路线，跑向左边的草场，马鞍后面袋子里的饲料洒了出来。我们从马具看出它属于敌军。像出现时那样突然，它转瞬消失了，马蹄在草地上发出闷响。我爬得更近，找到了一本地形图、一个指南针、一副野战用的望远镜和一个笔记本。在黑暗的遮蔽下站直身体，我们走着返回驻地，突然听见那匹马在靠近。转过身，我们看见它的大眼睛在夜色中闪亮。它驯顺地跟我们走，好像认出我们是它的主人。卡里尔是一个农夫的儿子，知道怎样对付马。他用缰绳牵着它。它打着响鼻，几次扭动大头，用后腿蹄起泥土，然后乖乖地跟我们走。我们到达驻地，身后跟着这匹马；中尉非常感兴趣，仔细研究我们找到的每样东西。士兵们在旁边看着，无精打采地吃着修女们早些时候送的食物。

苍白的天空现出黑色的裂隙，星光穿透它们。天气很快变得寒冷，大地散发着寒气——一个由凉飕飕的泥土构成的未知星球，我们像糖浆中的苍蝇似的黏在上面，渺小得可笑，发着抖。那天夜里，我梦见铁匠儿子的眼睛在火中被烧成白色；他对我讲话，但是我听不懂。"什么？"我一遍遍地问他；他用口水朝我吐泡泡，泡泡像白热的铁，烧焦我的脸。等醒过来，我意识到那是雨滴。在寒冷刺骨的夜雾中，我把斗篷的帽子盖到头上，满心不快，浑身发抖。

※ ※ ※

周日早晨。周围的乡村没有一所教堂鸣钟；乌鸦在炸断的榆树和倒塌的房屋上集结成群。我们每人得到两块干粮饼干和一杯热咖啡。我猴急地喝咖啡，嘴唇被烫着了。我把头朝后一仰，张嘴去把咖啡吹凉，就在此时，两颗子弹从我的嘴和杯子间穿过，射向谷仓的门——一个中士正在那儿倒咖啡。子弹穿过他的脖子和喉咙，他立刻就死了，像木偶似的塌下去，倒在门上。所有人都在慌忙中拿起步枪，尖叫着朝战壕跑去。中尉德·梅斯特吼叫着。他命令我带二十四个人朝右边跑两百码，在那儿匍匐，保持警戒，朝任何移动的东西射击。我们像鳗鱼似的蜿蜒穿过草丛，到了一块土豆田里——一次好运气，因为这块地高出周围的地面，能够提供掩护。我们小心地站起身，看见地里空无一人，几百码开外有一所农舍。但是，当我用德·梅斯特交付给我的德国望远镜观察时，我看见草皮在晃动——正悄无声息地朝前移动，充满了危险。敌人的军团肯定前一天就跟着我们，决心打一个措手不及，把我们全部消灭。

这时，那所农舍的阁楼窗户一下子打开了，在太阳底下闪了一道光。"他们在那儿设置了一挺机枪。"我对手下人说。我命令二十四个人同时朝那扇窗户开火。透过望远镜，我看见六七个人从房子里冲出来。一瞬间，子弹在土豆田里到处飞，但是四周的土坎保护了我们。我看见草皮起伏扭动着移过来。我的心有一刻停止了跳动。我们已经浪费了很多弹药，每人只有大约十发子弹。更糟的是，我们与军团主力隔开了。我命令这二十四个兵在靠近地面的高度发射一排子弹，每人一发。那片移动的草场上一阵混乱，有段时间，敌人没有还击。突然，我们头顶上飞过炮弹，在身后几百码开外落地。德国人猜想我们在那个方向有后援,试图切断它。我第一次感到怕死。一股刺鼻的气味使我知道身边的小战士尿裤子了。他浑身颤抖,已经把步枪在身边放倒了。他说:"下士,我能……"

"闭嘴,"我说,"我们的问题比你的裤子更重要。"

又是一阵寂静。差不多九点钟了。我认为德国人不会冒险进入土豆田。

我们又可以正常呼吸了。我对那个惊慌失措的小兵安抚性地点点头。突然,一个德国军官在离我不到十码远的地方一跃而起,手枪瞄准我的头——刚刚抬起在草丛之上。他射了两枪。我低头躲开,泥土溅到我脸上,我立刻跃起,没等他再次开枪就朝他射击。他措手不及,仰面倒下,躺着一动不动了。

现在我们每人只有五发子弹,而且无处可退。迫击炮弹和高射炮弹在我们身后一百码开外落下,地面被炸翻起来。在前方,数目未知的德国兵准备杀死我们二十五个人。我看着这些兵的脸——他们正透过草丛和树叶警觉地眯着眼,随时戒备着又一个德国兵带尖角的钢盔出现在鼻子底下。我们没有足够的弹药向草丛中漫无目标地射击,以吓走他们。

我想起中尉保证过,如果爬回去是安全的,他会拔剑向我示意。但是从摩尔霍瓦尔——谷仓旁边他们藏身的那个小土丘——没传来任何信号。那么我们自己冒险回去,我想。我命令最远处的兵跳起来往回跑。跨出三大步后,他倒在地上死了。很长时间没动静。我又命令前面的兵跳起来往回跑。他跑出十码远,被看不见的子弹射倒了——这些子弹在离地面很近的高度嗖嗖地飞。仇恨像酸液在喉间烧灼，难耐的怨愤在体内涌起，给我视死如归的力量。我还剩两发子弹。我把挎包挪到身体右侧来保护自己，一跃而起，朝着邻接土豆田的那块地拼命跑去。子弹呼啸而过。我的大衣领子被射飞了，脖子上一股热流擦过。紧接着，挎包上的背带被射掉了。我跌跌撞撞，绊到自己的步枪，在一块甜菜地的边上脸朝下栽到泥里。步枪在我身后三步远的地方。我肚皮朝上，小心地挪回去，抓住枪带，把步枪拉到近前。我手下的兵看着，吓得一动也不敢动。我挥手示意，叫他们把子弹丢给我。十颗子弹落在我身边松软的泥地上；我爬过去，把它们挨个儿捡起来。等全都捡起来了，我把它们仔细擦干净，装进弹膛，在紧贴地面的高度朝任何移动的东西射击。射出第三枪之后，安静了几分钟。我躲在两块地之间的土丘后面，假装大声咳嗽。立刻飞来一颗子弹。我予以还击。一个黑色的剪影弹跳起来，尖叫着仰倒。一片寂静。我用手势示意手下的兵朝我的方向匍匐前进，一次一个人。在最初一百码之后，我们用手和膝盖爬行；又过了一百码，我们跳起来拼命跑，但是敌方没有什么在移动了。

　　我们在谷仓边坐下，呼哧带喘。谁都没说话。士兵们从各个方向到达，有人受伤，染成深红的绷带缠在胳膊、腿和胸口上——绷带是把内衣撕成条做成的。其他人三三两两地走进营地，像僵尸，浑身是土，眼睛在满是污渍的脸上闪亮。不远处的地里传来喘息和撕心裂肺的哀号。我们不知道他们的具体位置，不会再冒险离开藏身其后的那堵墙。德国人的马已经被屠宰，几个兵用刺刀剥了它的皮，把大块的肉挂在一个马厩的门上。我们没法儿生火把肉做熟，它们散发着鲜血的气味，令人作呕。夜里，我们回去寻找那两个被打死的同伴，在漆黑中摸索。医护人员出发去寻找在地里呻吟的伤兵。我堂弟勒内在离作战地点不到一百码远的地方牺牲了。我没机会见他一面，医护人员把他抬走了。他们说他死得不痛苦，说他"在光荣的战场上牺牲了"，这是我们反复听到的空虚套话，针对身边所有令人心悸的死亡。有人拿走了堂弟勒内的鞋子——勒内喜欢炫耀，梦想成为一个鞋匠。他们会怎样把这消息告诉老铁匠埃瓦里斯特，说他的小儿子也同大儿子一样死掉了？

※ ※ ※

我们继续前进到扎芬特姆。我在那儿的教堂里待了很长时间，跪在圣坛旁边——圣坛上画着我的守护圣徒圣马丁。中尉发给我们超量的口粮，祝贺我们表现得又勇敢又冷血。至于我，他在我肩膀上友善地拍了一下：

"你尽力而为了，马欣，别想太多。"

那天晚上躺下睡觉，我像婴儿似的大声哭泣，念珠攥在拳头里。我在内心的风暴中祈祷，想压制发晕的头脑中风暴似的震耳尖叫。我止不住地祷告了一个小时，又听见它——那遥远处风琴的低响——我沉入睡乡。

3

伊瑟河战役，1914年10月。

从一支来去迅速、不断行动的十二万人的部队，我们被削减成了乌合之众，尽可能地活下去。我们无数次逃脱死亡，对粗笨的装备造成的水疱、疾病和伤口变得没有感觉了——我们在泥泞中拖拽这些装备，走过荒凉的村庄。十月的第一个星期，我们被强令向佛兰德南部海岸线附近被围困的堤坝行进。我们身心俱疲，带的步枪还能发射，但是弹膛在热力下磨损过度，已经没有精准度了。我们三天后通过亚贝克，一天半之后到达奥斯坦德，在米德尔克尔克被分成小部队。我们住进空房子，狼吞虎咽地干掉三明治和热咖啡，睡在散放在木头地板上的薄薄一层稻草上。几小时后醒来，我们听见营里号手和鼓手的声音。为了使头脑昏沉、疲惫不堪的部队振作起来，我们分到了热咖啡和几块没发潮的饼干，在悲哀的沉默中把它们吞咽下去。紧接着又被强令行军，目的地未知。一个传令兵说根特很快将陷落。想到我母亲，恐惧攫住我的心。有人低声说米德尔克尔克是一个死亡陷阱——我们背向大海，面对前进的德军，无处可逃。军官们怒吼，叫我们闭嘴，继续前进。

我的脚上一团糟；粗布袜子上的凝血污渍摩擦伤口，使它们重新见肉，比以前还大。我疼得一瘸一拐。听说英国和法国的援兵要到了，但是我们知道什么？我们这群人衣衫破旧，走路蹒跚；我们的军帽很久前就被扔掉，被射成碎片，被踩扁，只能用抢来的帽子或者警察的便帽替代了，缠结的头发从帽子底下支棱出来。我们脚上穿着从农庄弄到的靴子，从死去的德国兵脚上扒下来的鞋子，甚至破布结成的袋子。我们是一群浑身是泥的蠢蛋，对作战感到麻木，抱怨着走向恐怖至极的东西，走过黏糊糊到处是泥的道路——在被雨水抽打的家园上空的低云之下。

正午刚过，我们到达伊赫特海姆，在那儿等待上级指示。经过一个多小时的考虑，高级军官们命令我们原路返回。士兵们激烈抗议，军官们拔出剑，喊哑了嗓子，命令这些皮包骨的食尸鬼冷静下来。士兵们骂娘，跺脚；有的躺倒在草丛里，从伤脚上拔下鞋子，说多一步都不走了。几个瓦隆男孩开始像羊似的哀泣："烂部队，烂部队。"军官们又吃惊又困惑。我走向前，满心怨愤，因为我刚听说我母亲和姐姐克拉丽斯前一天来了亚贝克，她们甚至都没被准许哪怕是向我问声好。我对德·梅斯特中尉说，这些兵需要先休息几个小时。我的请求被否决，命令已经下达。我说最好让我们知道是什么命令，这样我们至少能明白这一切是为了什么，又有什么意义。

德·梅斯特说："马丁，这会儿你别自以为是。"

怀着满腔怒火,我们鼓起勇气,行进通过曼肯斯维尔,过桥到了伊瑟河对岸,终于接到命令在特瓦艾特河的回流处暂停。军官们在路上心软了,准许我们几次停下来休息。在一条溪流边,我们冲洗染血的脏袜子,在那儿流连了几分钟,尽量把脚垂到凉爽的溪水里,分用滑石粉和绑腿。在长途行军的终点,我们筋疲力尽,倒在伊瑟河的岸上。

夜间野鸽轻柔的叫声在水面上回响。在泥地里,我看见女人的鞋印和孩子的脚印,但是这个地区好像完全荒凉了。空荡荡的田野上点缀着三两成群的牛和马,它们看上去很茫然。

饼干又发下来,是装在铝盒里的帕莱茵饼干;我们争抢这些铝盒——即使是空的——因为方便用来储存小物件。那天晚上,我们没睡觉,而是以狂热的速度工作。用钝锯子放倒一排柳树,贴着地面把树干锯断。倒下的枝干用来遮挡我们不受风吹雨淋。最粗的树干被锯成两半,用来盖住一些战壕。军官们命令挖沟,用来挡住两面夹击。我问为什么这样做,他们说这个河段前后蜿蜒,如果德军渡过伊瑟河,我们会立刻被包围。在一个农舍里,有人为我们煮咖啡;我们贪婪地喝着。这是早上六点,我们渴望能睡几个小时。正当希格斯和利文斯抬着满满又一桶咖啡从房子里出来时,一切又乱套了。一颗榴弹在紧挨他们的地上爆炸,把其中一个炸成碎片,连尸首都找不到;另一个也立刻死了。好像为了炫耀他们多么精准,德国人又发射了几发炮弹,落在我们身后草场上牛马所在的地方。动物肢体在弹坑里朝天支棱着,蓝色的烟气打着旋飘散开。敌人已经设法在河上建起了一座浮桥。突发恐慌。有些地方发生了拼刺刀的肉搏战。炮弹开始在我们头顶上呼啸。转瞬之间,那座农舍和邻接的谷仓被夷为平地。到了十点钟,这片可爱乡野上的风物所剩无几。在瓦砾和炸翻的泥土堆里,没有任何生命迹象。我们用机枪朝敌军炮位开火。一颗大口径的炮弹击中了我们机枪手的隐蔽点。我们看见朋友的尸体高高飞起,残肢断臂从头顶飞过。

* * *

一天又一天过去,我们在突如其来的惊吓和长达数小时的安静之间反复——安静时好像一切正常。大部分弹药都没送来,反正开火没有任何意义;弹膛在热力下磨损严重,轻型步枪的射程又不够远。有些天,我们在冰冷的雾气中什么也看不见。

一天晚上,一只木筏悄无声息地从河上漂过来,上面载满装着弹药的货箱。我们完全不知道它是怎么到达的。

第二天早上的景象使所有人都惊呆了:成群的狗、猫、臭鼬、鼹鼠、老鼠和兔子在渡河,像来自另一个世界的军队,口鼻刚好露出平滑的黑色水面,在上面划出无数三角形。位于尼乌波特的闸门被打开了,这片乡村被逐渐淹没,直到远及迪克斯迈德和特瓦艾特的内陆地区。我们缓慢意识到这或许会使敌人暂停前进。我们看着,心怦怦跳。有严令禁止射击逃亡的动物,因为这会暴露目标。我们就这么看着——这些尖鼻子的信使来自一个注定要灭亡的世界,正逃离一个无法想象的末日大决战。它们登陆,甩掉皮毛上的水,目不斜视地跑过我们的战壕,像旅鼠一样盲目逃窜。没人想抓它们；尽管很饿，没人想杀死吃掉它们。像伪装起来的末日审判的天使，这些浑身湿透的幽灵再次从视线中消失——在暗淡的晨光中，在滑溜溜的黑泥地上跳跃向前。我们目瞪口呆地看着它们留在黑色水面上的涟漪。远处，苍白的水流朝着我们的方向涌过野地。指挥官们走过队列，一再强调供给将会很困难，我们必须靠自己挺过很多天。发给我们的只有沙丁鱼罐头和潮湿的饼干。士兵们咒骂着；刚喝过咖啡后，沙丁鱼多盐的味道让人想吐。我们被禁止到战壕外去解决生理需要。很多士兵就在坐着的地方解决问题。有的甚至把尿拉在裤子里，就为了在清晨的雾气中感受瞬时的暖意。在战壕的角落，粪便堆成山，一天比一天高。我们尽力忘记它们的存在。有时，我们中的一个人会铲土盖住粪堆顶部，但是刺鼻的臭气已经进到我们的脑子里、我们的呼吸里、我们的骨头里。卡里尔说，"在这该死的地方，我们比穴居人还原始"，他朝泥地里唾了一口。

一周后的一天早晨，我们听见孩子的哭声。一个大约十岁的男孩在对岸站着。指挥官禁止我们去把他接过来。卡里尔说这太不应该，他脱掉军服，潜入水中，游到对岸。他正把手伸出去，孩子走开了。德国人同时开火，我们不知道火力来自哪里。卡里尔向后翻倒下去，滚下河岸，落入水中，在水下潜行，到达我们这边之后才露出水面。我们屏住呼吸看着这惊人的一幕。卡里尔从水里被拽起来。指挥官说他该受到严惩，但是考虑到我们对德国人的诡计很愤慨，他决定不予追究。

认识到敌人不再有任何道德顾虑，我们震惊了。我们从没见识过这种心理战术。我们被教授有关荣誉、伦理和战术的严格律令。我们学会了娴熟地击剑,进行救援演习,顾忌身为国家军人的荣誉。我们在此见到的与这些全不相干。我们的思想和情感被扰乱了。我们恐怖地感觉到自己变了,准备好而且愿意去做我们从前厌恶的事。几个军官在用法语争吵。其中一个想下令渡河,另一个说那是发疯。

"这是浪费弹药和人命!"德·梅斯特低沉地吼叫说。

但是他们似乎很快就想出了一个计划。我们被派往岸边,四到十人一组,看能否在那些河流的拐弯处观察到对岸的动静。在那座被摧毁的农舍附近,大约一百个兵站成一圈,随时准备射击。我们分到铲子,开始挖沟。几小时后,我们挖成了一条一百码长的新战壕。我们被命令马上跳进沟里,待在那里不许动,直到进一步指令。夜幕降临,我们睡在从烧毁的谷仓里收集的一些稻草上。其他人在泥地上睡觉,身体半立着,头抵着步枪,或者采取胎儿的姿势,面朝矮矮的土墙。我们希望能抽烟,但是烟气会把我们的位置暴露给敌方的侦察兵。

那天晚上,我又想起母亲。突然间,不知道为什么,我想起我从来没和女孩子亲热过;其他兵经常为此取笑我。我想起那个池塘里的女孩——不是就在不久前吗?她在夏天港口边的薄雾中站起来,衣服在岸上,是白色和蓝色的,与贝尔纳黛特·苏毕胡的衣服一样。在黑暗中,她裸露的皮肤像一片光在燃烧。是什么奇迹使我们在梦中看见光明和生命——当四周一片黑暗。我体内涌起一阵骚动,淫欲控制住我,自慰的邪恶欲望把我紧紧攫住。这里或那里,我听见黑暗中衣服有节奏地窸窣作响,我知道那意味着什么。我知道为什么其他人手淫,但是如果我这么做,我将永远无法原谅自己。我感觉一种无限的欲望要把精液排出去,这欲望攫住我,使我喘不过气来。仅此一次,在这么久的煎熬之后,在万能的主和牧师们看不见的地方,在忏悔所及的范围之外,在这个死亡和泥巴的地狱中——在这里,甚至动物都要逃离它们的伊甸园。仅此一次,应该没问题吧?还没等我动手,单是这想法就在军裤里引发了一股火热而极乐的喷射,我浑身猛地一缩,感到头晕,开始在沉默中饮泣,祈求圣母原谅我的软弱。我看见那女孩;我的淫欲高涨;我叹息一声,转向身下肮脏的稻草;羞耻使我浑身火热,我放任地抚摸自己,抽泣着,祈求得到原谅,然后沉入睡乡。

等被摇醒过来,我发现我的头挨着一块烤猪肉,还是温热的,那是睡前发给我们的。从那时到现在一定没超过三个小时。号手们吹起作战讯号。在战壕中排好队列——依然跌跌撞撞,摇摇晃晃——我们接到了命令。

"佛兰德的战士们!向前冲,要快!"

紧接着是恐慌的叫喊:"我的老天,德国人在战壕里。"

军号的尖声响起来。冷得浑身发抖,我们向前冲;有些人已经离开战壕,四个人一排冲向德国人——他们在夜晚渡河了。一个胳膊下夹着黑色皮毛军帽的手榴弹兵,一个带着绿色贝雷帽的追击兵,一个原先被分配到加强阵地的火炮手,一个工兵——指挥官朝他们头顶上方射击以掩护他们。一边跑一边射击,我们推进了差不多一英里。

"排好队!"

"这边,这边,这边,站到队里去,该死的!"

死亡和灾难悬浮在干冷的空气中。

"马欣和基姆普,提拔为上士军士长,立即生效。"

"谢谢,长官。"

"立正。"

"是,长官。"

"二等兵马洛伊。"

"是,长官。"

"你们三个人排成等距的一排,每人之间相隔一百五十码。标记任何能掩护我们的位置。尽量找到进攻敌人前线的冲锋点。"

"马丁,前进到前方五十码远的地方,右边。基姆普在中间,马洛伊在左边。如果遭遇敌军火力就撤退,重新跟我们会合。上刺刀。出发!"

我第一个冲出去,连滚带爬,草皮和地下隐蔽处被炸起的残块从我的头旁边飞过。我在弹坑中找掩护,在树干后面跳跃前进,同时希望有人跟上来,但是身后没声音;在我们头顶上是子弹和炸弹、炮弹和榴霰弹的尖啸。在左边,我已经看不到基姆普。他照理该在我身后五十码远,但是四周被毁得面目全非,弄不清在发生什么。我趴到地上,全速爬行。四周是被破坏的铁丝网、死去的牛、炸剩的墙、扭曲的铁皮、深深的弹坑。一匹垂死的马在剧烈地摆头,唾液在嘴周围形成浮沫,冒着泡,它的蹄子在泥土里刨。

为了使它不再受罪,我用枪顶住它长着鬃毛有灵性的头颅,把它射杀了。鲜血和脑浆溅到空中。现在敌人的火力很近,我观察到他们的机枪手的隐蔽位置——地狱的入口处突突地发出巨响,直到我什么也听不到,什么也看不见。我到达一个陡坡,面前高出五英尺之处是一个草场。这会是一个安全地点,我们的人可以在此集结,发动进攻。但是怎么通知他们?河流拐弯处是凶险之地。转回去意味着必死无疑,甚至同伴都会朝我射击,因为意识不到我是谁。唯一的选择是翻过去看看那边有什么。突然,在我左边很远的地方,我看见基姆普在爬坡。他跳跃向前,在被射得七零八落的篱墙下寻找掩护。我照样行事。彼此间隔一百五十码,我们走向敌方战线。这是发疯——我意识到自己在这么想。子弹在齐膝的高度乱飞;我跳过越来越多的尸体——它们在地上堆积得那么厚;我知道要标记下来的冲锋点就在前方。我像疯子似的前后跳跃,躲避呼啸的子弹。我终于到达了最远处的铁丝网。现在必须迅速行动。我一跃而起,但是立刻感觉一种震荡贯穿身体——说不出是哪个部位——眼前一道白光闪烁,我感觉肚子正被剖开。在炮弹爆炸的间歇,我潜进一条干沟,肚皮贴地,趴在那儿发抖;腹股沟左侧的剧痛使我整整一分钟不能呼吸,我想我会窒息。我无力喊人帮忙,无力咳嗽,无力伸手去拿枪——枪就躺在沟边上,也无力推开撺在我身上的沉重的挎包。我完全瘫痪。大约一百码远,我看见伊瑟河堤坝模糊的影子。在失去知觉前,我喃喃地说:"任务完成了,长官。"

一切陷入黑暗和寂静。

过了很久，我醒过来。暮色笼罩。细雨落在我身上，我湿透了。我躺在沟边；显然我爬出来了，但是我什么都不记得。我可能躺在那儿几个小时了，完全暴露在敌人枪手的视野中。我喉咙上压着一个死人沉重的靴子。我咳嗽着，非常慢地转过头。四周全是死去的同伴。我们的壮举显然以死亡告终。疼痛撕裂我的身体。我一动不动地躺在那儿，直到最后的光线消逝，枪声停止。我渴得火烧火燎，腹股沟处的疼痛折磨着我。我摸索下腹部软肉的凹处——黏糊糊的都是血。有一会儿，我躺着抽泣，坚信我会死在那儿。绝望使我情绪激动。在黑暗深处，我用肘部在泥地里爬，拖着没知觉的腿，但即使这样也弄出了响声，子弹朝我的方向射来。肘部被磨破了，血从袖口上滴落，我祈求圣母保佑，爬过死去的牛、肚子被炸开的马、脸被射飞的兵，没看见一个活人，或许只除了在黑暗中的某处有一个男孩在呜咽。有时，我把手放下去会压在一个死人血肉模糊的身体上；我发着抖，在被放弃的战壕后面爬得越来越远。

天空出现第一缕曙光。我抽泣着，爬过无止境的壕沟，想着我要死了。好像是某种奇迹，我看见两个红十字会的担架，一个医生和两个年轻牧师聚在旁边。我显然是在距离前线几百码远的地方。我滚进坑里。他们对我施行急救，军医低语着，我再次失去知觉。当我醒过来时，我的胸口上别着一块硬纸片，我无法坐起来看上面写着什么。同其他伤者一起，我被放到一辆车上拉走。我们沿着毁坏的道路缓慢前行，目的地是充满死亡气息的特瓦艾特河回流处以外的某个地方。同一天早上，我们营剩余的人被德军的机枪和炮弹消灭了。从尼乌波特到迪克斯迈德，不到一周，十五万年轻士兵倒下了。

我在一个像军营的地方待了几天，在剧痛中喘息。我听说了我们引以为傲的冲锋是如何结果的。指挥官等我们的信号等了两个小时，我们三人中没有一个人发信号。情急之下，他们爬到草场高处，拔出军刀，刺刀上膛，几乎无一例外，全被射倒。在那一周，我们损失了大约一千名军官，这还只算了在前线的这一边。无数年轻人被留在泥地里死去，身份不明；其他人要么受伤，要么被俘，要么死在马车上——在到达我所在军营的路上。在碎裂的铺路石上颠簸，一辆马车把我和其他伤兵带到前线的后方。在一所破房子里，我们接受另一位军医的检查。指挥官们很多疑，总在警惕逃兵——有些人会穿上死去同伴浸透血的军服，假装在疼痛中呻吟，就为了能够同伤兵一起被带走。两个年轻牧师惊吓过度，不停地哭叫，最后他们自己被带走了。每次被送到离前线越来越远的新的医疗点，我们都要接受又一次检查，再次被施行急救。我们的人数每次都会减少。我看着同一辆车上的年轻人在身旁死去；灰色的天空一无所有，乌鸦在寒风中飞翔，把它们得意扬扬的叫声深深地刻录到我垮掉的身体里。我们终于到达加莱。在一个被征作军用的旅馆里，我们第一次被放到床上，分到了汤和面包。之后，我们被送到一家医院。医生从我的腹股沟取出一颗子弹。当我醒过来时，军医站在床边。他把子弹交给我，好像它是一枚勋章。

"你很幸运，我的朋友。再向中间偏一英寸，它就射中脊椎，那你就终生瘫痪。"

  他在我的脸颊上拍了一下。我不能动。我空着肚子睡了几天，然后我们被喂食水一样的蔬菜汤，我马上开始腹泻，感觉虚弱得像风中的一片秋叶。在噩梦中，死马从浸透血的泥里站起来，开始践踏士兵。一天早晨，看着穿灰制服的护士走来走去——这些年轻女人细心地照料我们，说话时压低着嗓音——我猛地抽泣起来，这使我觉得很尴尬。第二天，我们五十个人被送上一艘船，被告知要被带到利物浦。在穿越海峡的过程中，我从头睡到尾。

4

六个月后回到战场，我对利物浦记忆最深的是我觉得与它似曾相识，这感觉将伴我一生。在寒风中穿过雨夹雪和暴风雨——这风在宽阔的波浪翻滚的默西河上呼啸——我们先是被送到霍普街上的一家医院，紧邻正在建筑的大教堂。之后，我在两个为伤兵复原设置的附属医院里度过了春天——第一个在河对岸的沃拉西，第二个又在利物浦，在托克斯泰斯附近的某个地方。日子流逝，像模糊的梦；我们只需休息，感觉如释重负。最初几周，我坐轮椅，推轮椅的是一个沉默寡言的护士，名叫莫德。我用英文表达有困难，夜里会醒着躺在床上，为自己笨嘴拙舌而感到难为情。过了一段时间，我能够挂着拐杖在走廊里一跳一跳地来回走。我记不住我们待过的附属医院的具体位置，莫德告诉我说它离默西河的岸边只有十分钟路程。我能记起医院是在一个公园旁边，公园的矮墙后面长着几棵老橡树。第一个星期，我每动一下都疼。一天中的所有时刻，哪怕移动一只胳膊都会牵扯下腹部的肌肉，好像每个动作都是那个柔软部位驱动的。我撒尿有困难，一个体态庄重的护士帮我安置输尿管——一根棕色的管子，血水通过管子流到一个白瓷盆里。这个护士会为我托着盆子，我替她感到尴尬。每次绊到门台阶，我都低声咒骂。

过了一个半月，我恢复到了能开始做几项为康复设计的初级练习。我逐渐拉长散步的时间。我坐在圣詹姆斯墓园的树下画素描，在未建成的大教堂的阴影里——教堂的修建在战时停止了。很快有几个兵要我给他们画肖像。我用木炭画，不爱说话的莫德靠过来看。那天是三月中旬的一个春日。我闻到一缕紫罗兰的香气，抬起头看见她的绿眼睛正盯着我的手。我呛了一下，然后——主要是为了掩饰我的紧张和拙于言辞——我冲口说出了在那一刻刚想起来的话："很多年前，我父亲在利物浦的什么地方待过，受圣文森特·德·保罗协会委派。"想了一会儿，她告诉我，在圣詹姆斯街上有一座圣文森特·德·保罗教堂；说完，她继续她的例行工作。

从那一刻起，我不得安宁。我怎么会蠢到忘记了父亲在这里度过了他生命中将近一年的时间？难道战争使我失忆了？在接下来的几个无眠之夜，我冥思苦想。父亲当时在哪里工作？他画了什么？回家后不久，他的身体状况迅速恶化。我们几乎没时间问他，他也没主动说过什么，因为讲话对他来说太困难了。关于他到利物浦的旅行，为什么我没让他讲出心里话？

满怀自责，我给母亲写了一封长信，述说我在利物浦的情况。等到身体和天气都允许了，我开始出去找。莫德说得对。我在圣詹姆斯街找到了圣文森特·德·保罗教堂。走进装饰极少的潮湿的教堂内部，我的心狂跳不止。左边暗淡的墙上没有任何壁画显示我父亲在这儿工作过。在右边，我看到镶板上体现耶稣受难的画幅。正好有人在教堂里粉刷墙壁。他们想不起在刷白的墙面下有过壁画。在接下来的几天，我几乎造访了利物浦所有的教堂，很惊讶有那么多天主教徒住在利物浦；莫德告诉我他们很多是爱尔兰移民。我去了圣心教堂、修建中的圣菲利普·奈里教堂、后来在二战中被炸的圣路加教堂、坎特伯雷的圣托马斯教堂、圣安东尼教堂，以及很多较偏远的小教堂和礼拜堂。哪儿都没发现那些壁画的痕迹——据说我父亲修复和扩充过的壁画。我模糊地忆起他是在一所修道院或学校工作，于是走长路到了埃弗顿山谷的圣母书院，但是依然没发现我要找的。我的负罪感与日俱增，也越来越不甘心。

二月末的一个早晨，我沿着码头闲逛，随兴之所至拐进一条街又一条街。信步走到城市外缘一个脏乱破旧的区域，我迷了路，来到一个有围墙的花园，发现在一个类似修道院的地方有一个小教堂。我走了进去，没抱任何指望，只想为过世的父亲祈祷。我在一个粗制的硬条凳上跪下。几只蜡烛在冒烟，一个女人匍匐在石头地板上祷告。我从口袋里取出念珠，开始长时间的重复祷告，这使我放松下来，好像所有忧虑都溜走了。等我站起身，把身上弄干净，我注意到圣坛背后的一幅壁画上画着圣弗朗西斯，一圈小鸟在他半秃的头周围飞翔。我爬上两级台阶到了圣坛背后，一种电击般的感觉贯穿我的全身——这位圣徒的脸无疑是我父亲的。我不相信自己的眼睛，但是他就站在我眼前——他在这儿画了他的自画像。在这儿，没人会对他这么做有看法，也肯定没人会知道或看到他这么做了。在这儿，远离每个认识他的人，我父亲化身为他的守护圣徒，使自己成为不朽……这是他的脸，他死前几个月时的脸——他那时或许已经感觉到死亡在他瘦削的身体里潜行。我张口结舌地盯着这幅壁画。在战前的安静岁月里那遥远的一天，在根特的祖德车站走下火车时，父亲的脸看起来正是这样。

圣徒的右边是一个牧羊的男孩，我再次被震惊了。无可否认：这个朝着圣徒满怀爱意地伸出手去的男孩长着我的脸。我想这肯定是我过于骚动的想象力在开玩笑，但是不，他凭记忆精确地画下了那时的我：一个大约十四岁的男孩，长着粗硬的头发，粗壮的脖子，从他那儿继承的蓝眼睛——那就是我，在父亲身旁一个不起眼的角落，笼罩在小教堂半暗的光线中。我在煤炉后面睡着时他给我画过速写？他真的是完全凭记忆把这画下来的？一闪念之间，我记起在慈善兄弟会的修道院里，在他去利物浦前不久，我为他画的基督形象摆过姿势。他是否随身带了几张速写？——要么为了这个目的，要么像后来人们在旅行时会带上家人的照片。他对此什么也没说过。他肯定想不到我会最终发现。我记得当他回家看见我画的速写时，他猛地抽泣起来：谁知道，或许他在想这些壁画……我立刻被那些教堂的回忆淹没了——那些教堂，我坐在他身旁，整个童年时代都这样。我依然能在眼前重现那情景——他身体的动作，全神贯注工作时的轻声咳嗽，松节油和颜料的气味。被伤心的感觉笼罩着，我在那儿坐了很久，专注地看那幅壁画。半小时后，我走到外面。沉浸在回忆中，怀着混杂的感情，我回到了市中心。阳光突然穿透云层，市政厅穹顶上的帕拉斯·雅典娜[1]的雕像变得明亮起来，好像一次非现世的显灵。我听见海鸥在街道上嘎嘎叫，我在圣尼古拉斯教堂停下来祷告，我沿着波浪起伏的黑色默西河走向西部大铁路的终点。我坐在码头的系船柱上，不相信地盯着伯肯赫德上空的条状蓝天。那天晚上我几乎没睡觉。我又给母亲写信，告诉她我看见了什么，但是这好像不可能是真的，我又开始怀疑，如果这都是我的幻觉呢？

第二天，我试着再走一遍我前一天走过的路。我漫步在街巷和公园，穿过广场和大道，但是找不到那个小教堂，这让我很焦虑。我没有多少时间了；我们几天后要返回伦敦，已经在整天训练，为返回战场做准备。我对自己最近犯下的愚蠢错误非常恼火——我没想到要写下那个教堂或它所在街道的名称！我只有最后一个下午的时间。在到启程点报到前的几个小时，我最后一次走遍了我认为我从前走过的街区。还没等我意识到，我就绕了一个圈回到了原点。我返回医院，气喘吁吁，喉间嘶嘶作响。莫德疑虑地看了我一眼，问我是否真的准备好归队了。

"士兵必须服从命令。"我对她说，几乎没等我意识到，我已经朝她敬了一个军礼。一种被逗乐的神情似乎点亮了她的眼睛。

我们出发前往伦敦。我心乱如麻，沉浸在恼火和自责的情绪中。我发誓要回到利物浦，找到那个小教堂。很多年后，当意识到

---

1. 帕拉斯·雅典娜是希腊神话中的奥林匹斯十二神之一；智慧女神，农业与园艺的保护神，军事策略的女神，司职法律与秩序。

自己不能成行时，我向根特的慈善兄弟会要了一份利物浦所有教堂和修道院的名单。那是在1939年。一个小威尔士教堂多少符合我的记忆，但是它已经被拆除了——不管怎样，我无法想象他会在那儿画下那幅壁画。我永远不会忘记一幅消失了的壁画在我心里留下的印象。它甚至注定了我会变成如今这样：在一种充实而艰难的生活与绘画给予的宁静慰安之间反复摇摆。

※ ※ ※

我们向兰姆街火车站行进。黯然的车厢在等着我们，有些车厢上有弹孔。经过黑色的高墙，被煤烟染黑的隧道和桥梁，火车驶离这座城市。默西河岸的航海风情很快远离了我们。一路上，我看见沃尔弗顿宁静的山峦和草场，草场周围长着古树。我感觉正被拉得远离我生活中重新发现的重心；也是在这时我才终于意识到我一直爱着我的护士莫德；当我们列队走向军用卡车时，我害羞得甚至没同她道别。腹股沟处依然紧抽，我走路疲惫时能感觉到那儿的伤疤；我有时会肌肉痉挛，以前从没有过。但是我也知道我的健康状况足以归队，我无法再待在安详宁静的医院里。我把素描本深埋在出发前发给我们的粗麻布袋子里。我们越来越远离海岸，天空云层密布，灰色的郊区开始下雨，像玻璃虫似的蛇行线条从上而下染污了车窗。车厢内一片喧哗，谈话和哄笑，吵人的歌声，烟草气味，烈酒气味。我们已经回归了作为士兵的粗鄙生活。

※ ※ ※

在伦敦，我见到了继兄约里斯。他患贫血症的妻子在一次轰炸中死了，他成了很多比利时难民中的一个。他连续几周在城里到处走，定期到军营中寻找熟悉的面孔。当认出我时，他哭了，叮嘱我多加小心，说他的生活被毁了，他不知道为什么要继续活着。我向他打听我母亲和两个姐妹的消息，并叫他回根特去——他属于那儿，在伦敦生活会毁了他。从他那儿得知我的两个弟弟回家了，我松了一口气。埃米尔十九岁，朱尔斯十六岁；他们随时可能应征入伍。他自己的弟弟雷蒙德——我较小的继兄——同样是居无定所，约里斯不知道他在哪儿。这是1915年3月。再过几天，我们要渡过海峡到前线去。

离开伦敦以前，我收到母亲的一封信，由部队机构从利物浦转来。她写道，听了我讲的那幅壁画的故事，她很感动，很想踏上一次朝圣之旅去看看它，但是亨利肯定会说不。他右腿瘸了，躲过了征兵，脾气严厉，喜怒无常，使她的日子很难过。她从未像这样公开而直接地谈过亨利。我被触动了，同时又沮丧又害怕，望着丹佛的白垩岩峭壁在船后慢慢退去。驶进开阔水域才一个小时，我们就清楚地听到远处重型火炮的轰隆声，像地平线上等着我们的巨兽在吼叫，大张着饥饿的嘴，要吞噬我们。我们被领着回到地狱中。

※ ※ ※

我在医疗站报到，检查没用多长时间。

"很好,我的兄弟,试着走走。来吧!一,二,走快些!"

印章拍在桌上发出闷响。

"能担任一般的军事任务。下一个!"

令我吃惊的是,给我的包裹中有我那件领子被打掉的军大衣,用蒸汽洗干净了。我刚要穿上这件露了线的破烂,它又被收走了。

我领到一件带半球形黑扣子的蓝色上衣、一双破旧的鞋子和一顶带耳罩的帽子。军服存货显然已经用罄了。穿着这身古怪的服装——可能来自某个死去的平民——我独自走完通往前线的最后一段路,经过后备军的弹药堆,走过立在乡间的孤独的农舍——士兵们在那儿走进走出。没看见一张熟悉的面孔,我开始担心。但是当我沿着一长排半毁的杨树走下去时,我吃惊地听到有人在低沉地吼叫命令。我吓得心脏不规律地猛跳;我脑中第一次清晰地重现了发生在去年的最后一幕——同基姆普一起向河岸进发,把我射倒的那一枪。透过一片女贞树篱,我看见一个开阔农庄的内院里站着一位高级军官。他手下的兵站成一大圈,沉默地听他吼叫。我从敞开的大门走进去,大部分人把头转向我。我向后退,不想打断那个上尉的讲话,但是他咆哮着说:"过来!"

我想穿过人丛,但是他们拉扯我的衣服,有些人握住我的手,想拥抱我:"马丁,你这杂种,你还活着?穿着这怪样的衣服,你在这儿干吗?"

搂住我肩膀的是基姆普——现在是基姆普中尉。

"解散!"那个上尉吼道。这些兵敬礼,然后走向谷仓。

上尉叫我跟他和基姆普一起走。在他的办公室——安置在农舍憋闷的起居室里——他命令我陈述自己的身份。

"这是马丁,尊敬的上尉。"基姆普说,满脸喜气洋洋。

"闭嘴!基姆普。姓名?"

"军士长马丁,尊敬的上尉。"

由于找不到书面文件,最后由基姆普口头报告我的军事表现。我被分配到第四分队。他们会查证我确实因为在前线表现出色而被提拔为了一级军士长。我被安排在诺尔德肖特的前线指挥二十个人,他们让我去洗涤室取一套军服和一支新步枪。

显然,前线很安静,达成了一种类似"维持现状的局面"——基姆普过分热切地对我说。

这个分队刚从波艾辛赫村回来——德军试图在那儿控制运河水闸,又有两个新兵被打死。

"你只要像从前那么勇敢就行了。"上尉说,然后意味深长地对我点点头。

我敬礼后走到外面。十几个兵冲到我跟前,拍我的背,一起嚷嚷。

"嘿,老伙计,我们想你肯定死掉入土了……德·梅斯特看见你倒下,那是我们听到的关于你的最后消息。"

我跟他们讲发生的事——除了我父亲的壁画。

那天下午有一次对步枪、弹药和口粮的严格检查。我们被告诫在泥地里爬行时要小心铁丝网和哑弹。我们听说了一种含有催泪毒气的新炸弹。显然法国人最先使用它,英国人很快跟进。溴丙酮，基姆普说。难闻的玩意儿。不停地朝我们吹来。如果吸入超过一秒钟，你几天后会呕吐不止，像狗一样死掉。

※ ※ ※

最初几周，我们没完没了地填沙袋。任何明显的动静都会引来对岸的机枪突突地响上几分钟。我们必须时刻防备敌人突袭。过了一阵子，一天二十四小时处于备战状态让我们很像完全瘫痪，同时又常常连着几天都很安静，安静得使我们忘记了生命随时都在受到威胁。漠然消极成了我们的身心常态。有些兵连着几小时坐着，死盯着前面，又不针对什么，好像他们让自己变瞎了。天气暖和起来。早晨几小时的凉爽过后，气体从淤泥里升起来，闪着奇怪的光；田凫成片，在地平线上波浪起伏；有时，在一排树旁盘旋的乌鸦发出粗哑的叫声；在闷热的下午，我们听见远方海鸥的鸣叫；除此之外，我们的世界里没有动物——除了战壕里肆虐的老鼠。它们无处不在，尖叫从不止歇，在我们脚间乱窜，噬咬碰到的任何东西，散发恶臭，交配，下崽，欣欣向荣，吃掉饼干，啃咬我们死去的同伴，夜里在我们脸上爬；无论何时你打死一只，另外五只会取而代之。有时我们烤死它们，但是鼠肉令人恶心，暗沉沉又黏糊糊的。一个指挥官嚷着说我们会染上瘟疫。我们吐出令人恶心的肉，用带盐味的水漱口。

口粮在晚上发放，量越来越少——罐头食品，发潮的饼干，没有蔬菜水果，几乎没有新鲜肉，时不时有一块不新鲜的潮湿面包，还有装在有凹痕的水壶里的不干净的水，一股铁锈味道。在战壕里待了几天,我的牙龈又开始流血;再过几天,我腹泻的毛病又回来了。白云在头顶滑过,好像某种田园风情的背景。我们偶尔休息几个小时,躺着做白日梦。在某个地方草又开始生长,在手肘处支棱出来。我们享受春天和新鲜绿草的香气,但是大多时间吸入的是老鼠尿的气味,湿稻草和临时凑用的茅坑的恶臭。如果能焚烧被污染的稻草和腐烂的破烂,我们会好过一些,但是最小的烟气都会挑起一阵疯狂扫射。几天安静无事之后,一个军官来到战壕里,嚷着说这里不是城镇集市;他抓起一杆步枪,有意朝空中放了几枪,引来德国人又一阵凶猛的火力。这就像上帝在发怒:每个行为都按照某种不可测知的平衡值被算计;任何时候,一个最微不足道的举动都可能导致死亡,最轻微的判断失误很容易就变成最后一次判断。这没有使死亡变得无足轻重,但是死亡确实比任何时候都显得荒诞——剧痛,突出体外的无形恐怖,年轻人临死前的哀号令人不堪忍受,残缺身体上的手抓着自己的内脏,呻吟着要妈妈。他们是孩子,无数未满二十岁的男孩的生命被浪掷;他们应该在阳光里,拥有自己的生活,但是却陷在这里的烂泥地中。

我每天祷告,像机器人一样没完没了地祷告;比起任何信仰,祷告的节奏更能帮我度过绝望的时刻,克服对死亡的恐惧。其他人努力收罗稀少的奢侈品,比如一块口嚼烟草或者一大口混浊的白兰地;他们通过敲诈式的以物易物的方式得到这些东西:一块腕表换一瓶白兰地或十支香烟——这样的交易贯穿白天和寒冷的夜晚,同时轰隆的炮火与我们咕噜作响的肚子相唱和。我紧抓住把我和遥远的孩提时代连着的唯一物件：父亲的怀表；因为某种奇迹，它还在走。它像第二颗心脏在我口袋里嘀嗒响；把它握在手里，我看见利物浦的壁画；我在脑子里同父亲讲话，直到我的心平静下来，与怀表发出的安抚人的节奏同步跳动。

※ ※ ※

在伊瑟河背后留给我方的只是窄长的一片几乎无法防御的区域；被夷为平地的村庄周围的几条被雨水浸湿的战壕；被炸断的道路，车辆无法通行；一辆由我们自己拉的咯吱作响的马车，载着潮湿的弹药——它们总像要滑到运河里去似的，迫使我们每前进十码都必须像疯子般使劲；咆哮的军官待在地底挖出的较大的洞穴里——这些洞穴用木板隔开，大兵们必须每天往外舀水，擦掉永远粘在长官靴子上的黏稠脏物；我们在满是污泥和臭气的战壕里走动，永远屈着膝盖；我们的军服上虱子肆虐，肛门烧灼般刺痒，因为在阵发的腹泻后没有干净的水可以用来清洗；我们像某个恐怖童话中的怪物在滞重的泥块上爬行，肚子痉挛作痛；向晚的太阳斜射在了无生气的开阔地上；感染的手指被铁丝网撕裂；对遥不可及的别样生活的记忆令人猛然惊觉——当一只云雀在低矮如灌木的桑树林中唱起歌，或者当春风从战线后的远方带来多草田野的芬芳时。不知来自何处的榴弹炮开火了，我们又趴倒在地，手里的面包屑落到战壕里被靴子踩得稀烂的污物中。

我们突然听到一架小飞机在头顶上飞，由我们的英雄飞行员科彭斯和都楚蒙驾驶；他们在敌人战略点的上空滑翔，扔炸弹，然后尽快升空，迅速转弯，在火力下出击，总是在最后时刻逃脱。德国人咬牙切齿地设计报复——在壁垒森严的据点，在坚不可摧的防御工事和致命的机枪隐蔽点，在表面平静的河流对岸。我们中的很多人意志薄弱，听天由命；他们唱歌来鼓起勇气；我们要么在一阵震耳欲聋的喧嚣中醒来，要么在第一缕阳光出现时睡去，被夜间折磨人的疑神疑鬼搞得筋疲力尽。已经有几个小兵被黄昏时突然的噪声吓到而误射了同伴。这使我们很焦虑，我们不能继续下去，我们必须继续下去。

※ ※ ※

奇怪的是，我的精神状态通常一点儿都不差。相反的，每天都有新鲜能量来自某个说不清的源泉。这不仅是不计成败地坚持，而且是荒诞的纯粹生命力：士兵之间友谊的坚实纽带，他们粗鄙的幽默和愚蠢的笑话——经常使我们靠在战壕墙上笑得打嗝，直到又有人一时大意而手被射飞了，我们不得不把破布塞进他的嘴里来抑制他的叫喊；军官们在像要垮掉的藏身处里不停地嘘声说："安静！安静！"

从战壕里望出去，我们看见一窄条蓝天，高高的白云梦似的飘过；我们在混着细雨的大风中轮流放哨；我们在黑暗中爬行一英里多，就为了一罐牛奶；我们穿着铅一样重的靴子践踏粘脚的泥块，不停地滑倒，看着餐盒被不小心的脚踩到。为了消磨时间，手巧的兵把刺刀在炮弹片上磨快，用来切割弹壳，把它们做成女人戴的小铜戒指，然后试着卖掉——现行兑换率是一个戒指换大约五根香烟。每周一次,卖报人不知从哪儿冒出来,一直走到后面的地下藏身处,叫卖《20世纪》和《战地军报》。

"我受够了20世纪,他妈的,谁要你的报纸,"基姆普阴沉地抱怨说,"我倒霉的眼睛。"

我尽可能维持纪律。有时我命令几个兵出去巡逻,他们的回应充满恶意:"你自己去吧,浑蛋军士长。"我粗声粗气地讲话,叫他们闭嘴。有一次,我给了来自列日的死不改悔的马依格莱特脸上重重一拳。我这么做是为了恢复秩序和纪律,别无他法。有时,一个想法在我脑中闪过:我与我原先希望成为的那个人有多么不同?

※ ※ ※

第一批樱桃结果子的季节到了。有时一个农庄的女孩子从大老远走到我们这里来,说她有水果卖,但是这儿谁都没钱,所以他们推推搡搡,直到女孩子手里要卖的东西都被撞落在地。有一天,几个兵开始伸手到她裙子底下摸,身体紧挨着她的大衣蹭,她开始尖叫;我威胁要惩罚他们,猛击他们的头部。没想到他们立刻驯服地退后了。我同情这些年轻人,这里没有什么让他们用心思,而我则常常坐着读卖报人带给我的几本法文书。偶尔一个军官给我一些读物,象征性地感谢我管住了我手底下的人。在黄昏微暗的天光中,怀旧感渗透身心,我们低声唱歌;来自沙勒罗依的步兵劳伦·默尔丁学过音乐,他教我们唱凑成和弦的音调,听起来如此美妙;他说战后我们将组成一个大合唱团,每个人都相信他的话,直到下次巡逻——当我们又不得不把一个男高音留在身后的铁丝网那儿时,他在撕心裂肺地惨叫。我们在夜间悄悄出去,把他像动物似的拽进一个浅坑;可喜的是至少能将他掩埋,但那是在扒下他除了内衣以外的所有衣服之后——把任何或许还有用的东西都拿走。我们变得很强韧,又多愁善感;我们又哭又笑:我们的生活是醒着懵懵懂懂,懵懵懂懂地醒着;我们争吵时搂着彼此;我们互相咒骂但又不往心里去;我们身心里没有什么还是完整的;我们只要活着就呼吸,活着只因为我们在呼吸,只要呼吸延续。

※ ※ ※

来自安特卫普的西柯提克从战争开始就在军中服役,他从前在一个军官食堂当厨师;现在他躺在这儿抱怨我们伙食太差,吃得太糟糕。有时他悄没声儿地出去,带回来一只野鸽、一只走失的鸡,或者一只野鸡。他从几片面包上刮下烤肉渗出的油脂,在暮色中生起一堆火——在离战壕很远的一堵土墙背后——然后用他的锅盖煎肉,直到我们垂涎欲滴,求他给我们吃一口。咀嚼吞咽之后,滋味在嘴里流连,像一种使人不得安宁的饥饿感,要求吃更多;我们嚼着面包,喝着淡乎寡味的啤酒——现在军需供应基地时而给我们送来啤酒。

※ ※ ※

我感到一种强烈的冲动,想把每件事都写下来,但是没时间。有时我做白日梦,想着我们或许会怎样从这种境况中解脱,或者,我用一根顶端烧焦的干树枝画速写。绘画使我放松。在我画画儿的时候，这些兵跟我保持距离，以表示某种尊敬，所以我喜欢在夜幕降临前独自走出去——在这无精打采的风景中，夜幕降临得很早。我画光秃秃的树桩，那儿的小径曾经绿意盎然；一辆陷在弹坑中的马车突出的长手柄；一个房顶的残余像下陷的棚屋；一堵炸毁的墙上长满野草和荨麻。成块的草皮挂在坍塌屋顶凸出的瓦条上，在暮色中像被刺穿的头颅。我发抖了，把这画到纸上。一群灰山鹑在我头顶上飞过，空中充满了它们具有断音特色的叫声。有人从空中射下来一只，几秒钟后突发一阵震耳欲聋的火力；泥土四溅，我们迅速躲避；空洞的笑声在我们中间响起来，傻气的哈哈大笑或是咯咯笑，因为我们又一次躲过了。西柯提克说："看，那堵墙上有两只灰山鹑。马丁，是你还是我把它们射下来？你必须一枪命中两只，不然一只也得不着。"我瞄准，然后射击；两只鸟好像低飞着离开了；一阵火力朝我的方向呼啸而来，我平躺在地上，直到火力停止。德国人也厌烦了这种游戏；他们漫不经心地射击，好像出于习惯。西柯提克咒骂着；我在微光中爬过去；一只灰山鹑死了，另一只还在抽搐。我拧下它们的头，再爬回来。西柯提克说不能马上吃，肉要一两天才会软下来。我耸耸肩，把两只鸟塞进一个死去同伴的餐盒里。

我带着五个人到最远的据点保持警戒，二十四小时密切观察，注意德军阵地的动静。我们躺得离彼此很近，能用小石子互相打到。甚至当看到一个带尖角的头盔冒出墙沿儿时，我们也不射击。在这里挑起大战没有意义，只会让所有人送命。但是在夜幕快要降临时,一个德国人出乎意料地扔来一颗手榴弹,在我们的地下隐蔽处附近爆炸,这下我发火了。我抓起一只手榴弹,拉出引线,把它愤怒地扔出去。我们堵住耳朵,等着爆炸。什么也没有。接着——还是什么也没有。我们继续等待,觉得这难以置信。手榴弹肯定落在紧靠敌军阵地的地方,但是没爆炸。等天一黑下来,我派一个兵去一探究竟。过了一会儿,我们听到轰隆一声,接下来是一阵步枪射击,尖叫和呼喊发自双方,炮弹四处飞。我们朝着与德军战壕相反的方向玩命地跑。十分钟后,一切又静下来。一只猫头鹰在一棵倾斜的柳树上叫,柳树在一个排水沟边,沟里的水在朦胧的月光下闪亮。我派去的那个兵没回来,我对他的死感到负疚。我命令手下人重新占据那个据点,尽量不弄出声响,同时我爬到那个兵的尸体旁边。我离德国人非常近,能听见他们说话。我试着把那孩子从泥里拖回来,但这是不可能的。他仰面躺着,胸部被子弹炸开了花。我小心地取下他的步枪和弹药,然后在他的前额上画十字。

"神佑汝眠,"我脑中响着这声音,"神佑汝眠,伙计,这真让人恼火!"

我回到地下隐蔽处,在那些兵当中找到我待的地方。他们对我的不满表现为一阵极为压抑的沉默。寒冷和潮湿使我们浑身僵硬;十个小时以后,我们被解救了。

回到战壕里,我又见到西柯提克。他问我灰山鹑在哪儿。我打开餐盒,一股恶臭扑面而来。"该死的二十四小时,它们就已经腐烂了。"他说。蛆在鸟儿深陷的眼窝里蠕动。

"我用它们来给军官们炖汤,用上一整瓶红葡萄酒。"他眨巴了一下眼睛说,然后走了。

这是1915年5月。《20世纪》写道:"比利时前线依然静悄悄。"

5

时间的流逝变成枯燥的延续,延续没有方向感,方向感被停滞和无聊取代,无聊使我们慵懒而麻木,日子从指间溜走。事实上,有时连着几个星期没事情发生,指挥官们就想用小项目来转移士兵的注意力,比如为军官们修建一个好一些的地下藏身处,或者在战线后方排演一场"战地马戏表演"。一个夏夜,我们目睹了一个荒谬的奇观:步兵杰夫·布雷班斯在不牢实的舞台上从一头翻滚到另一头;像一个怪模怪样的芭蕾舞演员,他穿着芭蕾舞短裙,蓬松的裙子盖到他骨节粗大的膝盖,扁平足上穿着编织的厚拖鞋。两卷揉成团的袜子在他当紧身胸衣穿的夹克下面鼓出来,像臃肿的乳房;很快,一团袜子落到肚子那儿,另一团滚出来落在脚跟前。因为几个兵在唱黄色小曲,他没看到舞台到头了;舞蹈正跳到中途,他从台上掉下来,像一个经验丰富的闹剧演员;他的白腿在空中晃动,脏内裤暴露在大家眼前。士兵们哄堂大笑,拍大腿,起哄,把爬满虱子的帽子甩向空中。久久不得释放的欢笑的一次爆发,从时间那令人窒息的漠然中解放。但是在我们回战壕的路上，正为演出成功而飘飘欲仙的杰夫·布雷班斯被一颗子弹射中右眼，半张脸被射飞了。他说着野兽似的临终谵语，把屎拉在身上，呕吐，然后倒下去，脑浆挂在头颅外面。有人给了他第二枪，使他出离痛苦。我们都趴在地上，爬行了最后的几百码，直到滚进战壕里。

德国佬总在附近；这些猪猡总是潜伏着，逮住每个机会削弱我们的士气。这有时激起我们盲目的仇恨；我们中的一个人在一阵狂怒中带着步枪冲刺向前，几秒钟就被射倒，浑身弹孔，躺在前方开阔的像沼泽一样的湿地里。天黑之后，我们冒着生命危险找到这个冒失鬼，在地上挖一个洞，把他埋葬——至少给他这样的尊严，这样他的名字就能被列入"在光荣的战场上牺牲"的人名录中。

※ ※ ※

像母亲在我小时候做的那样，我替其他人写信，大部分写给他们战时的教母——她们在这些兵处于康复期时收留了他们。我尽力而为，写法文和英文，每天从两本字典中学到新词。当我翻着字典或在起稿子时，小伙子们经过我身旁，会在我背上拍一下，开玩笑地用法语问我："马欣，最近好吗？"

我也为戏剧和音乐演出画海报——这些演出是在远离前线的剧院中为娱军组织的。我在硬纸板上用素描手法画小丑和演员的肖像，或是用水彩画；有时它们被挂在各处的树上，底部是演员表。我手下的兵逗我，问我在哪儿找到了一面镜子才画出这么傻的面孔。乐队表演咏叹调，选自《乡间骑士》[1]、门德尔松[2]的《春之歌》、亨德尔[3]的《广板》以及比才的《阿莱城姑娘》。咏叹调进行到第三小节，有些兵就开始痛哭流涕。

有时我们不得不在炮火轰击后立刻警戒，没有任何间歇。三天三夜，子弹在耳边呼啸——阴郁的日子，所有人都在沉默中想：啥时候轮到我像畜生似的死掉？在点名时，有人大喊"为国牺牲了！"或者"被稻草卡死了！"，伴着苦笑和低语；指挥官们摇着头咧嘴笑，但是越来越少吼叫了。我看着身边的年轻人变得听天由命。多数人年纪比我小——结实的小伙子，心地正直，该从事有意义的工作，该成家生儿育女，而他们却躺在这里，覆满体癣的身体在温乎乎的雨中恶臭扑鼻；没希望有所改变，愤世嫉俗又嗜血如命；因为团部那些白痴讲的笑话而变得麻木；像大猩猩那样抓痒，哭起来像婴儿；因为胃部痉挛和害怕致命感染而发抖；或者活在恐惧中，怕被流弹射中，怕一辆不结实的马车的手柄突然折断，怕长夜响着马匹缓慢死去时的响鼻声。

※ ※ ※

八月中旬左右，我们被一个讲法语的军官召集起来，又在黑暗中站成一圈。

---

1. 《乡间骑士》是一部根据小说改编的意大利独幕歌剧，1890年在罗马首次公演，获得成功。
2. 雅各布·路德维希·费利克斯·门德尔松·巴托尔迪（1809—1847），德国作曲家，德国浪漫乐派最具代表性的人物之一，被誉为浪漫主义杰出的"抒情风景画大师"。
3. 乔治·弗里德里希·亨德尔（1685—1759），英籍德国作曲家。

"需要一个勇敢的志愿者！一次！两次！"

没人应声。

军官咳嗽了一下，看上去又紧张又生气；他又问一遍。

有人把鞋底踩在地上擦。

星星在头顶上眨眼；月亮升起来，还在低空上。一只猫头鹰在远处叫。

我再次失去了对自己人的耐心。

"胆小鬼。"我低声说，然后举步向前，敬了军礼。

"遵命，长官。"

我的任务是开辟一个军事推进的加强据点，以结束拖延了数月之久的一潭死水的状态。我们要在前方被水淹没的区域拉起四排半圆形铁丝网，一直延伸到水下。水像泥浆，散发恶臭；你稍有不慎就会摔进一层层黏稠的污物中——它们被炮弹掀起来了。

我和我将挑选的八个人完成这项任务大约需要二十个晚上。我先去睡觉，第二天再选人。要说服他们加入不容易；他们太清楚这次行动的风险了。等到他们放弃了争执和抗议，已经是下午很晚了；他们中的八个人跟着我去领取第一批木板、尖木桩、榔头、钳子、钉子和成卷的铁丝。我们领到了工作手套、厚制服和防水长靴，取到了在急救站接受紧急救护的特许证。

第一个晚上，我们着手修造一个浮动平台；刚小心翼翼地敲了几下榔头，一阵弹雨就呼啸而至。在黑暗中，我们把木板和梁木装回到车上，往回拖了两百码，然后躲在距离前线有段距离的堤坝背后。第二天，我们用裹在破布里的榔头迅速造起一个浮动平台。

到了中午,我们就要累垮了。我们被准许在战线后面的一个小农舍里休息几个小时,他们送来了一锅汤。我们回到战壕里,其他的兵正在玩牌,说笑话。他们默默地盯着我们,目光中又是讥诮,又是敬仰。

第二天晚上,我们把浮动平台拖到军事推进的据点,把它系牢在一棵树干上。接下来该着手开始把尖木桩砸进地里面。同上次一样,榔头只敲了两下就引来对面的一阵机枪火力。鸭子飞了起来,嘎嘎叫着拍动翅膀;子弹从耳边呼啸而过。我们躲到水里;漫无目的的火力再次迸发。上弦月升起在这残破的风景之上,无信仰的沉默的月亮会让我们送命。我们不能整晚站着不干活,所以就去捡石头,把它们裹在破布里;我们尽量轻手轻脚,不惊起水禽。游动的老鼠的尖鼻子打破了水面这苍白的镜子;我们看着像是僵尸在慢动作做着荒唐的事情。

过了两个晚上,恐惧感牢牢地攫住我们。德国人似乎怀疑事有蹊跷,有时在我们头顶上发射几枚照明弹。我们就纹丝不动地站着,两眼发黑,心怦怦跳。任何动静都意味着必死无疑;我教导手下人不要慌,脑子要快,尽量别弄出声响。每次他们开始射击,我们都在几棵树后面紧靠在一起,像一群心惊胆战的羊。这时我准许他们喝温吞吞的咖啡,吃又硬又酸的面包。我们并排坐着,咀嚼吞咽;炮火的烟气散去,泥土气息和夏夜的气息混融在一起。伯尼站了起来,一颗子弹立即擦过他的脑袋;疲劳过度使他肝火很旺,他喊道:"来亲我的屁股,德国猪!"还予以还击。又一阵炮火立刻跟上,伯尼满身弹孔倒在浅水里。小口径的炮弹在四周爆炸,

228

射击持续了一刻多钟。

"现在我们前功尽弃。"我对浑身发抖的手下人说。

他们想回战壕去,我举起手枪说:"谁第一个离开,我就亲手杀死他。"他们趴在地上抱怨,说要是活着离开了,他们会要我好看。"随便你们怎么说大话威胁我,"我说,"我知道这是发疯,但这不是我的主意。"

到了早晨,我们筋疲力尽,在地里睡过去了,又时不时被吵醒——远处有人在大声下命令;一辆车在被毁的路上骨碌碌地驶过;蚊子密集成阵,在下午的炎热中围着我们的头嗡嗡叫;我们一次次猛抽自己的脸颊,直到快要疯掉。

我们用超过一周半的时间竖起了厚达四层的铁丝网。

一个下弦月的夜晚,我们工作几小时后正在休息时,目睹了一个奇观:数千条小鳗鱼在银色月光中蛇行穿越草丛,扭动着,闪闪发亮——一支在夜晚无边际的寂静中闪着乳白色光芒的军队。它们一定来自那些被水淹没的低地中的产卵地,带着难闻的盐水气味。它们形成大潮,直到目力所及的远方——一个在完美的静默中进行的原始仪式。鳗鱼的大部队波浪般地滑行穿越草丛,好像在指令之下,散发着一种淤泥的气味;越来越多的鳗鱼跟上来;这个奇妙的仪式持续了一个多小时。小伙子们张大嘴巴看着,有一个开始祷告。月亮沉到地平线以下,最后一批鳗鱼在我们睡意蒙眬的眼睛底下溜过,我们想是在做梦。几小时后醒来,太阳照到眼睛,我们怀疑是不是每个人都做了相同的梦。

※ ※ ※

三周后,我们建成了军事出击的据点。我们的手被撕裂,背直不起来,淤泥渗到骨头里,呼吸散发着沼泽湿地的恶心气味。最后一天早晨,为完成任务苦干了一晚上之后,我站在据点附近,背对敌军阵地,检查所有铁丝网是否紧固,这时突然听到轰隆一声。一阵电击似的感觉贯穿脊柱,我的整个身体像有针在扎,大颗汗珠从前额滚落到我喘息的嘴里。"这颗炮弹很近,嗯?马丁?"有人在我身旁说。从靠近我右脚穿的防水长靴上缘的一个伤口里,鲜血喷涌而出。"又受伤了。"我嘟囔说,接着脸朝下栽进水里。突然爆发了一阵猛烈的火力,我知道我会在淤泥中被呛死。脑中闪过很多意象,我从水里抬起头,翻过身仰面躺着;我呕吐起来,几乎被呛着;有人把我翻得腹部朝下,抓着头发使我抬起头;我呕吐,抽泣,剧烈地喘息。接着,一切陷入黑暗。

我在贯穿颈项和脊背的剧痛中醒来;两个人扶着一瘸一拐的我来到急救站。我看见那个军官走出帐篷。

"任务完成了,长官。"我说,然后陷入烧热的恍惚。

两个抬担架的把我放倒在一副担架上;他们清洗伤口,把泥土和脏物弄出来,用酒精消毒,这使我痛得直跳。一个男护士粗鲁地把我推回到担架上。他们对我施行首次包扎,我在剧痛中喘息,用头撞担架。担架被放上一辆平板拖车。这辆车在高低不平的路上驶向位于霍赫斯塔德的战地医院,一路上发出砰砰声和咯吱声。我被挪到一张床上,疼得发疯。这是1915年8月18日。

✲　✲　✲

"你是你们军团的宝贝。"一个护士说——她正用温水给我清洗,"一个军官到医院来,说我们必须给你特殊待遇。"这个护士的铜色鬈发从灰白两色的小帽下露出来,绿色的大眼睛看着我,在微笑,"我听说你将从国王本人那儿得到一枚荣誉勋章。"

每次她的手触到我大腿上的伤口时,我都疼得直吸气。我努力想微笑。

"我只是一名普通的军士长。"我结巴着说。

"现在多休息,"她说,"你先要恢复力气。"

她把上了浆的被单在我身上盖好,把它拉严实,再用手掌把它捋平,然后窸窣作响地走开,在阳光中穿过躺满伤兵的大病房;其中一些伤兵在呻吟哀叹。我沉睡过去,从下午直到第二天接近中午。

第二天,五十个兵被从床上抬起来,放到一片草坪上的担架上。

让我们惊讶的是,一个铜管乐队在演奏。乐器在午后天光中闪耀;一个男中音唱着《我爱的号角声》,接着是路易吉尼[1]的《埃及芭蕾》。太阳冲破云层;在沾着露水的草地上,花香浮动。空气中散发出九月的气息。午后丝样的柔和与音乐相结合,融化我的心。想象不到的宁静、和谐与安逸:没有虱子,没有老鼠,没有沉积物,没有臭烘烘的军服,没有震耳欲聋的炮火,没有垂死者,没有湿漉漉的靴子里肿胀的脚,没有密集成阵的嗡嗡叫的蚊子;这使

---

1. 路易吉尼(1850—1906),法国作曲家,指挥。

我感到眩晕。护士们在稍远处站成一排,在倾听。其中几个昂着头;一个把胳膊环在胸前;另一个在发笑,因为有人在对她耳语着什么。音乐的行板攫住我的全部情感。我记起小时候在遥远故乡的室外演奏台上听过这音乐。被单闻起来是马赛肥皂的气味。在音乐的间歇,我们听到遥远处前线的闷雷似的枪炮声。这轻松明亮的天堂建立在远处的地狱之声之上……我想着我手下的兵还在那儿,我想着斗鸡眼鲁迪。"现在你得着一个轻松的活儿,老伙计,"他大笑着说,"又有六个月不在这儿。""尽量利用它。""你很快会回到这儿,跟大伙儿在一起。"

一周后,病房里从早晨起就开始骚动。护士们给我们洗澡比平常匆忙,她们还咯咯笑着说绝对不能泄露秘密。但是那天下午就真相大白了:穿着简单的护士服走进病房的不是别人,而是皇后本人——我们都不敢相信自己的眼睛。她从一张床走到另一张床,询问每个伤兵是要巧克力还是香烟,但是她把两样都给了我,说道:"你很勇敢,我听说了,你是我们国家的骄傲。"我结巴着说:"陛下,我……"我想告诉她我小时候在大广场为她唱过歌;站在她身旁的绿眼睛护士从前额扫开几缕铜色鬈发,给了我一个鼓励的微笑。话卡在喉间,一种想哭的冲动在我胸中涌起。这时皇后走开了,我急着想上厕所,我动弹不得,我在惊愕和尴尬中流汗。

※ ※ ※

过了三周,我还是无法抬起那条伤腿。

主治医生检查后，两辆军车把我和其他二十个人送往法国北部。我们沿着海岸行驶，躺在担架上，每次颠簸都引起又一阵剧痛。我们到达迪纳尔的赌场，那儿已经被改作医院了。一个很大的医务所面朝大海。寂静，撞击的海浪，带咸味的空气，清晨的海鸥，远处渔船的汽笛声。背景中没有枪炮轰鸣，寂静在耳中回响。那儿看起来很奇怪：一个圆形舞厅里摆着很多床，床之间的过道为护士清理出来了；各处的椅子上乱放着药瓶和各种杂物。

最初几天，我好像是透明的，没人跟我讲话，甚至连给我端饭的护士也一言不发。三天后才有一个战士来问我们叫什么名字。他说荷兰人的名字让他发疯。我们不得不为他把名字写在纸片上。几小时后，写着名字的小卡片被贴到床架上。之后，两个军医走进来检查每个病人。

等来到我的床边，其中一个掀开被单。

"把腿抬起来。"

"我抬不起腿。"

"把腿抬起来，上士。这是命令！"

"我抬不起来！我很抱歉。"

"好吧。我们等着瞧。"

❈　❈　❈

第二天早上八点钟，一个衣袖卷起的大块头大踏步地走到我的床前。我喝的最后一口咖啡流到胸口上。

他取出一铁罐凡士林，拧开盖子。简单地参看了一下笔记本，他把被单从我身上拉下来。

"我们瞧瞧,伙计!"他用法语说道,一边笑着,一边把手掌张开,停在离我的大脚趾一两英寸的上方。

"好了,老伙计,使劲踢,踢到我手上来。"

我根本不能挪动我的腿。肌肉完全瘫痪。

大块头开始行动,在我的大腿上抹擦凡士林,用野兽似的爪子做出掐、压、劈、砍的动作。

我流汗,咳嗽,喘息,瘫成一堆,疼得几乎窒息。

"我说老伙计,你想喊就喊吧。喊出来吧!看在耶稣之爱的分儿上,呼气,吸气!"

他抓住我的手腕,让我紧抓住床垫下的铁把手。折磨又持续了五分多钟。

等到我筋疲力尽了,他在我的屁股上拍一下,说道:"好了,第一次就到这儿。明天见。"

第二天早晨,看见他凶徒似的脸靠近,我吓出一身冷汗,汗珠从前额流到眼睛里。

他咧开嘴笑了。

"没被吓着吧,你?"

他拍一拍我的脸颊,开始又一场折磨,这次依然让我紧抓床架上的铁把手。

完事之后,我发现我把铁把手掰弯了。

"我不会弄断你的腿,你也别把床弄散架喽。"他笑了一声说道。

过了十天，我的腿开始有点儿知觉了。甚至连打杂的都很吃惊。他承认他原先以为我腿上的肌肉严重撕裂，不可能治好。

又用了一周的时间，我才能在床边小心地站起来，试着用伤腿支撑自己。我立刻倒在地上，但是从那一刻起，我开始能够躺在床上做一些幅度很小的练习；我很快能把腿抬到超过一英寸的高度。野蛮人很高兴，凡士林在飞翔。

十月的一天，我拄着一根拐杖，第一次自己一个人蹒跚着走到外面。大海的空气很浓重，带着一种奇怪的光亮，使我头晕目眩；海鸥在公园和堂皇的房屋上空滑翔；蓝绿色的海水很平静；我坐到靠海滨大道的一张长椅上。人们走路经过，聊着天；几只船在刚出修道院海湾的海域上起伏。在左首边的远方，我能辨认出圣马洛城中世纪的剪影。树上的黄叶沾满露水，窸窣作响；一阵微风吹过草地；好像从未有过战争。

※ ※ ※

我每天在那儿坐几个小时，环顾四周，画几张速写。一个拿着一只圆帽盒的女孩顶风走着；一个老妇人穿着被风拍打的黑衣服，在为海鸥抛撒面包，海鸥俯冲到离她的手很近的地方；一个士兵拄着双拐走过，一段残肢整齐地裹在新熨烫好的裤腿里。

突然，一个老人站到我身后。我停下手。

"魔术是门不受待见的艺术。"他说，然后走开了。

有一会儿，我坐在那儿盯着前面，感觉一头雾水。为什么这个怪人说绘画是一种未被充分理解的虚造的把戏？

船只在迪纳尔和圣马洛城之间宁静地往返。一天，我坐船过去了。海面平整；鱼跃出水面；海鸥俯冲下来，在船只驶过时掀起的白浪上尖叫。我坐在甲板上，摆脱了所有忧虑。但是每当想起我的同伴时，我的心就怦怦跳；他们在泥地里爬行，极度厌倦又缺乏安慰。

那天晚上我走回医院——小心地拄着拐杖保持平衡，每次只迈一小步；一个护士跑过来，责问我为什么一定要冒这个险。再说，床边有一封信等着我。我撕开带有王冠标记的信封：我的名字被列于当代骑士军团的名册上。我将被授予比利时王冠勋章，成为一名爵士。第二天，从英国来了一封信；继兄雷蒙德邀请我到斯旺西去和他住几天——他以难民的身份待在那儿。

※ ※ ※

我们大约二十个兵在一个大清早登上开往圣马洛的渡船，那时已经是十一月中旬；我们的旅行签证在英国领事处盖了章。刚过中午，我们被送到一艘船上，船长向我们敬礼打招呼。

我用一个小时在圣马洛闲逛；狭窄的街道，海岸边的峭壁。一只死海马在碎浪中摇荡，闪着乳白色的光。看见一个年轻女人从海滩那头走来，我想，我在生活中是完全孤独的；我不知道是否还会再见到我母亲。那女人很优雅——尽管全身穿黑；她带着一把小伞，每走一步都把它像拐棍似的捅到沙子里去。我不敢看她的眼睛。她从我身边走过，我转过身，看到她也转过身来在看我。有一瞬间，我们的视线在彼此身上流连。

我的腿有时还是疼得痉挛，我走的时间太长了。筋疲力尽的我上了船，船计划四点钟开。几个兵已经喝醉，他们狼吞虎咽地吃下发放的口粮。船上的钟叮当敲起来，蒸汽机的哨音响起来，从岸上房子的面墙上反弹回来；我想知道那个年轻女人住在哪儿，孤独感像一块巨石朝我猛压下来。

我们朝南安普顿航行——这座城市刚在三年前的泰坦尼克号灾难事故[1]中失去了九百个年轻人，大部分是船员：水手、劳工、洗碗工、事务长。"那儿有很多孤独的女人需要我们。"一个兵说，之后，他在甲板上唾了一口。船长走来训斥喝醉的大兵，命令他们全程待在甲板上，把浮标带子系在手上和腿上，严禁到船舱入口去。他知道这话的分量——船上运到英国去的重箱子里装着金属部件，也许会垮下来，把不小心的乘客顶在船舷上轧死。

我在左舷上的一把蒙着帆布的长椅上坐下。

起初一切顺利。我们在平静的海面上起伏，经过小岛塞彻姆布莱，距离它不到五百码；岛上有一所声名狼藉的监狱，不少佛兰德士兵被军事法庭送到那儿。

一小时后，黑色的云山出现在前方紫色海洋的上方，开始刮强风。这些兵开始咒骂；船长来到甲板上，严令他们不要到处走动。只过了几分钟，船就开始像野马似的剧烈颠簸，水里形成洞一样的漩涡，有些深度超过十五英尺，船头栽进去就像落到金属盘子

---

1. 泰坦尼克号是当时最大的一艘奥林匹克级客运轮船，于1912年4月15日首航时撞上冰山沉没，船上有2224名乘客和船员。这是历史上首次跨大西洋的客运航行，从英国南开普敦起航，目的地是美国纽约。

上。我们转向彼此，脸孔扭曲，身体摇来摆去，两手紧抓住椅子。暴风雨在头顶肆虐；船好像消失到翻腾的水里去了。船长朝领航员的隔间走去——他猛地撞到栏杆，滑倒在甲板上，又慌乱地站起来，疾走进那个隔间。风又在尖啸，又在呻吟，地狱中所有的狂魔都出来横行了。巨浪砸到甲板上，形成巨大的扇状水流，朝各个方向冲击，我们彻底晕头转向。我平躺在椅子下面，一个兵吐在我脚上。我们什么也不能做：每个人都晕船，晕得要死，连胆汁都吐出来了；有些还在恢复期的兵疼得直叫。风暴变得更猛烈了，船首有时高高升起在狂浪之上，紧接着又栽到巨大的漩涡里，引起剧烈的撞击，使我们觉得死期到了。这是夜里；没有方向，没有陆地，没有上下，没有左右，什么都没有；有的只是呕吐和盐水；有一种东西开裂的声音，好像船在裂成两半；这声音持续响着，一个小时又一个小时，从不停歇。

到了早晨，一些被同伴绑在管道和桅杆上的兵像软塌塌的袋子似的前后滚动，半死不活，完全垮掉了。船不再是在航行，而是在波涛上剧烈起伏，承受一次次打击，在打着漩的大海上浮荡。船长在等待观望。浪头一次次砸向我们，我们祷告，等着末日降临，肌肉痉挛引起剧痛。我们本该昨晚十点到达对岸。在微光中，目力所及不见陆地。确信我们要完蛋了，一些孩子像狗一样哀泣，流着口涎，吐出最后一滴胆汁，在疼痛和心塞中咬牙。

到了早晨九点钟，风暴大都停歇了，但是海面依然如此险恶，所以当发动机又开始锤击时，这声音足以让我们在剧痛中感到头晕。我们以蜗牛的速度前进，顺着风势变换方向，直到接近海岸。

港口内的船只鸣起号角，警告我们不要停靠码头；我们的船会在几秒钟内被撞成碎片。于是我们继续在水面上摇晃起伏，直到下午很晚。无尽的折磨在我们扭曲的身体上积起蓝白两色的泡沫，跟我们嘴唇上冒出的泡沫一样；我们绕圈爬着来逃避自己，看见邪魔似的扭曲幻象，用残余的最后一点意志力紧抓住彼此。

"这比我在战壕中经历的要糟糕得多。"一个兵在我耳边打着嗝说。直到晚上六点，船长才朝着港口方向小心前进，一码一码地移动。一个狂浪把我们高高掀起又甩下来，船差一点儿撞到埠头的墙上。我们再次朝与埠头相反的方向航行一百码，所有船只像疯了似的鸣喇叭警告我们。

七点钟左右，船被系在码头上，还在摇晃；我们、生病的动物、虱子和老鼠滚爬到岸上，在风雨中又躺了一个小时；我们的裤子上沾着屎，脸孔上是恶臭的胆汁。

等到我们摇晃着站起来时，太阳已经下山了。

船长把我们召集起来点人数。少了一个兵，没人知道他或许在哪儿。

"他妈的，每次都这样，"船长吼道，"现在他们会叫我对那个被撞到海里去的醉鬼负责。"

为了让我们从这场惊吓中恢复过来，他带我们到了一个小咖啡馆。

侍女们捂住在惊讶中张开的嘴，到了这时我们才看着彼此。面色蜡黄，呕吐胆汁使我们消瘦憔悴，像眼神空洞的食尸鬼，脸颊上有唾液干了的痕迹。

谁都没有食欲。过了一会儿,我们被带到很小的阁楼房间里,那儿有光秃秃的床,我们立刻沉入无梦的睡眠。在外面的黑暗中,一月的风暴继续肆虐,沉闷地擂击着屋顶。

※ ※ ※

第二天,我坐在开往伦敦的火车上打瞌睡;我在伦敦等转车等了两个小时,完全麻木,筋疲力尽,像一个丧失了所有目的和方向感的人。我想念战壕中的战友。从伦敦,经由布里斯托,我前往斯旺西。火车嚓嚓地缓慢前行,穿越荒凉的山丘;我独自坐着,郁郁寡欢,感觉寒冷彻骨。树和篱笆滴着融雪。没人说话。在经过的每个车站,我们都看见簇拥的士兵,有的在吸烟,显然已经康复,要回前线去。其他人看起来像我,脸色苍白,身体憔悴,正要到某地去度过伤势恢复的几个星期。午夜过去很久了,火车驶进一个破败老旧的乡村小站。我问清楚去雷蒙德住的难民村怎么走,然后沿着一条海岸上的小路,蹚着积雪走了一个小时,到达海边的一个小居住地——一条长街上有几个商店、矮房子和三家旅馆,紧临一个休闲广场。那儿没有任何生命迹象,除了沿着海滨用木头建的兵营旁边的岗哨。在黑暗中,哨兵以为我是一个军官,他跳起来立正站好。

"晚上好,长官。"

"你的意思是早上好。"

他笑了,问道:"在比利时仗打得怎么样?"

我嗫嚅了几个词,问他去难民村怎么走。

我继续沿着海滨走下去,海浪在撒着微雪的沙滩上积起浮沫。

七点钟,天空依然没有光亮。发着烧,满腹牢骚,我注意到一个毗邻一所大房子的小棚子底下有一张折叠帆布躺椅,决定躺下来。腿像针扎似的疼痛,有烧灼感,我完全没有力气了。我像孩子似的蜷缩起来,内心悔恨交加:我应该回到利物浦去寻找父亲的壁画,为什么从大老远到这儿来?朋友们为了康复都去法国南部,我是一个顶级傻瓜;我的脚冻得那么瓷实,可以敲掉;我不该渡过这该死的海峡;我累病了,浑身发抖,觉得骨头在咔嚓作响。

※ ※ ※

一座老式样的庄严大厦出现在冷雾中,我终于找到了继兄雷蒙德;我向他询问我母亲和姐妹们的消息,同时注意不要伤害他的感情,因为他知道我对他父亲和我母亲再婚的看法。我们可能坐得离壁炉太近了——早上十一点左右,我栽倒在地,不省人事,直到两天后才醒过来。我身上覆满红斑,这是血液中毒的症状。

我在这个闭塞的地方住了六个星期,在神思恍惚中生活。我同一个渔夫一起出海。几个小时后,拽拉粗糙钓线的巨大生物现身为一条狗鱼——这个不停挣扎又无法食用的怪物咧着嘴瞪着我们;渔夫把钓钩从它的喉咙上切掉,它溜回到翻腾的海水中。一条血痕,除此之外没别的。湿漉漉的雪又落到我们的脸上。

塔尔伯特港,淤泥、粗麻布、绳索和贫穷的气味。远处山里的煤矿。

糟糕的鱼,糟糕的咖啡,糟糕的面包。我们的牙齿在烂掉,嘴里一股恶心的味道。我们在沉默中咀嚼，有时张嘴看着灰绿色海岸线上光秃秃的树木。圣诞节带来湿雪和急雨。两名护士跟我们一起吃了一顿饭，食物少得可怜。我们很少说话。新年几乎没庆祝。在一个小礼拜堂里为死者和伤者举行了漫长而单调的祷告。第二天，在冬日炫目的阳光下，一匹瘦得皮包骨的马在海堤边被打死。每件事似乎都不真实。我很想家。

在这次旅行的最后一天，我们参观了斯旺西的一个军工厂。走过燃烧的熔炉，我又活了过来；我回想起铸铁厂；谈话使我高兴起来。我看到令人惊叹的新技术——一眨眼的工夫，一块红热的铁块就被压制成几百张薄似纸的铁皮，用来制造铁罐和军用杯子。我内心的某种东西使我不能再分清心里想的和眼里看见的。

在同来时一样慢得叫人发疯的火车上，我和继兄前后摇晃，默默地坐在三个英国女孩的对面；她们在不停地议论这两个显然没碰过女人的青涩的比利时士兵，没觉得有必要压低嗓门。坐在左边的那个兵可以是一具洒满鸽粪的青铜雕像的理想模特，雕像题名是"一个头脑简单的大头兵"。她们尖声笑着——直到我起身离开车厢，用我最好的英文祝她们旅途愉快。她们捂住嘴，喊着各种道歉的话。我们耸耸肩。当我们在站台上渐行渐远，朝她们友好地挥着手时，我感觉一阵眩晕，焦虑和欲望交织在一起，变成一种恶心感，这将伴随我回前线剩下的旅程——在又一辆肮脏的火车上，我透过厚积着蜡烛烟灰的窗户向外窥视，感到寒冷彻骨。到处是破坏公物的迹象，在座位上和地板上；厕所盖满污物，脏得不能用。休完假后回前线去，士兵是破坏者，是愤世嫉俗的人。

※ ※ ※

很多个月又这样过去了；当完全无所事事时，我们把半个白天睡过去；这无所事事会突然被两小时的间隔打断，其间是纯粹的恐怖：始料未及的出击，吼叫出的命令，惊恐，混乱，伤兵的哭喊。之后，死者被放到车上拉走——残缺不全的人体，不久前还是一个年轻人，跟同伴一起在战壕里抽烟，讲故事。

我的讲述变得单调了，正如这场战争变得单调，死亡变得单调，对德国佬的仇恨变得单调，正如生活本身变得单调，开始令人倒胃口。

在那些阴暗的日子里，有件事给我留下了深刻印象。一天晚上，一个垂死的兵被送走；我听说他只有一只胳膊，但是他作为一名医护兵的英勇却令人瞩目。他在一个燃烧的谷仓里被一根断梁砸到了。我走到担架旁，认出了那个图画课上的男孩，我所深爱的才华横溢的同学——用线条构建新世界。他的脖子看上去断掉了，与身体成一个古怪的角度。他抬起眼睛，认出了我。他想说什么；他朝前使劲，我看见他的断臂也随着在破军服里动弹——这过去总是让我吃惊。接着，他向后倒下去。我陪在担架旁一起走，帮不上忙。等到达战地医院时，他已经死了。

※ ※ ※

1916年6月的某一天，我第三次被派去执行任务，这次要前往一个前方观察点——两条战线之间的一个牛棚。指挥官每晚派出去三个人，没有一个回来。士兵们抱怨，抗议；指挥官用惩罚和威胁来回应。过了几天,我和我手下的两个兵被命令在观察点保持警戒。我说我会按令行事,但是这任务只有傻瓜才会执行。指挥官训斥说,如果我有运气活着回来,我将为这句话受到惩罚。

大概午夜时分,我们谨慎地朝观察点爬去。在微光中,死去的兵躺满四周。他们的弹药还在棚子里。我命令两个兵尽可能多地收集子弹,占据离棚子十英尺的位置,一边一个。

在他们的掩护下,我向前爬,画下我怀疑设置有机枪的地点、战壕的长度、防御墙的高度,然后我爬回来。其他的兵在什么地方做错了?

我们抓起所有子弹放进包里。既然出乎意料地获得大量弹药,我命令手下的兵在夜色中轮流开火。那天晚上,没有德国人冒出来,我们没有被俘;黎明将至,我们胜利地往回返。但是,正当我们以为自己安全归来时,子弹开始飞。几秒钟内,我身旁的两个兵跳起来逃跑,一个接一个倒地死去了;我匍匐着一动不动。过了几分钟,我小心翼翼地站起身来,立刻背部中弹——胆小鬼射的一枪,从一个角度射入,穿过腰间,从臀部射出。我捂住喷涌的血,使尽全力压住张开的伤口。在黑暗中,我被送到战地医院,那儿的军医说:"马欣!这里被你预定了,对不对?"

我咧嘴笑了一下,四周变得模糊;直到三天后我才醒过来,肚子上缠着一圈染成褐色的绷带,背部剧痛。我被注射镇静剂,不然疼痛会难以忍受——一个护士告诉我。我被告知康复后将面临军法审判,因为我擅用了不是上级发放的弹药。我耸耸肩,叫他们见鬼去。

我仰躺着卧床休息，感觉无聊又困惑，想着淤泥中的手下人。这次我被送到英国的大湖区休养，在一个位于温德米尔的小庄园里。我跟女主人兰姆太太成了朋友；她跟我一起玩牌，喝下午茶时给我讲她祖先的故事。黄昏时我们常常在园中散步。她丈夫也在前线。我们之间形成了一种令彼此困惑的亲密关系。独自躺在一楼一个大房间的床上，听到走廊上她的脚步声，我不断对自己说，我只是一个来自根特的普通士兵。

※ ※ ※

在温德米尔休养期间，我从报纸上读到一种新的毒气开始被使用：芥子气，其效果比我们1915年经历的氯气更恐怖。读到士兵们成批地死去，我几夜无法入眠。我的同伴中有多少人已经死去？有时，我在回想中把战壕看作一个有庇护的相对安全的地方——尽管每周都死人。我越来越多地听说人们对这场拖延已久又荒诞无谓的残杀感到厌恶；甚至据说连德国人都受够了，他们在成群结队地开小差。"欧洲还有年轻人剩下吗？"温德米尔的兰姆太太问道，她把手放在我的肩膀上。我读英文报纸，其中的报道与我在前线偶尔读到的比利时法文报纸很不同。

她送给我两件告别的礼物：一盒黄色、卵形的英国香烟，一条她织的长围巾——"你在前线的冬天会用得着它。"她烦躁不安地说。她把我搂到怀里。

※ ※ ※

离开温德米尔的那天，我在痛苦中发抖。远处，我看见清晨的明亮灰色背景下尖顶的兰代尔峰。前线又在等着我，我们在那儿的第三个冬天开始了。

回到前线，我听说负责指挥的军官还是想要我为不服从而受处罚；从牛棚观察点负伤回来，我还带着在那儿收集的大量弹药。我们被严令禁止使用不是上级发放的弹药。我担下了一个破坏军律的严重罪名。

我首先向一个中尉报到；他严厉地教训我，解释我或许会受到哪些处罚。我直僵僵地立正站着，纹丝不动，等着他决定我是否要受军法审判；他直盯我的眼睛，看了我很长时间。他肯定从我脸上看出我很不满。他又花了几分钟审读文件，在上面签名盖章，然后说："这件事处理好了，马丁。归队。退下。"

我敬了一个礼，一句话也没说。但是从那天起，我丧失了斗志——更糟糕的是我失去了信仰。越是有更多的人死去，就越难以忍受那些说法语的军官的蔑视和他们对佛兰德士兵的公开羞辱与歧视。他们与那些出身卑微的瓦隆年轻人形成鲜明对照——后者向我们展示了他们的友好和团结精神。我们都是炮灰。我们坐在战壕里，手指冻得半僵，破靴子里是法兰绒碎片，整天紧挨着彼此，想获得些微暖意以防冻死，而军官们则坐在供暖充足的农舍里。每周一次，一个军官来进行仓促的视察——把鼻子抬得老高，他开玩笑说这霜冻的天气有利健康；它能杀死害虫；如果持续下去，它也会杀死德国鬼子。没有人发笑。这军官鄙夷地把背转向我们,用听得见的声音对他的副官说:"这些佛兰德白痴,什么都不懂。"

＊　＊　＊

一天,我被命令向又一个负责的军官报到;这个来自布鲁塞尔的说法语的家伙命令我每说完一句话就要敬礼——在每句话的结尾,我把手举到头前,靴跟相碰。他得意扬扬地笑着,傲慢地通知我说,我很快会被转到别的分队,因为我对手下人太好了,这对军纪构成威胁。我问这命令是否来自他的上级,他则吼叫说佛兰德士兵不能提问。我敬了一个礼,迅速退出。当我沉默地收拾东西时,我手下的兵在旁边困惑地看着:"你在干吗,马丁?""我要被调走了。"我简短地说。接下来发生了我无论怎样都料想不到的事:我手下的兵怒气冲天,成群结伙地冲到指挥官的办公室,站在门道里喊叫,挥舞着拳头。一些人开始扔石头。指挥官走出来,对他们吼叫,叫他们闭嘴,警告说叛乱者会被立刻处决,但是他的吼叫没效果。骚乱持续升级,从各个方向来的兵加入进来。有人喊道:"佛兰芒人,团结起来。"

指挥官满脸通红,退进那所农舍,然后同一个高级军官一起出来。他们彼此交谈,指点着我。我在反叛的人群的另一侧,还在收拾东西。两名中尉走到我跟前,抓住我的胳膊,粗鲁地拽着我走,好像我是一个罪人。等到了那位高级军官跟前,我挺直腰板,敬了一个礼。这是那个使我免于受军法审判的军官。他又仔细地审视我,眼睛眯缝着。

"很好。"他说,同时把鞭子在戴着手套的左手上抽得啪地一响。

我又敬了一个礼,然后从口袋里掏出一个装着勋章的铁盒子。我把勋章向他一一展示,一句话没说。

他理解我的意思。他仔细察看勋章,又意味深长地看了我一眼。

然后,他把我的爵士奖章从盒子里取出来,缓慢而清晰地说:"军士长马丁,你立下了一些出色的战功,但是你被误导了。这奖章是假的。"

我最高级别的荣誉奖章,一个赝品。也许授予我这项荣誉的指挥官偷走了真奖章。这位高级军官四下里看看,吸了吸鼻子。

指挥官先是向后一缩,接着想要介入。

"给我闭嘴!"高级军官吼道,"我受够了佛兰德士兵被羞辱。还有你们所有人。"——他指着指挥官和听到声音跑来的中尉们——"你们全都对这赝品负有责任,你们这些白痴!马欣,你可以继续和你的队伍待在一起。"

他向我保证真奖章会在几天之内给我送来,又告诉我在此之前要保留赝品作为证据。那些兵欢呼起来,把帽子甩向空中。我敬了一个礼,向他致谢,然后试着平息众怒,以免引起更多的敌对情绪。我们回到淤泥中,恶臭中,还有无聊乏味、突然的爆炸、撕裂的神经,时不时有人在我们脚前栽倒死去。我们战壕中的一个瓦隆男孩用不流畅的佛兰德语说他感到很羞愧。那天晚上,战壕里出现了一瓶荷兰杜松子酒——我不知道是从哪儿来的。我把酒传给大家喝，这些孩子轻声唱歌；一阵小雨在低空的云层下从我们头顶扫过。一颗炸弹落在我们的藏身处附近，钻进地里很深，没有爆炸。我们在恐惧中等待：什么也没发生。

时间抛弃了我们；我们滑进它昏暗而不真实的褶皱中，看不到开始和结束。季节随着季节，云朵在头顶飘移——正午天光下美轮美奂的白色野兽和善变的神祇；我们未老先衰，像因病而不出家门的孩子，听天由命，对生死感觉麻木又漠然。

❇ ❇ ❇

1917年到1918年的冬天。又有更多的兵死去——死于饥饿、寒冷、肺炎、斑疹伤寒、哀伤、肠胃病、梅毒、愤怒、绝望，以及天知道还有其他什么，但是我们听说的最可怕的事发生在那年的10月和11月，在帕斯尚尔。

坐在战壕里，我们看着抬担架的一个个被叫走。每个人嘴边都挂着帕斯尚尔这个词。我们向军官们询问，他们只是皱着眉头盯着地面。远处的炮火比以往听过的都要密集。用上了芥子气。我们听到的故事太可怕了，以至于我们几乎心存感激，因为我们只需坐在泥地里烂掉，只需担心体温过低、敌人的机枪和上级难以捉摸的指令。事实证明芥子气的烧伤比我们先前经历过的任何伤痛都更剧烈，没有药物和药膏来缓解哀号伤兵的痛苦。士气下降得比夜间温度还低。发生了大批几乎不加掩饰的自杀行为。年轻士兵跑到敌人的枪口下喊道："向我射击，德国猪，来吧，向我射击。"他们的请求通常能得到满足。不知道通过什么渠道，越来越多的烈酒出现在战壕里，传闻说这是军事高层安排的。虚张声势的兵大声嚷嚷，胡言乱语，在星光下整晚哭泣，在日出时分睡去，身心憔悴，神智昏然；早晨的几小时寒冷彻骨，他们被冻死。

春天里传闻越来越多，说是德国人马上要投降了。有时我们看见德国兵的尖顶头盔组成混乱的行列，在向地平线行进，在红色夜空下像黑色的剪影；我们不知道他们在做什么。夏天又到了。蚊子、马蜂和感染又回来了。在一条没出口的战壕里，粪便堆成山，臭气冲天；我们试着把它掩埋起来，又不断地挖出尸体、残肢和弹片，所以我们随它去，悄悄地走开，喉间作呕。

※ ※ ※

秋天，我被批准休假几周。在战争期间，我们学会了穿着平民的衣服偷偷出入占领区。现在德国兵开始开小差逃跑。在回家的路上，我看到祖国遭受的破坏，被炸毁的房屋，游荡者和劫匪，贫困，但是和平也降临了。根特被部分摧毁，景象诡异，但是比利时国旗四处飘扬。人们出来迎接我们，脸上洋溢着微笑。最近发生过战斗的迹象随处可见。

时不时有人乘乱打劫，也发生了对通敌者的报复行为。一些房屋受到攻击，几乎被全部拆毁。我与母亲和兄弟姐妹重逢——一个令人心痛的时刻。母亲瘸着走出来，一脚穿着拖鞋，一脚穿着木头鞋；看到我戴着勋章，她泪如泉涌。她变了，似乎更敏感，更脆弱了。继父亨利变成了一位老人，啜饮着用大黄和烂梨私酿的威士忌，阴沉着脸一声不吭。战时的贫困毁了他们所有人。母亲的头发全部灰白了，原先挺直的背弯了，但是脑筋依然清晰。姐姐和妹妹长成了可爱的年轻女士；克拉丽斯在与一个红头发、大嗓门的家伙交往；名叫冯斯的他抽烟斗，使屋里乌烟瘴气，但是也不停地讲笑话，把每个人都逗乐——尽管战争给这座城市的人们带来了贫困和艰辛。

等我回到部队，传闻多得不得了：德国在发生一场民众暴动；几个月以来，前线朝不保夕。一个半月后，我们朝着家的方向行进，走过各种砖石废墟、废弃物和被丢弃的军火。在梅勒尔贝克附近的一条沟里，我找到一个完好的炮弹壳，215毫米的大口径。那天下午，我到家了，浑身是汗；我把炮弹壳交给母亲，她说要在里面种花。

※ ※ ※

她一直没有这么做，我后来把它放在新家的楼梯架上，不喜欢擦拭的加布里埃尔说："于尔班，你自己把那东西擦亮。"于是，在我的整个人生中，每个周五的正午过后，在周末开始和孩子们回家之前，我都把它擦亮。

※ ※ ※

我从邻居那里听说了最近发生的事。一个挨饿的女人被一个德国兵弄得怀孕了；他承诺说如果她跟他发生关系，他会给她一条长面包。战争结束后，她从家里被拖出来，被剃光头发，被踢打；不久，她小产了。一个农夫的女儿在谷仓里藏了一个德国兵，夜里同他做爱。等她父亲在那儿发现她，他把她踢死了；德国兵砸烂了农夫的脑袋，逃跑了。

突然间，到处是狂热的爱国者，其中许多人在战时靠着与德国人做秘密交易而发了财。在我们周围，人们在隐藏证据，遮掩痕迹。在我们周围，我眼见冲突、妒忌、诋毁、背叛、胆怯和掳掠，而报纸上在歌颂和平。我们这些从前线回来的兵心里更有数。我们什么也不说，与自己的噩梦做斗争；有时，刚熨好的床单和一杯热牛奶会让我们泪如泉涌。

沿街各处升起国旗，在湿漉漉的风中拍打。

※ ※ ※

一个商人和他的家人最近搬进了我家后面的那所房子，在与我们住的这条街垂直相交的阿纳摩尔街上。他是一个在战争期间发了财的农夫，买卖谷物和土豆。母亲告诉我，人们总怀疑他的钱是从哪儿来的。他的交易公司在房后有很大的屯储区域——一个又长又窄的院子，一堵墙把这院子同我们的后花园隔开。他有两个女儿，较小的那个长得像我母亲：一个神态傲然的黑头发的美人，缓慢地迈步穿过院子，信心十足。并非有意为之地，我发现自己在夜里站在窗边观望，想着是否会看见她。一天晚上，我打开窗户，弹起朱尔斯几年前带回家的鲁特琴。邻家女孩抬起头。她看见我了。我弹奏了一首士兵的歌。她笑了。她长着明亮的浅色眼睛，跟我母亲的一样，同样也是黑头发。我神经紧绷，心怦怦跳，感觉子弹留下的伤疤一阵阵抽痛。

在前线的最后几周，这幕情景一刻也没从我脑中消失过。停战协定突然签订，我们像暴民似的冲上挤得严严实实的火车，一路上唱着歌。我到家后做的第一件事就是到我的房间里观望。战争结束了。邻家女孩在窗下的院子里干活，背对着我。她好像感觉到了什么，猛地转过身，我直盯进她光闪闪的浅色眼睛。恶心和眩晕的感觉灌注我的全身，我紧抓住床脚的扶手。

第三部分

他本来永远都不会相信,

他观察到:

当一个人被推到了一边,

日子、时间,

以及生命本身会多么漫长。

温弗里德·格奥尔格·泽巴尔德[1]

《眩晕》

1.温弗里德·格奥尔格·泽巴尔德(1944—2001),当今最有影响力的德国作家之一。

他又从那张旧梳妆桌前抬起头，犹豫着接下去写什么。这么多年过去了，关于战争的叙述终于写完了；现在，他必须讲述他如何遇到玛利亚·艾美丽亚，又如何失去了她。

这是1971年的夏天——一个异常炎热又干燥的夏天，将被蚀刻到一代人的记忆中。他老了；他用了过去的十三年来撰写回忆录，时断时续。有时他连着几个星期都不打开笔记本，有一次长达六个月——那时他要写他怎样第三次负伤，记叙他所说的"军官们的狡猾"。在他身旁是他的勋章——这天他把它们找了出来，因为记忆是如此栩栩如生。巧合的是，当写到他与玛利亚·艾美丽亚初次相遇时，第二个笔记本快用完了；剩下的纸张不够用来记述这件事的其余部分。他犹豫着放下笔，从吸墨纸底下抽出一个笺纸簿，开始写信：

我亲爱的加布里埃尔，

当我细想你亲爱的妹妹的死……

✳ ✳ ✳

他再次放下笔,找不到要说的话。

这是六月下旬,天气热得让人倍感压抑,整个世界好像在枯萎。他从秃头上取下黑帽子,用一块手帕擦掉前额上的汗水。

他该叫女儿给他买第三个笔记本吗?

这个想法不怎么样。这最后几页已经花费了他很大的心血。反正写的东西全都开始褪色了,他的笔迹颤悠悠的,他手指痛风。他还能绘画,每天一个小时,但是他发现站在小画架前越来越使他感觉疲倦。

他的外孙很快要当父亲了。他住在邻近荷兰边境的一个小农庄里;他们很少见面。大学真的改变了这孩子:从前敬畏上帝,很驯顺,现在变得很叛逆,嘲笑上帝和他的律令,让他父母非常苦恼。事情就是这样;父母省吃俭用让孩子接受大学教育,孩子则用所学到的东西使父母感觉渺小。外孙的头发长及半腰,看着让人难受。在他生活的那个年代,男孩子要有性格,头发要剪得短短的,展现自律。他的外孙除了想玩得痛快不想别的,还听从那些利物浦的白痴,满脑子是有关政治的大道理——是的,利物浦,这你能信吗?他的蓝色牛仔布的工装裤破旧不堪。他父母不是这样教养他的——没教他政治,肯定不会是"社会主义"的政治。

炎热使他感觉有点儿恶心。或者是因为他的心脏?他不该想着玛利亚·艾美丽亚,但是他不能不想。

接下来的几天,他将匆忙记下一些有关他订婚最初几个月的简短的想法。之后,第二个笔记本上出现了几行不连贯的句子,变成了一些有关夜晚和恐慌的内容；墨水渗出来了，好像泪水浸染了纸页。他生命的故事到此终结。在某种意义上，他的生命也到此终结了。

※ ※ ※

在我们这个充满恐怖主义袭击和实质性暴力的世界里，旧时战士的道德观几乎是无法想象的。有关暴力的道德律发生了翻天覆地的变化。在第一次世界大战的第一年，比利时士兵被驱迫着遭受德军砍瓜切菜般的机枪扫射，而他们被教导的是19世纪崇高的价值观，包括自豪感、荣誉感和天真的理想主义。他们身为军人的伦理观基于诸多德行：勇气、自律、荣誉感、对日常行军的热爱、对自然和同伴的尊重、诚实，以及愿意一对一地作战。他们大声诵读随身携带的书籍，甚至是文学书，常常是诗歌——不管这诗歌或许多么虚夸。他们严格遵守基督教道德，对在性方面犯错极度恐惧，饮酒适量，或者根本不喝。士兵必须为他们发誓要保护的平民树立榜样。

这些老派的德行在第一次世界大战的战壕里被粉碎了。在被驱迫着向敌人开火之前，士兵们被有意地猛灌酒精（在爱国的历史学家中，这是最大的禁忌话题之一，但是我外公的讲述证明了这是无可置疑的事实）。战争快结束时，非法经营的地下咖啡馆到处冒出来，里面脏乱不堪；外公称它们为"使你浑身刺痒的糟烂地方"。士兵们被鼓动到那儿去泄欲——不一定要以最温存的方式。这样的咖啡馆是新事物，尤其是在被体制化之后。暴行和大屠杀永远改变了那一代人的道德观、世界观、精神状态和行事态度。战场闻着是被压皱的青草的气息，士兵在濒死状态都要行军礼，19世纪的战争画中有山峦和林中空地——这些都让位给了弥漫着芥子气的精神废墟，满是残肢断臂的被蹂躏的草场，持老派人生观的那种人在身体上被灭绝。

佛兰芒保皇党人回到祖国，满怀伤痛。尽管标志阿尔贝特一世进入布鲁塞尔的军事游行看似凯旋，但是从前线回来的士兵被疲劳和幻灭感压垮了——尽管他们也为和平重新降临饱受蹂躏的祖国而感到如释重负。有些人几乎不能在情势要求下摆出爱国主义的姿态。在外公的旧梳妆桌的抽屉里，我找到一个文件夹，里面有十二张从布鲁塞尔摄影师波拉克的照片复制的明信片。硬纸做的信封上有一行装饰性的文字：历史性的行进，阿尔贝特国王和盟军胜利进入布鲁塞尔，1918年11月22日——但是爱国主义听起来已经不对劲了。一个人怎么能认同已经被炸得粉碎的崇高理想？佛兰德西部原野上布满了天真轻信和浪漫理念的残尸。美国代表团出场时伴有音乐，一张接待"大人物"的照片，一群穿着宽松长袍的人在台阶上围着国王，一张美国军备游行的照片，一个比利时卡宾枪手的马队，举着伊瑟河前线旗帜的游行队伍，苏格兰和法国的军乐队，英雄市长阿道夫·马科斯庄严地回到布鲁塞尔，载着皇室的轿车队伍，最后一张是激动的人群在推挤。

但是什么地方的垫圈掉了。这些兵在沉默中观看，没有加入欢呼的人群；他们知道旧欧洲的那种令人舒适的亲密感已经被永远毁掉了。这场战争使人道主义千疮百孔，汹涌而至的是地狱般的道德真空；这荒原上不能播种新的理想，因为过去旧的理想使我们误入歧途那么远。眼下甚嚣尘上的新政治由愤怒、不满、怨恨和报复欲驱动，将导致更大的破坏。旧时代的士兵永不复返了——行进对于他们是荣誉感的一种表现；他们学会了像芭蕾舞演员那样击剑，要刺到对手时会荒唐地半鞠躬。在战壕的淤泥中，在芥子气的烟幕中，当德军对手无寸铁的平民施行虐待狂似的报复时，老派人性的光辉就黯然熄灭了。一个热爱和平的德国作家在巴尔干战争[1]期间写道，暴力之所以变得如此猖獗，是因为战争的伦理不再关乎荣誉感，敌人被看作不具备人性的东西，战斗也不再力求讲究风度或优雅。他所揭示的只是欧洲已经失去的那种风格的冰山一角。报纸把这个作家批得体无完肤，指责他的怀旧感在政治上是错误的。

外公从未改变过他令人动容的老派人生观，那已经嵌入他的灵魂。但是，那种在晚些年折磨他的疑虑，他在50年代发作的迫害妄想，他无缘无故就发作，又不特别针对谁的坏脾气和盛怒——或许针对的是他失去的童真——都无言地向我们这些同他一起生活的人诉说了很多苦涩。

※　※　※

跟亨利结婚后过了几年，他母亲搬进了根特布吕赫街上的一

---

[1]. 巴尔干战争是指1912年至1913年间发生在欧洲东南部巴尔干半岛的两次战争。巴尔干战争导致欧洲列强之间的矛盾激化，加速第一次世界大战的爆发。

所房子，离五条道路交叉的五角小广场不远——五角小广场是当地的一个路标。这五条道路中的第一条去往他所来自的地方：通过斯凯尔特河上的根特布吕赫桥到达他母亲的故园。第二条通往绘画的世界：阿尔贝特王子大道——他的画家朋友阿道夫·贝延斯住在那儿。第三条通往回忆：朝着登德尔蒙德的方向，从根特布吕赫街到史蒂恩街，从那儿再到达姆波特——那是他童年生活的地方。第四条通向未来：代斯特尔贝亨，在斯凯尔特河的岸上——他后来在那儿建了一所房子。第五条通向爱情：阿纳摩尔街，与根特布吕赫街垂直——来自圣丹尼斯布克尔的谷物和土豆商人吉斯先生在那里安家。

他每天在窗户那儿看她——她在院子里堆起的货物间走来走去，举止庄重。他们的目光相遇了。一天晚上，他鼓足勇气，拐过街角，按响了吉斯家的门铃。他们让他进屋。一小时后，他同她一起出来，把她带回家介绍给母亲。"妈妈，这是玛利亚·艾美丽亚。"很长时间的沉默。他喉间发堵。两个黑头发、浅色眼睛的女人嘲讽地审视着彼此，一个像另一个年轻时候的版本。"好吧，于尔班。"他母亲终于说。女孩生硬地微笑着，拥抱他母亲。"你想不想喝一杯牛奶，年轻的女士？""不想，谢谢，您真好。"沉默。从那天起，他每天造访未来的岳丈家，商人把他当儿子看待。

※ ※ ※

根特最早的电影院开张了。他同体态庄重的未婚妻去那儿看新闻短片；浅灰色银幕上的影像象征了一个新时代。他疯狂地爱着她。为了她,他想买一辆轿车,一辆菲亚特;对于一个像他这样家底有限的人,这计划很出奇。他母亲和这个年轻女人看起来像姐妹。战争的恐怖在隐去——虽然他依然会发作恐慌症和呼吸急促的毛病,还做噩梦,醒来时呼哧带喘,浑身是汗。针对创伤的心理咨询还没出现,他绝口不提他的感受;当母亲问他过得怎样时,他叫她放心。爱情很适合他。对宗教的执着以前似乎是他本质的一部分,现在大部分消失了。但是在每个主日,他依然会坐在圣母马利亚的神龛前,虔诚地祷告。

他带可爱的玛利亚·艾美丽亚去看父亲的壁画,向她描述他在利物浦看到的画——她二十五岁,他自己二十七岁。他滔滔不绝地说,他们形影不离。这就好像是他父亲在早逝前对他母亲的爱在他的爱情中复生了。这想法使他感觉平静而安定,他崇拜她走过的每一寸土地,战争的恐怖在淡去。无论你信不信,他很快乐。他们计划举办婚礼。他已经在比利时铁路系统的车间里找了一份工作,在莱德贝赫的布鲁塞尔大街;他又开始在艺术学院上课。他保证说如果她为他摆姿势,他会为她画肖像。

❈ ❈ ❈

在他的回忆录中,我读到以下这段话:

我找到了一个美好的女孩,我能同她结婚,忘掉恐怖。我歌唱着说:

叹息,呼吸/胸脯隆起/来做我的爱人吧。

诸如此类。

我们一起出去。我最喜欢同她去草场,看小马驹踢蹬腿,欢快地到处跑。周日,我们去"人民报"音乐厅跳舞;我对她说她像一头小马驹。

玛利亚生病了,我给她带去科特斯-马勒[1]的书,但是她说宁愿读一些别的东西,然后她笑起来,用胳膊抱住我。我担心她的身体。她像雪花石膏像一样苍白,但是脸颊上依然泛着红光,也总是好脾气。"勇气,"她说,"勇气,我的小战士,我们会在春天结婚。"

那是1919年。西班牙流感横扫疲惫至极的欧洲。这病毒据说是美国兵带到欧洲大陆来的;颇具反讽意味的是,当人们聚集在这片大陆上的每个地方庆祝胜利时,病毒像野火般蔓延。在全球范围内,这种病毒夺去了一千多万人的生命,其杀伤力比欧洲刚经历的战争要强过十倍。奇怪的是,这种病对年轻人影响最大。有段时间,我外公害怕他得了这种病。他咳嗽,发烧,嗓子疼——这是早期症状。他被强令卧床,大家都在恐惧中等待,但是一周后,他度过了险情。第二个病倒的是玛利亚·艾美丽亚;她脸色苍白,浑身乏力,阵发头晕,还有低血压。有一天,他们正离开电影院,她有一会儿失去了知觉。他扶她站着,直到她恢复意识。"没什么,"她说,"新闻短片里那些战争的镜头……我不知道你受了这么多

---

1. 海德薇格·科斯特-马勒(1867—1950),德国女作家,善于写作言情小说,曾用诸多笔名。

罪。"接下来的周日，他们正漫步走过库特广场的花床，她开始感觉难受。他带她回家，她立刻被放倒在床上。几天后，她开始剧烈地咳嗽，吃不下饭。病情使她日渐消瘦；他每天晚上坐在她的床边，握着她的手。他们用忧虑的语气谈论未来。接着，灾难发生了。玛利亚·艾美丽亚得了肺炎。没有什么能缓解她的痛苦。抗生素的发明是在1928年，盘尼西林同年被发明，在肾上腺皮层发现可的松是在1935年，打开毛细支气管的非诺特罗直到20世纪末才被广泛应用。几周之内，这个骄傲的女人憔悴得只剩皮包骨头，总在咳嗽；当她开始拼命喘息，想吸入空气，就像他记得他父亲曾经做的那样时，他觉得自己要疯掉了。医生说她肺里有积水。一种致命的并发症。

有一天，她对他说："我还给你自由，你跟我没有未来。"

"玛利亚，请别这么说，"他说，"你在发烧，如此而已。"他握住她的手。她美丽的浅色眼睛盯住他的眼睛，盯了那么久，仿佛要穿透什么，一股寒气贯穿他的身体；他觉得那些恐怖又潮水似的回来了——他先前以为他在战争结束时就把它们置之身后了。他感到恶心、头晕；他咽了一口气，扑倒在她身上，把脸埋进她松散的黑头发里。他在绝望中哭泣，她则抚摸着他的头发，继续默默地盯着前面，脸上是一种心不在焉的神情。

※ ※ ※

只有当外公不在近旁的时候，我才听说了她死时的情景。那一定很可怕。肺里的积水使她的肺部肿胀，把心脏压得扁平；据说这痛得令人难以忍受。最后几天,她巴不得快点儿死去;在临终前的几小时,她再次对我外公说,他对她没有任何义务——这句话在五十年后依然会使他热泪盈眶。她死在他的怀里,在疼痛中痉挛,这疼痛随着心脏承压而加剧;在失去知觉后,她还躺在他的臂弯里,一动不动,直到呼出最后一口气。

他的悲痛如此强烈,言语无法形容。他考虑自杀,他母亲把他战后保留的手枪扔进了斯凯尔特河。他再次病倒,盼着西班牙流感会使他"加入她,去到圣母马利亚和死去的亲爱父亲的跟前",但是他没死。他像流浪猫一样强韧;铸铁厂、贫困的生活、战争,以及其他的艰难困苦锻炼了他,他违背自己的意愿活了下来,像岩石上的一棵植物。无论如何,他是一个如此虔诚的基督徒,不会自杀:我们必须谦卑地接受上帝为我们选择的命运。在玛利亚·艾美丽亚的纪念卡上——卡上不是她的照片,而是一个钉在十字架上的基督——她在神志清醒的最后一天亲手写下了安慰他的话:给你,我亲爱的,过去我想与你共同组建一个家庭,我祈祷主会在你需要的时候给你力量。

※ ※ ※

她父母跟他母亲成了朋友,他们继续到家里来,总是带着那个活下来的大女儿:羞涩寡言的加布里埃尔。她已经三十多岁了,所以是一个老处女——在那个时代,人们还在自然而然地这么说。过了几个月,她父亲吉斯与我外公进行了一次诚恳的谈话;他敦促这个聪明的小伙子不要让这家人失望。他明白吉斯的意思。他打起精神，请求用一周的时间考虑；然后，他的军人气概使他做了他一直都做的事：他同意了，因为有人这样要求他。"遵命，长官。"

※ ※ ※

于是，1920年，就在他将满三十岁的时候，军士长于尔班·约瑟夫·埃米尔·马丁与比他年长三岁的加布里埃尔结了婚——他是在第一次世界大战中立下功勋的老兵，被授予了三枚利奥波德勋章，其中包括一枚带三个棕榈叶的十字勋章和一枚带一个棕榈叶的皇冠徽章，他还有一枚表彰出色业绩的骑士十字奖章、一枚带一条杠的军事奖章、一枚带三个棕榈叶和两头狮子的战争十字徽章、一枚利奥波德勋章颜色的伊瑟勋章，还有其他各种奖章和勋章。他与加布里埃尔的婚姻将维系近四十年；如他所言，他始终对她怀有真挚的感情。

在万圣节[1]和万灵节[2]，无论天气如何，他们都会到玛利亚·艾美丽亚的坟上；他会强迫妻子为她死去的妹妹念好几个小时的主祷文。他自己的祷告变得越来越狂热，圣母马利亚成了死去的玛利亚·艾美丽亚的化身。有一次，当听到斯卡拉蒂[3]的《圣母悼歌》唱到马利亚的名字时，他的呼吸变得那么急促，需要立即注射一剂

---

[1] 万圣节源自古代凯尔特人的新年节庆，这也是祭祀亡魂的时刻。基督教把11月1日定为万圣节。
[2] 万灵节亦称"追思节"或"追思已亡节"，是天主教纪念去世教徒的节日。按其教义，在世信徒的代祷行为可以帮助亡灵升入天堂。
[3] 多梅尼科·斯卡拉蒂（1685—1757），意大利巴洛克时代的作曲家。

可的松。但是这把我们提前带到了50年代中期,那时他被送进了精神病院。她的葬礼用的纪念卡上没有照片,所以我很多年都不确定玛利亚·艾美丽亚到底长什么样——尽管我听说了很多关于她的故事。无论语言能够多么精确地描述一个人的外表,这加起来都无法等同于一个实在的身份。

　　他的女儿,即我母亲,出生了。他坚持要给她起名为玛利亚·艾美丽亚,加布里埃尔除了同意还能怎么样?难道她不该尊崇她死去的妹妹——在各方面都比她更优秀、更聪明、更优雅、更光彩夺目?很多年前,我父亲私下里对我说,玛利亚·艾美丽亚肯定是一个充满激情的女人,像我母亲;他这么说的意思很明显。我知道在我父母的婚姻中,他们始终在身体上对彼此心醉神迷;或许我外公会在玛利亚·艾美丽亚身上找到同样的亲密感。相反的,他在一个好性情但是没激情的女人身边安适地过日子;她睡觉时穿着雨衣,以防范她丈夫时而发作的动物本能——这本能有时使他不管不顾地要拥抱她。家里人怀疑他同妻子只有过很少的几次性生活。那是他对肉体之爱的唯一体验,这几次经历有多么令人满意也值得怀疑。据家里流传下来的故事说,加布里埃尔在怀孕后去找了他母亲,坚持要求她管束她的儿子,因为既然她已经怀孕了,那种夫妻间的粗俗事情就没必要再有了。

　　其余的都被埋没在沉默中,埋没于奉献精神,埋没于无数圣母神龛前的祷告,埋没于虔信的印刷品——17世纪的维纳斯、莎乐美、玛哈[1]和狄安娜的复制品，穿着蓝白两色衣服的圣母马利亚，安格尔[2]的年轻女孩，笔画精致的少女、树妖和心地单纯的仙女，油画颜料；埋没于艺术和自我克制、负罪与救赎、罪恶与忏悔、悲伤与超越——埋没于无数个寂静无声的周日，正像我撞见他流泪盯着委拉斯凯兹的《镜前的维纳斯》的那个周日。讲述身体满溢着悲哀的寓言。这整个故事最大的反讽或许在于他遭遇了与他的继父相同的命运——他母亲肯定至少还与混杂的感情做过斗争。我们家一贯奉行克己条律：我们必须谦卑地接受慈悲的主为我们安排的命运。无论怎样，那个成为我母亲的玛利亚·艾美丽亚还是默默地为她父亲哭泣；她低着头说："或许我该叫别的名字。那可能会让他轻松一些。"——她是一个性情欢快又富有同情心的女人。

这对老夫妻并肩坐着，棱角全无，相安无事——这幅图景永远刻印在我心里。那是周六下午；他们要一起进城去。她把黑色蕾丝披巾盖到头上，披巾垂落到她的肩膀和灰色大衣上，与她严峻的脸部特征相得益彰。他坐得笔直，穿着深蓝色西服，显得很整洁。把专注的目光转向她，他说："你看起来很漂亮，加布里埃尔，来，我们走吧。"带着一个忧郁的微笑，她站起身说："噢，于尔班，你真是一个迷人精。"

他们出去后把门拉上了。房子里一片寂静。

---

1. 玛哈，指西班牙画家弗朗西斯科·何塞·戈雅的代表作《裸体的玛哈》里的女主角。
2. 让·奥古斯特·多米尼克·安格尔（1780—1867），画家，法国新古典主义的旗手，与浪漫主义相抗衡。

顺便说一句,他从来不想学开车。加布里埃尔反对他学。"他太紧张,不适合做这类事。"她解释说。

※ ※ ※

同你真爱着的女人的姐姐共度一生是什么感觉?在羞怯的加布里埃尔身上看到大胆的玛利亚·艾美丽亚的影子,这使他更接近他一生的真爱吗?看到玛利亚·艾美丽亚的面部特征和体态动作表现在加布里埃尔身上,这使他备受折磨吗?他是不是早该不计一切代价来避免这种局面?爱情的幻象不是建立在你所爱的人不可替代这个原则之上吗?你所爱的人的近似副本和随之而来的"不太对劲"的感觉不是动摇了这个原则的基础吗?这对另一个女人来说不是难以忍受的吗?——她注定了与她的前任相似,又注定了无法与她的前任完全相同。这是否解释了我外婆在性方面采取的礼貌的不服从态度?她是否在无言中察觉并理解了这个事实,感受到它的刺痛,觉得被羞辱了?当他努力要与妻子变得更亲密时,他实际上是在寻求实现对她死去的妹妹的性幻想吗?如果是这样,那么,每当他想拥抱妻子时,他不是在犯下某种通奸的罪行吗?悲剧性的是,这拥抱一次次被拒绝。这是否在他痛失真爱之上又加上了一层折磨?这折磨在他的一生中不断重演。当初他迷恋举止张扬的玛利亚·艾美丽亚,现在又与行为克制的加布里埃尔建立了深厚的感情,他是如何达成这种转变的?

我对神经病学不够了解,无法准确地解释你怎么会为一个人的体态、眼神和举止而神魂颠倒——是什么立刻把他或她与其他人区分开。我猜想在那一刻发生的事情非常复杂，从联想生成了被爱者是独一无二的印象，使你觉得这一切拥有即时生成的、绝对无条件的意义和深度。一个在爱情中的人从最琐碎的事物中可以看到象征。对我而言最难以解释的是，被爱者的外表特征与爱人脑中混杂的心理效应和情感效应变得融合无间了。在我外公的例子中存在第三个因素：在他母亲和他所爱的女人之间存在着生理和性格上的相似性。或许这种相似性是他自己虚构的？但是年长亲戚们的说法如何解释？他们记得玛利亚·艾美丽亚长得像他母亲。

外公生活在一个由女人组成的四角形中——他母亲、他死去的爱人、爱人的姐姐和他起了带有宿命色彩的名字的女儿。他只有逃进绘画的幻想世界：乔尔乔纳和拉斐尔画中永葆青春的理想化的年轻人物、帕尔玛·伊勒·韦齐奥[1]的精美肖像画中的年轻女性和他的《狄安娜与卡利斯特》中的裸女、提香的《乌尔比诺的维纳斯》、提埃坡罗的壁画中的几十个性感的年轻女性、安格尔的《大宫女》。是的，她们是不同类型的女人，然而在他夹在书页里的那么多复制品当中，我看见的大多是黑头发的美人，在神话背景中摆着姿势的过往时代的俗世妇女，以及傲然的中产阶级女性的肖像——有时把一只手放在金色刺绣的胸衣上，或者把手指歇在泛光的脖颈上；用发针别起的头发下面，小小的耳朵半隐半现，上面有一颗单粒的珍珠朝向观者。

---

1. 帕尔玛·伊勒·韦齐奥（1480—1528），意大利威尼斯派画家。

※ ※ ※

有关他在20世纪20年代生活的记述很少。他们先是住在一座小房子里，在河对面。在发生股市危机的1929年，他得到岳丈家的资助，在斯凯尔特河的对岸买下了又长又窄的一块地，沿着一条废置的拉船用的牵道。这块地很便宜，地下埋置着一个战前就有的年深月久的垃圾坑。那个年代还没有土壤修复这回事。这个带有荷兰式烟囱罩的小别墅建在一个完全可以是理想的19世纪晚期考古挖掘点的地方。我记得经常从贫瘠的黑土中挖出小动物的骨架。在外公用"战后遗留"的粗帆布为我搭起的简陋帐篷里，我把这些骨架排成一排排——我只能假设他说的"战后"指的是第二次世界大战。

我母亲出生于1922年。她是一个娇弱的孩子，像她父亲和祖父一样有气喘病，但是很活泼，无忧无虑，在各方面都与她沉默寡言的母亲形成对照：一个精力充沛、性情欢快的孩子，长着波浪似的金发；一个全然不同的造物，轻易地颠覆了她父母家中那个沉寂的世界。等她长大了，她面对的是拘谨的父母所持的严苛的道德观。当她在十三岁那年宣布自己第一次来月经时，她父亲抽了她一记耳光，因为她用了这样恬不知耻的语言；她母亲则紧闭着嘴唇递给她一沓法兰绒布。

这栋房子很舒适。厨房在屋后，洗碗池上有两个压水用的手柄，一个用来压雨水，一个用来压井水。他们喝井水——直接来自埋在房子下面的垃圾坑；他们想喝多少喝多少，不经过烧煮。事实上，这口井也挨着发黑的煤棚子底下的粪坑。我记得那些春日——外公会用一个绑在六英尺长的棍子上的小桶舀粪，给葡萄秧施肥，还有玫瑰和剑兰、鸢尾花和郁金香、梅子树和梨树、黑莓和醋栗的灌木。这粪肥有一种富于穿透力的好闻的味道，与春天和阳光连在一起。

❋　❋　❋

正是在斯凯尔特河岸上的那栋梦幻般的房子里，外公找到了幸福和安宁。他为比利时铁路系统工作直到20世纪30年代中期——那时他开始显出第一次精神崩溃的征兆。1936年，他四十五岁那年，开始接受医生检查。精神疲劳的迹象使他从岗位上退休，开始领取养老金。他们过得很节俭。自从战争于1918年结束，他就从财政部领到伤残抚恤金，列在《与国家骑士授予制度相关的支出分类总账》中。这笔抚恤金是每年150比利时法郎，约3.75英镑。外公的老记账本按日期列出了精确的数目——从2个到5个比利时法郎不等。1922年1月17日，他收到一张领取抚恤金的证明书，以及他在《分类总账》中的新排名：第954。这份文件是在蒙特圣阿曼德起草的——在官方邮件禁止使用荷兰语的那些日子，蒙特圣阿曼德是对圣阿曼德的根特区域的法语称呼。17年后，到了1939年，这笔伤残抚恤金比最初翻了许多倍，但还是不多。从一份签署日期为1939年11月9日的泛黄的文件上，我了解到每年支付给外公抚恤金的具体情况：战争抚恤金1269法郎，发给前线作战士兵的额外抚恤金2248法郎，发给骑士勋章获得者的748法郎。加起来是每年4265法郎，或者说106欧元。他领到的抚恤金一直都如此之少，因为他在战时的出色表现没有得到相应的奖励，没有使他被提拔到高于军士长的位置。这使他满怀怨气：他说所有来自瓦隆尼亚的中士都因为表现出色而被升职为中尉；他的妻兄、佛兰德人大卫·吉斯就是其中之一，就因为他住在瓦隆尼亚——外公说他没在战场上负过伤。尽管获得了很多勋章，还负过伤——有时他谈到第四次，甚至第五次负伤，但是在回忆录中没提到——外公依然是一名中士，"像那么多佛兰德士兵一样"。

这解释了为什么他同情佛兰芒运动。他开始用佛兰德语拼写他的名字——"于尔巴恩"，有时把妻子的名字拼写成"加布里艾拉"。他抱怨说战壕里的佛兰德士兵是保皇党，来自瓦隆尼亚的是共和党，但是皇室在战后却表彰奖励那些说法语的，而不是佛兰德人；正是因为这样可耻的歧视，那些讲法语的才觉得自己是被上帝选中来保卫皇室的，才与佛兰德人对抗。接着，他会引用一个无名的佛兰德士兵写在梅尔肯姆石碑上的一句有名的话："这里有我们的鲜血，我们何时得到公义？"然后他会愤怒地咬着下嘴唇。

※ ※ ※

绘画对他是一种安慰，但是他从来都只画静物——画得如此精致，以至于没了个性。他喜欢展示技法的纯熟老到，这使他被剥夺了某种力量——这力量或许会使他的画情感更强烈。他鄙视塞尚[1]、凡·高[2]和其他"瞎涂乱抹的家伙"。"他们画画儿时把笔拿倒了。"他冷笑着说。他创作了一幅女儿的肖像画，温暖而充满爱意——她抱着一个玩偶，大睁着眼睛坐在一把藤椅中，从他那儿遗传来的蓝眼睛盯着宁静的空无。他似乎把每根头发都画下来了，然而，如他所熟知的，现实主义关乎一种精心策划才能取得的效果。

※ ※ ※

奇怪的是，我没发现他提及过他深爱的母亲赛琳的死——在他的回忆录中只字未提；几个尚在人世的亲戚也没什么可说的。

---

[1].保罗·塞尚（1839—1906），法国著名画家，后期印象派主将，西方现代画家称他为"现代艺术之父"。
[2].文森特·凡·高（1853—1890），荷兰后印象派画家。

她于1931年9月去世,那时他是一个四十岁的男人,在庞大的比利时铁路系统位于根特布吕赫的车间里工作,一个九岁女孩的父亲,他挚爱的女人的姐姐的丈夫,斯凯尔特河岸上一所修建中的房子的主人。在家里传下来的一张照片中,他坐在妻子身旁,她坐在他母亲身旁;这也许是赛琳的最后一张照片。

这张照片完全可以是亨利·卡蒂埃-布列松[1]的作品,至少从氛围和背景上看是这样。三个人坐成一排:我外公,他妻子加布里埃尔——戴着一顶20世纪20年代晚期式样的时髦的帽子,一个肥胖的老妇人——长着月亮似的圆脸,完全不像她年轻时那样入时。

---

1. 亨利·卡蒂埃-布列松(1908—2004),法国人,世界著名人文摄影家,被誉为"现代新闻摄影之父"。

在生命的这个阶段,赛琳看起来像一个农夫家的主妇,胖乎乎的手放在腿上,似有若无的暗影说明她唇上长着一层浅浅的毛发。她也戴着一顶在"咆哮的20年代"的最后几年流行的圆顶帽子,正朝他开朗地笑着,好像非常开心。外公自己则戴着软呢帽,穿着黑靴子、白衬衫和黑西服,衣领上有一个别针,当然还有他不可或缺的领结,尾部像燕尾服——但是在这张照片中要短得多。他们坐在一个草坡上,身后有许多人,都在盯着我们看不见的什么东西。外公依然年轻的脸与他的着装形成奇怪的反差——这服装对我来说如此熟悉,来自我对他老年时的记忆。一个四十岁的男人穿着严谨的黑衣服,这形象透露了他严格律己的情感世界。在今天,一般四十岁的男人看上去完全不同:穿着牛仔裤、T恤衫和运动鞋,帽子可有可无,周身洋溢着孩子气,使我们觉得很难放弃生活的幻象。穿着那个严苛的中产阶级时代的制服,外公似乎以一种无所用心的轻松态度把孩子气的事情挡开了。他坐着,看着照片外的什么东西;我想他在讲话;他双手的位置很奇怪,像是用指尖捏着一根细得看不见的指挥棒。这一幕激起了我对奥斯坦德沙滩上夏天的回忆;我意识到他的外表在其间的二十七年几乎没变过。在照片的背后,他用很细的蘸水笔写道:

我亲爱的母亲是最早完成从伊瑟河到迪克斯迈德墓地的朝圣之旅的两百人中的一个:在这张照片中,我们看到她在那里出席最后的集会,在1930年8月。那天,二十五万佛兰德人向他们的死者致敬。

直到1924年，这种朝圣集会都是在伊瑟河周边的很多纪念地举行的。之后是在迪克斯迈德，这张照片就是在那里拍摄的。为了纪念在伊瑟河前线牺牲的比利时战士建起的伊瑟塔也是一个代表了佛兰德人自豪感的象征（今天依然如此）。我调查发现，先前那座较小的伊瑟塔于1930年8月24日被祝圣。据说我外公的名字与其他伊瑟河战役中英雄的名字一起被列于塔上，附有一张照片。那座塔在1946年被摧毁，取而代之的是现在这座较大的塔。战争英雄的名单荡然无存——关于为何摧毁先前的伊瑟塔，官方没有解释。据说这是说法语的高级军官下令的，支持者有参加过抵抗运动的退伍老兵，目的是报复那些在二战期间与德国占领军合作的佛兰德人。

来到伊瑟塔，我注意到那儿唯一的斜坡紧挨着先前那座塔所在的位置；这说明我外公他们坐在集会的中心地带。这使得这张照片成了那座塔祝圣的珍贵的历史见证。但是它也透露出了其他信息：他母亲是这个小家庭不可分割的一部分，所以她同他们一起参加这个人头攒动的仪式。外公说那天有二十五万人聚集在迪克斯迈德的地里，这使我很惊讶；多数材料说是六万到十万人。我想象是庞大的人群和祝圣仪式让他震惊了。但是，即便那天参加集会的人没那么多，在相信社会改良的人道主义的佛兰芒运动期间，伊瑟河朝圣也必定散发出一种无比鲜活的力量，激励人们行动起来。这与20世纪80年代被新纳粹主义污染的同类集会形成多么强烈的对照！同时也与那些特殊年份的同类集会形成强烈对照——当时佛兰德极右翼党派的恶棍在集会上破坏气氛，抱怨说退伍老兵的和平主义主张"太左翼"。

外公用大写字母写下了人称代词"她",指代他母亲。就他的情况而言,这似乎很有道理。但是他八岁的女儿玛利亚那时在哪儿?是这孩子用旧时的相机拍下这张照片的吗?——那相机肯定比我们现在用的要复杂得多。他的继父亨利·德·波夫已经去世;那年九月,他母亲也将会离世——按我们的标准来说还很年轻。在这张照片上,我看到的是一个令人放心的日常情景,普通百姓在草坡上休息,距离人群大约二十码。照片上的一个污点使加布里埃尔的表情很难看清楚,但是我觉得她在微笑。她看着完全不像我认识的那个内敛的外祖母——她优雅的双腿交叉着,穿着高跟鞋,毫厘不爽是一个着装得体的普通中产阶级女性。她四十三岁。赛琳8月9日满了六十二岁——在拍摄这张照片的两周前。

不管怎么样,反正他在回忆录中对她的死只字未提,但那又是在30年代——在我找到的文字中,他几乎没提过那十年。沉默(Cilense)[1],也许他的沉默足以说明他在那十年间的生活。也许他对日常生活的按部就班充满感激——当世界再次面临灾难,而他将接受最早的电击治疗时。但也正是在那十年间,他创作了那张描绘他梦想的肖像画——这梦想不被世人允许。在读到他的笔记的很多年后,我才发现那幅肖像画。

---

1. Cilense,母亲名字Celine和Silense两个名词的结合。

※　※　※

  整个二战期间，他待在家里，和妻女靠着他很少的抚恤金生活。战争进行了一年半，传说清澈的斯凯尔特河里挤满了成群的鱼，等着打捞，鱼成了每日奇迹；污染河水的工厂停产了，烟囱不再冒烟，空气变得清洁，生活很安宁。当然，他们不得不走几英里——就为了一磅黄油、一块猪肚、几磅土豆，或者为成长中的女儿弄到一些牛奶——但是这不会难倒他们。在某些方面，这是他小时候的贫困生活的重演。就我从他的叙述中感觉到的，这没有令他烦恼。相反的，这个静止下来的世界使他放松。我不知道当听说了前线发生的事时，他怎么想，有什么感觉，说了什么。这个时期笼罩在沉默中。由于违反宵禁令，他和德国人有过几次交锋，他不得不让他们检查他买的东西：从很远的拉尔讷的一个农夫那儿高价买到的一拖车食物。那时他会敬礼说："军士长马丁，退伍兵。"德国兵则同样礼貌地向他敬礼，让他通过。他们有配给券，难吃的面包，还有一个邻家女人，在战争进行期间，这个女人用浓重的本地口音对一个打听消息的德国兵说："我确实马上就想起来那是星期五，先生，那天是星期六。"然后，她把前门砰的一声关在这个困惑的德国人的脸上。

  开战一年后，弄不到颜料了。纸张变得稀缺，油画布更是如此。有一阵子，他用储存在屋后柜橱里的原料来调配颜料，在木板上画。当这些材料也用罄时，他不得不停止画油画——直到战争结束。他又开始用木炭画，改进明暗对比法。

※ ※ ※

这或许听起来很牵强，但是他直到老了才注意到他对特定颜色的感知是不对的。那肯定是在60年代中期。色盲是一种怪毛病。它是对色彩渐变的错误感知，其表现形式之多样几乎与得病的人数一样多。他是局部色盲，一种常见的色盲类型：其典型例子是分不清红色和绿色的不同色调——不是两种颜色的整个色谱，而仅止于特定的色调。比如，在他看来，鲜绿和鲜红很相似；花楸浆果的深红色与树端被风吹的叶子几乎不形成对比，尤其在阳光直射的时候。他几乎无法分辨深绿和黑色，特别是在新车和其他闪亮的表面上。奇怪的是，有时只要给他指出来就够了，他会仔细看，然后说："啊，是的，我也看出来了。"这种缺陷是父系遗传，但总是经由一个带有这种退化基因的女人，也就是说，通过女儿从外公传给外孙，所以他肯定是从赛琳的父亲那里遗传到了这个毛病。他察觉不出色彩的某些微妙差别，这影响到他绘画的很多方面，因为他用三种或四种伦勃朗牌颜料调配某些颜色——这些伦勃朗牌颜料不会被弄混，因为颜料管上标明了颜色的名称。他会拧掉盖子，在挤出的每小块颜料上加上一滴亚麻籽油，然后开始调制。就是在这儿，麻烦出现了。在调制过程中，他有时从他想要的中间色偏离很远；我们这些与他一起生活的人更多注意到的是他画得多么敏感细腻，而不是他所用的颜色是否与现实相符，所以风景的某些部分多出来的褐色和红色很容易被看作艺术家的自由发挥，或是一种新颖的光效应。他从来没意识到这种缺陷影响有多么深远，直到那天与同是画家的阿道夫·贝延斯并肩站着画玻尔根克鲁斯的城堡花园——一个离我们家不远的朝圣地。他们走路去——在高高的山毛榉树的阴影中，两个老年绅士漫步走在乡间小路上。尽管天气很热，他们依然整齐地穿着西服和白衬衫，打着领结，戴着帽子。每人腋下夹着一个小画架，肩上挂着一个装着画具的木箱子。他们在宽阔的户外找到一个舒适的地点，仿佛回归到了19世纪的巴比松画派[1]。虽然两人画的同是树林边缘处一所富有乡土气息的小木屋，他们回家展示的画却截然不同——不但贝延斯采用的是一种较为生硬的表现主义风格，而且小木屋在一幅画中是蓝色，在另一幅画中却是红褐色。从那时起，外公开始怀疑自己的视力。一天早上，他正在画有捕虾者的海景，他注意到——天哪！画中的海水不是现实中那种泛绿的颜色，而是一种怪异的红褐色。一片褐色的海洋，我的上帝！我碰巧见证了这个戏剧化的时刻。他流着泪诅咒，在心爱的梳妆桌上摔破了这张画，在狂怒中想把画布撕碎，手上沾满了湿颜料。他把它们抹在工作服上，沮丧地看着我，一言不发，在无助的愤怒中喘息。我记得那些颜料的污渍在他的工作服上形成的抽象画。那是在他妻子去世几年后，我十二岁；倒数上去，我想那一定是在1962年左右。加布里埃尔于1958年去世。他在没意识到这种缺陷的情况下从事绘画这么久，他是怎么做的？

从那时起，他绘画的方式变了，风格似乎一天天地变得松散、模糊、随意，但是也可能是他的视力在退化。他在他的专长中寻求庇护，用木炭画，这使他有机会取得层次渲染的绝佳效果。他画

---

[1] 巴比松画派，法国19世纪的风景画派，以真实的自然风景画创作否定了学院派历史风景画的程式，揭开了19世纪法国声势浩大的现实主义美术运动的序幕。

了很多林地溪流边半裸的女孩，仙女般的形象暗示着原初状态的纯洁：布满阴影的森林，慵懒的云朵，一条人迹罕至的小路上透过浓密的树叶洒下的斑驳天光。在这些木炭画中，他掌握了一种唤起忧郁的田园牧歌情调的技艺。他把这些画中的很多幅作为礼物送给家人、朋友和相识者。我知道他从来没有为了一幅画而收过哪怕一分钱；我相信这想法在他看来完全无法接受，是对他终其一生在绘画中寻求的崇高感的亵渎，或许也构成对他父亲的一种背叛——壁画画手弗兰西斯卡斯一生都很贫穷。

※ ※ ※

他带我去了1958年在布鲁塞尔举办的世界博览会——他见过1913年的世博会。我回想起来的是白色：白色的房屋，白色的大街，明亮、崭新的建筑，现代风格的大窗户，阳光，白色的阳光，一个炫目的世界——就我所记得的，每样东西都是白色的。对于依然住在照明昏暗的老房子里的一代人来说，这给人的印象极其深刻。原子球塔看着是白色的，树木看着是白色的，世界是白色的。甚至连面包都是白色的，世博会的白面包。为什么全是白色？这些记忆来自我对美国馆的印象？或者来自未来主义的法国馆？谁知道呢。唯一黑色的是参观者的服装，这我很肯定。男人全都穿黑色，女人穿黑裙——诚然，上身穿的是白衣衫。我与穿着黑西服的外公手拉手走着——他还戴着黑帽子，打着黑色蝴蝶领结。一个黑白的世界。我就记得这些。我七岁；春天里他失去了妻子；他肯定在深深的哀悼中，在想念她。我不记得跟这有关的其他事情；在回想中，我看见她在一个清晨死在她常坐的那把椅子里，最后的呼吸很大声，带有刺耳的摩擦音。那是在五月——到了八月，对于一个七岁的孩子来说，五月是很久以前了。只有到了现在，半个世纪之后，那个黑白的世界才有时奇怪地显得如此逼近。

❋ ❋ ❋

希普拉肯，2012年。

从谷歌地图上看，似乎历史在那儿依然鲜活；我能想象发生战斗的树林。把光标在以作曲家和金丝雀命名的街道之间甩动，在一个女用内衣店和一条郊区车道之间甩动，依次扫过城市化的佛兰德风景中的石建驻地，我能探索这片区域并感受它，好像我有一张全息投影的军用地图，或者说好像我正乘坐一架军用直升机在这片区域的上空飞翔。我的卫星视图是玩具的质量，但却似乎使我更接近那些事件——在心烦意乱的整个下午。我要找的墓地在别斯特街，这没问题；但是当我真的开车到了那儿时，寒冷昏暗的天光又使我觉得这地方是被埋在一块用了几百年的潮湿破布的底下，而在这个星球的其他地方，在更温暖的气候下，天空是无边际的明亮的蓝色。这里的每样东西看着都平淡无奇，完全裸露着。新的发展缺乏想象力；无止境的柏树、月桂樱和割过的草坪也缺乏想象力。水泥路上没有车辆，除了一辆送货车疾驰通过交叉路口，发出单调的"脱克脱克"的声音。当我正看着时，孩子们从邻接墓地的小学校里涌出来。一个指挥过路的人在挥舞一块停车标志。从各个方向聚拢来越野车、豪华小轿车、运货车和走路的家长。孩子们被放到座位里，车门被关上，车一辆接一辆地开出停车位，朝着各处的奢华郊区驶去，在视线中消失了。再度安静下来，你能听见光秃秃的树上的风声。天气冷得难受。在墓地的入口处，旗帜像一只死鸟似的垂着。我给纪念碑照了相——一堵长长的墙上镶有铁制的黑字：献给希普拉肯战役中的英雄。

位于墙中央的阴郁的雕塑立在一个基座上，基座上刻有拉丁铭文"为了祖国"以及战役发生的时间"1914年8月26日至9月12日"；这是唯一的证明，表示这里发生过什么。石头的十字架从基座上掉落了，留下一个十字架形状的深灰色印迹。伯纳德·卡利[1]创作的青铜雕塑表现一位母亲俯身在一个垂死士兵的上方。他穿着带帽子的斗篷，戴着头盔的头歇在她腿上；她正把一个棕榈枝放在他的肩膀上。他的挎包还挂在青铜的脖子上。一条腿滑下基座——一个戏剧化的处理。青铜沾染了苔藓和湿气。顺着墙是两排很小的墓碑，纪念近百名牺牲的战士。墙后面是小学校的屋顶，升起在两株不成形的疯长的柏树旁边。我抄下一些名字，心想外公或许认识这些年轻人：A. 凡·德赞德、B. 德·穆恩特、A. 凡德坎德拉埃尔、J. 巴菲儿、宪兵 D. 德·贝克、步兵 E. 德·荣和 J. 维尔哈恩、A. 德·格鲁特、L. L. 库恩、J. 克鲁威兹，前线第二军团的所有士兵。

我抄下这些名字只是为了让自己有事情做，但是寒气很快渗入手指；我把手插进口袋，顶着风继续走。在墓地后面的草地上有一个立在基座上的很大的十字架。在墙的上方，光秃秃的树端

---

1. 伯纳德·卡利（1880—1954），雕塑家，视觉艺术家。

在寒风中摇摆。我自忖，战斗就发生在这些树林里。我回到车上，沿着狭窄的沙土路开下去，经过散落在房屋群落之间的荒凉林地。这儿真的没什么可看的，除了一辆被砸烂的、没有车轮的小轿车在树林中央的某处——周遭荒凉风景的某个聚焦点。从车里出来，我再次环顾四周；那时甚至连树木都不同。这些树没有一棵超过百年，可能全是二战后栽种的。这儿没有丝毫见证：不在沙土里，不在树林里，不在房屋里，不在路上。想到这些年轻的树那时不在场，我被一种近乎生理性的感觉攫住了——过去几年使我心心念念的每件事是多么远离我所处的时代啊。这些哑巴树几乎像是伪装者，在与时间共谋；它们的树龄如此年轻，真是荒唐。

我开车前往圣玛格丽特-豪特姆——另一场可怕战斗的发生地。我先是开过一条以第二十二军团命名的街道，再沿着维尔德街行驶，经过埃勒韦特——外公见过它被炸后燃烧的情景——从博尔特梅尔贝克到卡姆彭豪特,再继续开到温克瑟勒——他在这些地方行军、露营、战斗、挖战壕、睡觉、逃命:全都陷入遗忘。啊,和平,平常而可爱,我们向你致敬。一个杂货店,一个面包店,一个空荡荡的停车场,一个小超市,一家时髦得令人生厌的精品店兼药店,一个生锈的交通标志牌,一个怪异的塑料报刊亭,一条水泥路像由虚空构成的缎带,一个刮风的下午。没人在外头,时而一辆车疾驰而过。我车上的无线电在播放斯特拉文斯基[1]的《管乐交响曲》:流动的戏剧化的音乐与车窗外漂移的无名郊区完美互补。下午两点三十分,我禁不住流连不去,吸纳这绝对的虚无——这虚无被称为当代生活,环绕着我,像一个庇护的茧。我空手而归;一把来自林间小路的沙土凉飕飕的,甚至连它也不像是接触过那儿发生的历史事件。驼峰式减速带,交通标志牌,一个没耐心的家伙因为我限速行驶而朝我打闪前灯;当机会到来时,他从我旁边疾驰而过,几乎在拐弯处飞出路面。佛兰德,2012年。虚无。绝对的虚无。安全而毫无意义,我们或许要为此感谢上帝。我又拍了一些照片,到家后又看了一下谷歌地图——这整件事在谷歌地图上看起来比在现实中要有趣得多。

※ ※ ※

夏天的每周五,他和妻子都去布鲁日;我们——他女儿的家

---

1. 伊戈尔·斯特拉文斯基(1882—1971),美籍俄国作曲家、指挥家和钢琴家,西方现代派音乐的代表人物。

人——经常同他一起去圣血大教堂[1]看他拿着大烛台——他把圣血大教堂称作"血殿"。无数夏天的周五下午,我看着他在仪式进行中举步离开教堂长椅,从金烛台上拿起大蜡烛,迈着庄严的步伐走向圣坛,同主持的牧师一起穿过祈祷或歌唱的人群。信众在仪式中亲吻的圣物让我既反感又着迷。一位牧师坐在一个小讲台上,在身前拿着那个玻璃瓶,瓶里装着一块褐色的布,有几百年历史,已经变色了。牧师的胳膊僵直地朝前伸着,好像他自己也有点儿厌恶这件圣物。据我回想,玻璃瓶镶着精致的金边。每次当一个人虔诚地跪下亲吻它之后,牧师都用一块白手帕简单地擦拭一下罪人的嘴唇留下的印记,这样下一个崇圣者就不会有被细菌感染的风险。在外面,布鲁日的俗世生活正忙忙碌碌。旗帜窸窣作响,划桨的船只劈开运河里多泥沙的河水;在玫瑰码头,有人在大声朗读乔治·罗登巴赫[2]著名的中篇小说《沉寂的布鲁日》的英译;里尔克的诗篇《玫瑰码头》被人用法语吟诵。在里面,我们是一个神秘仪式的一部分。这仪式始于12世纪——从阿尔萨斯的蒂埃里[3]从圣地耶路撒冷带回这块染血的布开始(如果在现在,他或许会因为把国家文物非法带出境而被起诉——虽然这种事在今天的耶路

---

[1]. 位于比利时布鲁日的圣血大教堂是一所罗马天主教教堂,修建于12世纪。这个教堂藏有据说浸着耶稣基督的鲜血的一块布,装在一个玻璃瓶中,据传是由12世纪的佛兰德大公阿尔萨斯的蒂埃里(Thierry)从圣地耶路撒冷带回来的。与此相关的是一个崇圣仪式,即"圣血游行",在耶稣升天节举行,是罗马天主教的一个重大仪式,联合国教科文组织将其列于人类非物质文化遗产名录。
[2]. 乔治·罗登巴赫(1855—1898),比利时象征主义诗人和小说家。
[3]. 阿尔萨斯的蒂埃里(1099—1168),佛兰德大公(1128—1168),曾经参与第二次"十字军东征",并四次到圣地耶路撒冷朝圣。

撒冷很复杂)。在耶稣升天节,我们观看圣血游行;我不由得总在想那块我每周亲吻一次的棕色破布。年纪越大,我就越被一个想法困扰,即织物、浸血的破布、遗物会腐烂消亡。我越是觉得这块布不可能浸过救世主的鲜血,我就越感到震惊:在没有确凿证据的情况下,这些富于表现力的仪式、歌曲、姿态,几个世纪之久的供奉拥有一种独特的神奇力量,简而言之就是信仰所拥有的纯洁而超越的力量。外面的世界使宗教魅力无穷,无比深厚——在教堂香雾晕染的昏暗中。禁欲总使世界看起来诱人而深刻——天鹅在爱之湖上漂游;那年八月,当秋天的番红花在潮湿运河边的院子里开放时,最后的贝居安会的女信徒就要死去了。对这座城市一无所知的日本游客在城中轻快地游走。现在"圣血"永远都与停下脚吃一个圣代冰激凌连在一起,与在大广场上漫步连在一起,与在人行道上的咖啡店喝老式汽水连在一起——在那儿,我曾经盯着一对恋人看:一个目光犀利的年纪稍长的男人在向一个金发的年轻女人示爱;她的鬈发被风吹着,胳膊上有鸡皮疙瘩;两个恋爱中的人迷失在彼此的注视中;他们如此不般配,又显然分享了很亲昵的什么东西,这让我觉得非常费解。宗教、旅游业、我首次感受到的色情暗示、夏天和高空袅娜的云朵、风中拍打的旗帜和古老教堂的气息、缓慢拍击白色船头的懒洋洋的河水。

"这杯中是用我的鲜血签订的新约,为你倾倒而出。"牧师的话在我耳中回响,没有为我所理解。在每周的仪式中拿着大蜡烛是外公为时间做标记的一种方式,一种贯穿整个夏天的每个星期的节奏;想到他——背挺得笔直,光秃、脆弱的头皮在烛光中泛着暗涩的光——我懂得了为什么他这么依恋这个仪式。事实上，他身上有些中世纪的质素，一个永恒战士的影子，圣杯传奇[1]中描写的骑士精神。这就是为什么这些年来，"血殿"里的棕色玻璃瓶与帕西法尔[2]的古老故事融合起来了；我懂得了外公实际上是那个寻找圣杯的"纯粹傻瓜"，过去也一直是——一个彻头彻尾的天真的人，使我崇拜至极。他似乎从不为自己着想，不自负虚伪，不妄自尊大，只有一种为人服务的本能的热情，这使他成为英雄，也使他成了一个顶级傻瓜。明白了这一点，在很多年后，我有一天又去布鲁日；我屏住呼吸，站在"血殿"里观看，意识到我真正懂得的如此之少。

❋ ❋ ❋

在他去世很多年后，我在他的小图书馆里找到一本翻旧了的《沉寂的布鲁日》。故事的主人公乌格斯·维亚纳遇到了他死去爱人的轻佻变身，最终认定她不过是他以前爱慕的那个女人的滑稽摹本。有些段落用浅色铅笔画了横线。我翻看带有插图的泛黄的书页；插图中色彩模糊的蚀刻画唤起了19世纪布鲁日那种哥特式的沉寂。在书的中部出现了油画颜料的污渍；在一张空白页上，我看到一张脸的素描的雏形。"布鲁日是他死去的爱情，他死去的爱情是布鲁日。每样东西都在一个共同的命运中结为一体。"在这个

---

1. 圣杯传奇是中世纪有关亚瑟王圆桌骑士的故事。这些骑士的最高目标是找到圣杯，而圣杯指的是耶稣基督在最后的晚餐上用过的杯子，在他被钉死在十字架上时盛过他的鲜血。
2. 帕西法尔是亚瑟王圆桌骑士中的一个，12世纪有关于他寻找圣杯的叙述。

故事中，仪式化的圣血游行起到了关键作用。在游行的那天，那个轻佻的女人嘲笑男主人公这些年来收集并天真地奉为至宝的各种纪念物。接着，她得寸进尺，用渎神的话讥讽他，以此激怒他。她拿着死去的奥菲利亚的头发在房中阔步。乌格斯在狂怒中勒死了她，因为她的话使他直面隐藏在他的所有高尚举动中的反讽的真理。这个故事讲述的是独一无二的伟大爱情不可能被复制，但它也是一个现代俄耳甫斯[1]的故事。像俄耳甫斯一样，乌格斯降到死者的国度去寻找他死去爱人的幽灵，这注定会导致灾难。像俄耳甫斯一样，他失去了她两次，因为他把对她的记忆混同于她活在现实中的变身了。

外公读了多少遍这个讲述俄耳甫斯之爱的小说？罗登巴赫说乌格斯没有自杀的唯一原因在于他对奥菲利亚的神秘记忆，外公在这句话下面画了横线。同这个故事中的主人公一样，外公为他死去的爱人秘密地建起了一座精神的陵墓。正如同乌格斯·维亚纳，他知道她的独特之处无法在她的变身中获得重生，尤其当考虑到这变身是她怯弱的姐姐时。拿着这本小书，我意识到我外公是一个结了婚的鳏夫——怀着与小说中的人物同样的温情，他在私下里哀悼。在这本书的后半部分，我发现了让我吃惊的东西：一张

---

[1]. 俄耳甫斯是太阳与音乐之神阿波罗的儿子。他与美丽的妻子欧律狄刻情投意合，但是欧律狄刻后来被毒蛇咬死了。悲痛欲绝的俄耳甫斯前往冥府请求冥王将其复活，冥王答应了他的请求，但是规定在回返人间的途中，俄耳甫斯不能回头看他的妻子。当终于看到了人间的微光时，俄耳甫斯禁不住妻子的抱怨，转身去拥抱她，她就此被拉回冥府，俄耳甫斯只好独自返回人间。

委拉斯凯兹的《镜前的维纳斯》的复制品——我见过外公在这幅画前抽泣。再翻过几页,我发现了一张仔细叠起的描图纸,里面夹着一些黑色的长头发——曾经被灵巧地绕在指尖上,形成一个完美的小螺旋形。

不为人知的热情,不为人知的教诲教不会我们任何事。忠诚于一种缺失——这缺失塑造了每样东西,赋予它们形式与意义。他无法与人分享对他来说最重要的东西,所以他画树木、云朵、孔雀、奥斯坦德的沙滩、一个养家禽的院落、放在一张没整理好的桌子上的静物——一种悲悼的劳作:至大无极,悄然无声,充满挚爱,使这世界的哀泣消歇在最日常的物事中。

※ ※ ※

他从来没画过战争场面。他从来没想过从他的战争回忆中取材;在他去世后,我一直没找到他用木炭为同伴画的肖像——他在回忆录中提到过。没有一幅画中有士兵形象,只除了一张小自画像——风格相当学院派,更像是一张尺寸过大的护照相的油画版,可能是1920年以前画的;他在画中戴着勋章,但是没显出丝毫的尚武精神。谁知道呢,或许他觉得这幅画会让生病的玛利亚·艾美丽亚高兴起来。只在一张装在相框里的很大的黑白肖像照中他才穿着军服,可能是战争刚结束时照的一张相片的放大版。这张照片用炭笔加工过;有些线条如此模糊,以至于我一直把它当作一幅画。照片下面有一行字:"于尔班,从战场回来时的模样。"是我外公自己写的。同样的话也写在照片的背面,但是笔迹不同,可能是他母亲写的。我找到的就这些。在他数不清的画作中没有任何哪怕是些微不祥的成分；至多不过是一块羞怯的浅蓝色云朵滑过黄昏的太阳，用稍微有点儿粗糙的紫貂毛笔画的——甚至没有像乔尔乔纳的《暴风雨》中笼罩在一个比德迈风格[1]的世外桃源之上的那种预兆。

尽管这样，在意识到自己患色盲的那个时期，他只画了几幅较小的作品。然后，在20世纪60年代中期，他决定是时候创作较宏大的作品了。一幅安东尼·凡·戴克的杰作描绘圣马丁把斗篷割成两半，把其中一半交给一个乞丐。这个经典意象讲述了一个著名的故事，是绘画经常取材的主题——一位无名的匈牙利大师、西蒙·马丁尼[2]、雅各·凡·奥斯特[3]和埃尔·格列柯都画过。凡·戴克采用这个主题创作了两幅作品，两次都意在一种动感十足的戏剧化诠释。外公临摹的是藏于布鲁塞尔附近的扎芬特姆教区教堂的版本，那是凡·戴克为布拉班特公国[4]的荷兰大臣费迪南德·凡·波依肖特[5]创作的，在他被封爵的那一年。

---

1. 比德迈风格是一种介于新古典主义和浪漫主义风格之间的过渡时期的风格，曾为德国、奥地利、意大利北部和斯堪的纳维亚各国中产阶级所喜爱。
2. 西蒙·马丁尼（1284—1344），意大利文艺复兴时期锡耶纳画派代表画家之一，对推进哥特式风格发展做出了很大贡献。
3. 雅各·凡·奥斯特（1603—1671），佛兰德画家，擅长历史画和肖像画，是17世纪布鲁日最重要的画家。
4. 布拉班特公国始建于1183年，是神圣罗马帝国的一部分，包括历史上地处西欧的低地国家（今天的荷兰、比利时和卢森堡）的核心区域。
5. 费迪南德·凡·波依肖特（1571—1649），荷兰法官和外交家，安东尼·凡·戴克为其画过肖像。

※ ※ ※

马丁高踞在一匹深灰色斑纹的马上,胸甲闪着暗光,威严而尊贵。他的一条腿坚实地踏着马镫,暗示了力量和灵敏。他还很年轻,戴着一顶华丽的黑帽子,帽檐上垂挂着一根大羽毛。

在马丁的左边是又一个骑马的人物,衣着较为平常,骑着一匹额上长着一簇白毛的棕色的马。在马丁的右边,一个裸体的乞丐坐在一堆稻草上,已经在贪婪地拉扯那火般鲜红的被割裂的斗篷——他肌肉发达的背部出色地表现了解剖学的细节。在他旁边是另一个乞丐,戴着一顶东方色彩的帽子,在半信半疑中噘着下嘴唇，看着马丁，这个慷慨的贵人。这个乞丐是一个瘸子；他跪着，紧抓一根半隐半现的拐杖——从胳膊下面衣服的褶皱来判断，拐杖支撑着他的肩部。马匹弯成拱形的脖子充满了力量，一只蹄子抬了起来。乞丐背部的肌肉紧绷——这情景洋溢着纯粹的动感和能量。马丁握着一把非常细的长剑，把它平举在胸前，但是他的坐姿呈现一个角度，所以他的水平线相对于我们是对角线。他以大约九十度的直角划割斗篷的上半部分。他分开下半部分，它被扯向右边，指向那个将得到斗篷的肌肉发达的乞丐。刹那间，斗篷将被分成两半，红色的布将在乞丐身上落成纷乱的一堆。画幅的右边有一根古风的圆柱半隐半现；从它望过去，晚云飘过天空，被向晚的太阳照亮。这场景显示了大师的手笔。其气势、鲜艳的色彩和生动的线条不仅证实了凡·戴克超凡绝伦的技巧，也证实了他在1620年画这幅画时充满朝气的创作欲——他不久前刚满二十二岁。

❊ ❊ ❊

为了临摹这幅场景，外公在后院的温室中花了一周时间组装一个很大的油画框。他设计的画布要长宽各六英尺，比扎芬特姆的教区教堂中的原画尺寸大——原画长五英尺半、宽五英尺。这大胆得出人意料；要成功放大原画，他将必须在书中的复制品上画下精确的网格线。穿着他最好的西服，他到小镇上的"金色羽毛"艺术用品商店买了一块长宽各两百五十厘米的画布。他坐有轨电车把画布带回家——在车上，他阴沉地盯着空中，引来别人的注视。走路的时候，他把这一大卷画布平衡在一个肩膀上，拐过街角时几乎几次砸到过路人。正当要把画布装到画框上去时,他却发现无法把它挂到他想要挂的地方——他的房间入口的正上方;楼梯右面的外墙在那儿稍微拐了弯,没留下挂画的地方。使情况更复杂的是,天花板有一个向下的斜度,这迫使他把框子的顶部切成斜边。他拆开画框,制作出一张四边不规整的画布——他不知道这在当时很时髦。他用细致的木匠手艺修整右上角——在那儿,一朵云触到从那根颇具古风的圆柱的裂隙里长出的一丛植物。右侧的那根圆柱部分消失了,但这不是什么重大损失。他把画布松松地装到框子上,用湿海绵稍稍弄湿背面,等待三天,再小心地用扁平的箝夹把画布重新装上去,这时才用平头钉把画布固定住。等到对自己的工作彻底满意了,他把巨大的画布拖上楼梯,设法搬进房间,放在床边,几乎没留下站立和晚上挤到床上去的空间,然后他开始从事他的伟大作业——这将会花费他六个多月的时间。

他在复制品上画网格线,花费数周时间用放大镜和铜质指南针仔细研究——指南针是温德米尔的那位魅力十足的兰姆夫人送的礼物。他无须细看扎芬特姆的教区教堂里的原画;他在1914年的秋天看过它——在灾难性的希普拉肯战役之后的撤退途中;它如今还奇迹般地挂在那儿。他把每个细节都存储到了记忆中——在那个周日的下午,战争爆发还不久,他坐在他的守护圣徒面前,在颤抖中祈祷,因为过去数周经历的恐怖而身心交瘁——发生在希普拉肯和圣玛格丽特-豪特姆的恐怖。

令人惊叹的是,他的摹本完美得无懈可击;即使没有将原画挂在一起做比较,我也看出摹本的所有色彩都很精确。是的,他的摹本亮一点儿,好像原画被清洗过。外公致力于描绘他的守护圣徒,这与他父亲正相似——他父亲在利物浦画下了他自己的守护圣徒弗朗西斯。知道自己完成了这个轮回的过程,用以向他父亲致敬,外公肯定感到极为满足。

在他同素描保存在一起的文件中,我找到了几张从雅克布斯·德·沃拉金[1]的《金色传奇》中撕下来的书页:圣马丁的故事——这个罗马军团的战士变成了基督徒。除了各种吸引人的事实,德·沃拉金也列举了马丁的德行:谦卑、在战场上的尊严、正直与耐心、祈祷的虔诚和揭穿魔鬼伎俩的本领。外公用红色标记了最后一条。圣马丁变成了士兵的守护圣徒,法国的国王们带着他的红色斗篷投入战斗。安东尼·凡·戴克据说也拥有这样一件斗篷。

这个主题后来又启发我外公用砂岩创作了一个浅浮雕的三角墙门楣;他把它安放到房子前门的顶部。那时他七十二岁,依然充满活力。他作品的成功似乎稍微减轻了他失去妻子的痛苦,使他得以在凡·戴克惊人生动的光彩中升华他卑微的家庭背景和家族姓氏。完成了的作品被所有人大声赞美,除了他的朋友阿道夫。瞧着这幅画,他噘起嘴唇说:"我可是没耐心做这种事——临摹别人的作品。"他朝着于尔班的女儿玛利亚·艾美丽亚狡猾地眨巴了一下眼睛,他们俩的友谊就此冷淡下来。

---

1. 雅克布斯·德·沃拉金(1230—1298),意大利编年史家,罗马天主教会热那亚教区的主教。他编撰的《金色传奇》记叙圣徒行传,是欧洲中世纪晚期的畅销出版物。

※ ※ ※

在一个工作日，我到扎芬特姆看那幅原画，那天下着倾盆大雨。空荡荡的教堂里响着轻柔的音乐。我谨慎持重地走过巨大的圆柱，来到教堂右侧挂着画的圣坛前，我想象外公在1914年的10月穿着沾满泥污的军服跪在这儿，身边放着他的行李卷、步枪和坑坑洼洼的餐盒，与德军的首次交锋使他筋疲力尽。我习惯了外公较大的摹本，这幅原画看起来有些小，而且如我提到过的，色彩也稍暗一些。这幅杰作画在七块连起来的宽木板上，显然被修复过：添画上去的油彩有点儿太亮了，使它闪着太强烈的光泽。除此之外，时间和不同程度的潮湿使这些板子稍微凸起，你能看见六条缝隙。挂着画的圣坛上的科林斯式圆柱[1]用镀金和仿大理石纹装饰。在这些路易十五时期的洛可可风格的处理之上，费迪南德·凡·波依肖特的盾形纹章显耀地展示在一个镀金的半拱形里。这种仿大理石纹与外公用来装饰他房子里高吊天花板的走廊的那种很相似。在纸上画出大理石纹是外公的强项之一；他会用木头纹理或大理石纹装饰门扇、墙壁和圆柱，像几个世纪前的手工匠。

一个教堂司事从圣坛右侧的木刻隔扇后面走出来。看见我在仔细研究这幅画，还在记笔记，拍快照，他拧亮了圣坛前的几盏灯，这帮了我大忙。我对他说，像这样一幅杰作就这样挂在一个佛兰德教区教堂里，不受保护，默默无闻，这让我非常吃惊。他把瘦

---

[1] 科林斯式圆柱源于古希腊，是古典建筑的一种装饰性很强的柱式，雅典的宙斯神庙采用的就是这种圆柱。

骨嶙峋的手虔诚地叠放在身前,说二战期间他在这儿,这些易破碎的木板那时被藏到地窖里,以防落入纳粹之手。他给了我一个小册子,让我带走。我查找了有关这幅画的信息,当天又开车到斯凯尔特河上的那所房子,去看外公的摹本。我被它鲜艳明亮的色彩和气势震撼了——有时隐藏在一幅摹本中的真正的光彩。

❉ ❉ ❉

那段时间,他也成功地临摹了其他著名的作品,比如简-伊拉斯谟·奎利努斯[1]描绘一个男孩和两头被皮带牵着的猎犬的古怪肖像画。男孩穿着招摇的女孩子气的衣服:一件闪闪发光的蓝粉两色的裙装,镶有褶边。这幅画并非特别吸引人;但是尽管内容随意又很滥情,它还是显示了一个大师级画家的手笔。这幅画是安特卫普的巴洛克风格的典型产物,外公选中它或许只因为它在描绘发光织物上的技术性挑战(也可能是因为他自己小时候的女孩子气,他有时会对此开玩笑;在19世纪晚期,男孩学会如厕之前经常穿女孩子的衣服,因为裙装省却了一些洗脏衣服的活儿)。他的画都不标注日期,所以我没能搞清楚他是在什么时候临摹的委拉斯凯兹的《镜前的维纳斯》,但是摹本的风格使我相信那是在他创作的早期,也许是20世纪30年代,也许更早。

---

1. 简-伊拉斯谟·奎利努斯(1634—1715),佛兰德画家。

❋ ❋ ❋

但是——好像在为他的最后一幅作品做准备——外公最成功的摹本依据的是一幅著名的肖像画,即藏于柏林绘画馆的《戴金头盔的男人》。这幅画有好几百年都被认为是伦勃朗的作品,但后来发现不是这位大师所画;这个发现使这幅画的价值从两千万德国马克猛跌至不到一百万德国马克。专家们到1985年才宣布这个重大的消息,那是在外公去世四年后,所以他没必要知道。毫无疑问,这是外公最喜爱的摹本。它的成功促使他为朋友又画了相似的几幅,我不知道它们如今在哪儿。(举例来说,在布鲁塞尔的皇家孔雀酒店楼上的酒吧里,我有一次惊讶地看到一幅像是我外公临摹的德·洪德库埃特的《有一只白孔雀的家禽院落》。这是一幅寓意画,讲的是邪恶在世界上的统治,曾经启发我写了一整本书;它是怎么到了那儿的是一个谜;它上面没有签名,在技巧上远逊于我拥有的那幅摹本。)

❋ ❋ ❋

在20世纪50年代后期,一个圣尼古拉斯节[1]的早晨,我在桌上成堆的橘子、香草饼干和巧克力小人当中发现了一架精巧的小飞机,显然是那位慷慨的圣徒晚上带给我的。这是一架用薄木条做成的双翼飞机,机身被涂成蓝色,机翼是红色,尾部是黄黑两色。轮子巧妙地用两枚旧硬币做成:二十五分钱的大硬币,中间有孔。

---

1. 欧洲传统的圣尼古拉斯节是每年的12月6日。在这一天,圣尼古拉斯会给孩子们带来礼物和糖果,而他的随从则会惩罚那些做了坏事的孩子。

一根细棍穿过这两个孔,把轮子和机身连起来;细棍也穿过机身上一个较大的孔,这样轮子就能转动。两个小铆钉把这根细棍固定住了。这架飞机用锯子锯成,再用锉刀打磨。我如此坚信那个白胡子的圣徒,以至于很多年都没想到它是外公为我手工制作的,所以从来没谢过他——尽管他在制作时满怀爱意和关怀。我不知道这架飞机后来怎么样了,但是我推想它是遗失在温室里那些尘封的土钵里,一只轮子掉了,或者一个机翼断了,与一个线团绞缠起来,一个松了的曲别针在线团中支棱着,像一只断爪。几十年后,像梦里回到童年那样栩栩如生,我梦见了这架飞机,它在我眼前闪烁;我看清了机身上的字母和数字,醒来时还在脑中清晰如画:DK100710。我把这个代码写了下来,相信他涂上它是为了使飞机"忠实于现实"。那天晚些时候,我忆起别的几件丢失了的儿时玩具,然后就忘掉了这件事。

但是,当读着他的回忆录并查对了几个事实后,我偶然发现了丹尼尔·基内特死去的日期——这位先驱者的飞机在阿瑟港的地面上坠毁,离外公看见裸体女孩从池塘中站起来的地方不远。基内特的飞机坠毁是在1910年7月10日,大约上午十点钟。我记起外公尝试过到医院探望他,但是没被允许——基内特几天后死在那家医院里;我记起来这个男人对于他来说是那样一个大英雄。DK100710[1]……那架小飞机上的代码原来拥有一种秘密而真实的

---

[1] DK100710,是丹尼尔·基内特(Daniel Kinet)的名字首字母和坠毁事件发生的年月日的组合。

意义：它是外公对这位比利时航空英雄的纪念。我还错过了其他哪些秘密？我读得越多就越必须学会容忍我的无知。

其他线索同样从记忆中浮现，因为他的回忆录吹走浮尘，我开始理解越来越多的迹象。我一生中抽的第一支烟是一根难闻的、泛黄的卵形香烟，从一个扁平的银质烟盒里偷来的——我在外公的梳妆桌的抽屉里发现了这个烟盒。我那时十五岁，迫不及待地想抽第一支烟。在花园尽头的灌木丛中坐下来，我把那根烟抽了半支，立刻感觉特别恶心，几分钟后吐了。我读到那银盒子里的香烟是温德米尔的兰姆夫人送给他的；我意识到他这么多年都保存着它们，又从不碰它们，像一种拜物教——就我所知，他从不抽烟。我的小妹妹那时喜欢把自己裹在一条长围巾里——毫无疑问，这围巾是他在回前线之前从同一个女人那儿得到的礼物。在他的叙述中，这围巾被拉扯成了神秘的尺寸，每讲一次都变得更长。同时他任由现实中的围巾在一个旧抽屉里散掉。这也表明了他是怎样对待过去的——这个过去抓住他不放。像这样的线索在我的整个童年时代都存在，我视而不见；只有通过把回忆与读到的内容联系起来，我才能以不张扬的方式恢复事情的原状，部分纠正我那时的无知。

※ ※ ※

突然间，这个意象，这个情景，仿佛当下在我眼前展开：一个春日，我想是四月，光线发白，离地面很近，一定是早晨晚些时候。他站在储水箱的铁盖子上，向我解释作为士兵意味着什么，说我有很多要学的。我站在那儿挖鼻孔,吃鼻屎,满怀崇敬。因为我冲口而出地问他:"你还能倒立吗?"他就把坚定的目光转向我,叹息一声,把他的黑毡帽放在靠院墙的长凳上,然后"嗒嗒"一声,奇迹发生了:一个灵巧的弹跳,这个七十岁的男人翻身倒立起来。他的工作服落下来,部分盖住了他的眼睛,但是他没放弃。"看!"我听见他被捂住的声音说,然后,他抬起一只手朝我挥动,仅用另一只手支撑他自己。我看见他的裤管在慢慢地落下来,白色的小腿像杆子似的戳向空中。他的双脚稍稍朝外转,彼此分开。没等我从惊讶中回过神来,他又笔直地站在我面前;他扫掉手上的灰土,重新戴上帽子,脸微微发红,说道:"只要用心,什么事都能做成。"我默默地点头同意我童年时代的英雄说的话,然后害羞地偷偷溜走了。他说要去修剪灌木,吹着口哨进到花园里去了。

※ ※ ※

这么多年,有些想法使我没去参观在伊普尔和迪克斯迈德周边的那些白色墓碑组成的无边际的公墓,以及煞费苦心地重建起来的战壕——它们为有历史感的参观者提供尽可能"接近现实"的体验。站在特瓦艾特桥边有什么意义?站在哑弹躺在土里生锈的野地里有什么意义?没有什么能比我桌上的旧笔记本更使我贴近外公的亲身经历。20世纪80年代,我跟一个来自佛兰德地区的女孩子同居;有时我周日去那儿散步,造访凯绥·珂勒惠支[1]纪

---

1. 凯绥·珂勒惠支(1867—1945),德国版画家和雕塑家。

念碑、令人愉悦的塔尔博特之家[1]泰因河摇篮公墓[2]、无边无际的坟场;你必须看过这些之后才能谈论第一次世界大战和佛兰德战场。我读到索姆河战役[3]和对突进的英国兵的大屠杀,这些书充满了恐怖,我不知道还有谁能更多地渲染这种恐怖。

但是几年前,当我同儿子一起参观迪南城堡时,有半个小时,外公的世界似乎近在眼前,令人胆战心惊。战争博物馆里重建的战壕的幽闭气氛,昏暗的照明,对士兵们的战时生活所做的幼稚但又有效的模拟——在这荒凉的场景中,我必须在坡道上犹疑地摸索向前,这使我突然对外公在黑暗中试探的脚步感同身受了。我触摸硬邦邦的沙袋,看到战场的规模、枪支、像被捕鼠器逮到的老鼠似的拙劣假人。我闻到历史博物馆特有的霉味。裸露灯泡的光照射在一动不动的人像身上,在虚拟的战壕中布下阴影,像阴郁的污渍。这就好像我正逆流走向死者的国度,掌管记忆的欧律狄刻站起身,拉住我的手。正如敏感的哲学家尼采在《反基督》中写到的,我无法再在观看绘画时对姿态视而不见,因为我懂得了触及我的生活的不是一本讲述无辜的书,而是一种浸透历史负罪感的阅读。

---

1. 塔尔博特之家,基督教教会于1915年12月在比利时创建,为第一次世界大战协约国士兵提供休息和娱乐的场所。也被称作"人人俱乐部",无论士兵军衔高低,一律无差别欢迎。
2. 泰因河摇篮公墓埋葬的是一战期间在西线伊普尔地区(比利时)阵亡的将士,是世界上最大的埋葬战争中阵亡者的公墓。
3. 索姆河战役是一战期间发生在西线的最大一次战役(1916年7月1日至11月18日),其时英法军队在法国的索姆河上游对抗德军,双方伤亡人数达一百万,是人类历史上最血腥的战役之一。

※ ※ ※

  故事的结尾在悄悄靠近，我必须开始讲那些最后的画作：加布里埃尔的肖像，她妹妹不为人知的裸体——我直到最后一刻才发现。我平静而审慎地靠近这些画作，像一个人在一个想象的美术馆里：双手背在身后，小心地倾身向前，从鼻梁上取下近视眼镜，对着只有他才看见的细节微笑。记忆的画廊里一片寂静；一个女人从他身后走过，用手中的册子扇着风，对这个笑容腼腆的陌生人完全漠然，心不在焉地直盯着前面，而他的鼻子几乎要碰到快散架的镀金画框里的那幅旧油画。

  加布里埃尔的肖像有一种近乎古典的特质，能与现实主义传统中一些最出色的女性肖像相媲美。这幅画参照的是她的纪念卡上的小黑白照片：灰色的头发上披着黑色蕾丝披巾，穿着灰色开襟绒线衫，一个象牙小雕件别在白色的蕾丝女衫上。她平静地注视着观者，与自己完全和平共处，眼睛在诉说美好时光——坐在花园里的长凳上，观看身边的日常事务，这使她感到快乐。这幅画的主色调是一种有光泽的金色，好像一种夜光正泼洒在她脸上。

  这幅近乎理想化的肖像表达了他对她的爱与热情，承载了情感的升华和最终达至的和谐。考虑到她是如何去世的，这是一项不小的成就。在去世的前一年，她中风了。她恢复得很艰难：醒来后患了轻微的痴呆症，必须重新学会走路、说话和吃饭。他满怀关爱，全身心投入，每天给她洗漱、穿衣服、喂饭——既然任何肉体的亲密在他们之间都为时已晚，她被迫把体面抛开了。在她一次次绊倒时，他指导她，帮她重新学会站立，再次迈出第一步，好像她是他

晚生的第二个孩子。虽然思维和语言能力明显受损，她还是逐渐变成了一个相当快乐、平和、安静的老太太，打着瞌睡，让我们看到一切都很好，她没事，还是原来的样子。然后，一天早晨，坐在窗边那把她常坐的椅子里，她再次中风。她的眼睛猛然睁大，喉咙上的血管鼓出来，脖子和脸变成紫色；她抓着喉咙，从椅子上侧翻下去，喉间汩汩作响。最让我害怕的是我母亲和外公的惊恐。恐怖使我僵立在那儿，直到母亲推我出门，说我该去上学了。

这情景伴随了我一生，这是我最后一次看见她。等那天晚上回到家，她又被送进医院了，几天后在那儿去世。每次我来到这所房子，她超然世外的肖像仍然心平气和地盯着我，对我悲伤的记忆撒谎，然而撒得那么圆满；它如此逼真——即便是现在，她都好像就要开口讲话。

毫无疑问，这是外公唯一伟大的原创作品，好像他整个一生都在为这幅净化情感的肖像做准备。我不由得想知道，在画加布里埃尔的时候，他是否想过，如果玛利亚·艾美丽亚活到这个年纪，她会是什么样子。他藏于内心的玛利亚·艾美丽亚不会变老，而加布里埃尔老了——在她妹妹的位置上，她几乎像是那个老花花公子道林·格雷的肖像[1]。我开始把外祖母的肖像看作来自童年时代的一张老照片；你挪动它，它会变化；你能够随自己的心愿把它不停地挪来挪去：两姐妹，姐姐依然光彩焕发，其真实性存疑，仿佛妹妹眼中的一线光亮，在她们两人都去世后被画了下来。

※ ※ ※

没想到过了这么多年，我会发现那位妹妹的肖像——外公把它藏得那么严实。一天，我开车回到斯凯尔特河上的房子，向父亲询问各种情况和细节。他在阁楼上一个隔间背后半隐蔽的槽隙里

---

[1] 这里指的是奥斯卡·王尔德发表于1890年的哲学小说《道林·格雷的肖像》。故事发生在维多利亚时期的英国，一位艺术家为容貌俊美的道林·格雷画了一幅肖像。在一位勋爵的影响下，道林·格雷信奉了享乐主义，认为美和感官享受是生命中唯一值得追求的东西。意识到自己的美貌会消失，他出卖了灵魂，换来了青春永驻，而他的肖像则代替他随着时间变老，并记录下了他在浪荡生活中犯下的每个罪孽。

发现了一个硬纸板的箱子。开箱子的钥匙不见了,我们用一把细螺丝刀小心地打开它。里面有几十张照片,比如我外曾祖父和外曾祖母的照片使我对弗兰西斯卡斯和赛琳有了第一印象——他们僵直地坐在一根小木柱旁边,背景是世纪之交的多山的风景;还有我外公三十岁的护照相片,以及一张发给一战中与敌军交火的退伍老兵的身份卡。我得知从1938年起,也就是他从比利时铁路系统提前退休的两年后,这张身份卡使他有资格领到一笔数目不多的额外伤残抚恤金,大约几百旧比利时法郎。在盒子的更深处,我和父亲还发现了外公从大湖区的温德米尔寄给他母亲的一叠明信片;数不清的亲属照片;几张为战士发放的纪念卡;一个漂亮的木盒子,里面装着一副铜圆规和一个绣着十字架的丝质书签;一枚五先令的银币,上面的铭文是"背负十字架,戴上王冠";一个漂亮的英国护士的照片,签名是"莫德·佛瑞斯特谨上";外公军校时期的照片——戴着平顶帽,蓝大衣上的扣子闪闪发亮;一张通行比利时所有美术馆的门卡。我也找到了他父亲那块怀表的残片;紧挨着它们的是一颗子弹,上面用一把折叠小刀笨拙地刻上了"1916"的字样。

但是最要紧的是,我一次次看到一个年轻女人的照片;除了是玛利亚·艾美丽亚,不可能是别人。她和加布里埃尔的合照证实了我的怀疑——她们几乎像是双胞胎,在态度和个性上又如此迥异;两人各自把一只手放在母亲的肩膀上,她则带着王者的威严坐在正中间。然后,我发现了大约十张玛利亚·艾美丽亚那半张照片的重印版,效果很模糊,大部分被放大到了比明信片稍小的尺寸。

终于，我在箱子的最底层发现了一个封着的信封，里面是一张非常清晰的美丽的肖像照，那毫无疑问是玛利亚·艾美丽亚。我第一次专注地看她宁静的脸部特征，那表情是外公秘密热情的关键；这个女人可能成为我的外婆，把她的一部分传承给我。我专注地看她笔直的鼻梁，敏感的浅色眼睛，精致的尖下巴，黑头发扎成一个严肃的圆发髻，白衣衫的开口处露出修长的脖子。过了一会儿，我意识到这个女人不可能成为我的外婆；如果外公同他梦想的女人结了婚，我压根儿不会存在。她代表了一个不可能存在的不同的我。

这么多照片的不同尺寸清楚地表明它们不是一次冲印的，所以冲印照片的决定肯定不是随便做出的。要冲印没有底片的照片，外公必须到挨着圣心教区教堂的广场上找制作肖像照的人，走路去要半个小时。然后，他必须等一个星期才能拿到照片和新底片，来回又要一个小时。为什么要把同一张照片冲印这么多次？底片在哪儿？他是不是一直想画她的肖像但又缺乏勇气？他有多少次把这些发灰的照片握在手里？为什么这张最大、最好的照片被封在一个信封里？

在伦敦的国家美术馆里观看《镜前的维纳斯》时，我曾经模糊地感到疑虑。想到这儿，我问父亲是否知道这幅画的摹本在哪儿。我小时候在阁楼上的什么地方见过。我们爬上因年深月久而变得摇摇晃晃的楼梯，在一个蒙尘的角落里找到了二十张没有上框的画，它们一定堆在那儿几十年了。倒数第二张是《镜前的维纳斯》的摹本。我们把它取出来，吹掉尘土——她躺在那儿，全身赤裸，带着自豪感和接地气的优雅：委拉斯凯兹的维纳斯。

我真的没想到，血涌进我的脑子……从镜中看着我们的那张脸不是委拉斯凯兹的模特儿的脸，而绝对是我刚从信封中的照片上认识的那张脸——玛利亚·艾美丽亚的脸。这解释了我在伦敦看画时发现的让我吃惊的发色的差别……一个令人眩晕的思维跳跃使我意识到，无论与原画如何相似，这个摹本从来都不是摹本，而是被掩饰起来的爱情表达；运用他作为临摹画手的所有技能，外公非常审慎地改变了原画的细节，这样他就能想象他死去的爱人裸体的样子——他最骇人的罪孽，最深藏的欲望，在整个一生噬咬他受伤的灵魂。他这么做不是通过描画她的身体——他从来没见过——而是把镜中反射的脸变成她的脸；镜子把这张脸同那个身体分开了。在我眼前展现的正是这个双重形象：委拉斯凯兹的维纳斯长着玛利亚·艾美丽亚被理想化的脸，在蒙尘的旧画布上全身赤裸，生气勃勃。一个看似只是模拟的形象藏起了他原初的激情，绘画的模仿变成一个寓言，隐含了他不为人知又无法忘怀的爱情。有些人无论活得多么长久，都无法从爱情中复原——即便活到一百岁也不能。

这时我意识到为什么这幅画在阁楼里藏了几十年；对于虔信的加布里埃尔，这幅画肯定是不堪忍受的。谁知道呢——这幅画把她妹妹画成裸体的维纳斯，是对神圣的婚姻之爱的渎神的背叛，它或许是她在性方面拒绝他的真实原因。这我永远无法知道。回家后，我发现信封中的那张照片上有网格线的模糊痕迹——用浅色铅笔画上，后来被擦掉了。

※ ※ ※

2012年的5月凉爽得不应季。一天早晨，我决定去造访特瓦艾特河湾——这更多是为了释去良心上的不安，而非真的指望发现我很久以前就从外公的回忆录中知道的事情。

我一直喜欢淤泥的气息，像是对消失了的海洋的记忆，在一些多雾的日子里弥漫，围海造出的低地风景——大地像水面似的平展，像陷落的海洋一样寂静而深不可测。盐水流成溪涧，空气中有沉积物的气味，以及泥土和牲口的浓烈气味；土地的单纯给予人无比的慰安——自给自足的乡村生活的慰安。在一个像这样的风景中，数以万计的佛兰德、德国、法国和英国的年轻人躺在污泥中；这污泥吸吮，吞咽，干燥，碎掉，被碾成尘，突降的暴雨平息它的饥渴，直到它再次变得湿漉漉，凉飕飕，酸溜溜。在五月或九月的有些天，低地上有田凫迅疾地穿空而过，还有杨树刺鼻的气味，猪圈，四下里的地平线。这风景对感官施行魔法。

特瓦艾特甚至很难说是一个村落。我车上的全球定位系统找到的只有迪克斯迈德市的特瓦艾特街。如果经由斯杜伊夫肯斯克尔克这个小村开车到那儿，你会经过一座堂皇的农庄住宅，带有一个拱廊、一条很宽的车道，以及一个美观的庭院——静谧而舒适的隐居的绿洲。那儿现在有一个旅馆，叫作"维康尼亚城堡农庄"；在1914年，这个建筑被称作"维康尼亚城堡"。沿着排着完美栅篱的小路走去，我了解到德军在战时曾经短时间占领了这个农庄，想在这里设立指挥部。他们计划渡越伊瑟河上死人无数的洄流，这个农庄原本能在这计划中起到关键作用——伊瑟河就在几百码开外。1914年10月24日,这个农庄被比利时部队炸成废墟——在伊瑟河上的桥和斯杜伊夫肯斯克尔克教堂被炸毁后不久。丧失这三个战略点使德军的推进暂停。外公对伊瑟河战役的回忆是从1914年10月17日到24日,所以他肯定参加了这个阶段的战斗;他提到的农庄有可能是"维康尼亚城堡"。在争夺农庄的战斗中,敌军部队中有一个士兵名叫阿道夫·席科尔格鲁伯,他是后来的希特勒。

通向河边的道路很荒凉。到了伊瑟河的岸边,你能看见特瓦艾特桥形成了两个世界之间的隔断:被占领的欧洲和盟军的欧洲。如今那儿有一块信息板,说"特瓦艾特"关联到"瓦特"这个词,意为"一个泥洼的低地","伊瑟河谷的一个要塞"。

一切都如此裸露,如此平展、空旷,无处可藏……你所能做的只有打地洞,像老鼠和鼹鼠,这是逃生的唯一机会:一个从无尽裸露的空间逃离的难民。我眼前如同一幅展开的风景画,地平线把画面切割成了5∶3的比例,黄金比例,风景画家和鉴赏家的理想。在广袤天空的下方是杨树、草场、泥洼的低地、盐水沼泽、溪流;正前方是伊瑟河上致命的S形弯道。一个安静却又危机四伏的景致。

刚过了桥,背景中响着几只黑水鸡规律而轻柔的咯哒声,我发现了一个小纪念碑。我拍下碑文,以便晚些时候在电脑上打出来。

❋ ❋ ❋

献给第一精锐军团第二营牺牲的战士

1914年10月22日，在由少将亨德里克·德奥尔特瑞蒙特伯爵下令发起的冲锋中牺牲

❋ ❋ ❋

镀金的字体和一个硬纸板做的十字架，上面有一朵塑料玫瑰——每次我把它直立起来，它都很快又在微风中翻倒。公牛在对岸的畜棚里低吼。从水边的芦苇丛中传来一种我有几十年没听到过的声音：一只苇莺发狂似的欢叫。甚至有一只布谷鸟，在对岸都清晰可闻——你不能再经常听到的又一种鸟声。一种古老的迷信说，如果在春天听见布谷鸟叫，这一年会有好年景。

这景致，如此新鲜、天然。静止。和平。

他肯定也听到过这些轻柔而遥远的声音，在极度恐惧中待命的士兵们肯定也听到过：地狱中的田园牧歌。

喑哑的风景，漠然的大自然，大地的全然遗忘；曾经攸关生死的河流宁静地奔涌，其中同样是全然遗忘。这个雾气弥漫的春日早晨的所有鸟儿像未知造物的灵魂，在呼唤我无法理解的什么东西。时间和空间的谜。我们逐渐习惯于生活其上的这个星球是多么奇怪啊。

一艘名为"杜斯堡"的小轮船突突地驶过，一个兴致勃勃的荷兰人朝着我这个比利时人挥手——我拿着一个笔记本，正死盯着河水。或许在他们眼中，我是那些可爱的当地人中的一个。几

只海鸥来到内陆觅食，一个像袖子似的东西在棕色的河水中起伏。一辆送货车在窄路上疾驰，一只狗在远处活动起来，小灰树排在运河两岸，深草中的奶牛好像没入了一幅康斯特布尔时代的风景画所描绘的草木中。由于河中奇怪的洄流，你不是总能区分河岸这边和那边；在战时，要估摸出什么地方在发生什么事肯定很难，充满了险情。也许你看见一个德国兵头盔的尖顶，以为它是从河岸这边的草丛里支棱出来的，而事实上德军还没有渡河。或者正相反：在你不知不觉的时候，死神偷偷靠近，猛地卡住你的喉咙，用歌德[1]的母语吼叫着。开花的山楂树，清晨的荣光，金凤花，菖蒲，艾菊，但是哪儿都没有罂粟花；这片草木中没有一丁点儿红色。"在佛兰德战场，没有罂粟花在风中摇摆。"[2]大自然到底还是表现出了一点儿节制——在农夫喷洒农药的帮助下。

在五月一个万物静止的凉爽日子，没有什么像水边的杨树那样如此和平地窸窣作响。鸬鹚、黑鸭生着怪异的冠羽，在水上漂流。当我走近时，一只歇在电线杆上的鹭没有飞走，而是站在那儿等着，好像在思考为什么自己没有思考的能力。

特瓦艾特桥上有一座钟——当桥门被扯起让船只通过时会叮当响起。你在几百码以外都能听见这钟声，你能听见更远处的农场里小公鸡在叫。什么都能听见，清晰而平静。在战时，这里是怎

---

1. 约翰·沃尔夫冈·凡·歌德（1749—1832），德国著名思想家和文学家。
2. 这句话是对《在佛兰德战场》一诗开端一句的改写。《在佛兰德战场》是关于第一次世界大战的最重要的诗作之一。在伊普尔战役期间，加拿大籍军医约翰·麦克雷于1915年5月3日写下了这首诗。这首诗的影响使红罂粟成为全球国殇纪念日的佩花。

样一个天堂似的陷阱啊，就在被炸成废墟和土渣之前——在大地的音响中，生与死合为一体。我想象外星人在这一刻来到地球，第一次听见这些声音。对于从未听过芦莺鸣叫的他们，这肯定仿佛幻觉，充满魔力，引发忘我的狂喜。真是一个奇迹，你怎么能造出如此美妙的声音？

顺着河边荒凉的道路，我又走了几百码。这片风景中只有一个地方可以藏身：对岸的堤坝背后。斯杜伊夫肯斯克尔克这边的堤坝是平的；从这边看，对岸堤坝的背后构成一个主要威胁，因为该死的德国人能躲在那儿。你必须朝那儿高角度发射炮弹，然后盲目射击，指望着佛兰德人能有好收成。比利时人从无法预测的地点开火还击，在土墙后面迅速移动，在迷宫似的战壕中穿行。这肯定让德军非常为难，他们把怒气发泄在注意力分散的哨兵身上。

沿着堤坝的路现在似乎只是业余自行车手们最喜欢的一条车道。像钟表一样规律，他们疾速驶过，气喘吁吁，戴着塑料护目镜，盯着柏油路，总是穿着流行的赛车服和价格不菲的运动鞋，戴着俗丽的头盔，骑着一辆像啭鸣的鸟儿似的昂贵自行车，结实的大腿紧夹着。他们是那些士兵的孙辈。同样的年纪，不同的星球。

我继续走着，我能看出外公大概是在什么地方冒着生命危险要炸掉堤坝的。等走过了洄流所在的地方，我开始明白为什么他们能连着几天把浮动平台藏在德国人的视线之外，以及为什么他们能接到从对岸送来的给养，又没有惊动敌人。答案全都在于河中那个S形的弯道。战场的逻辑，一场充满偶然性和死亡的棋赛。

过了弯道，前方出现一个告示牌："钓鱼者，请爱护环境！请只在规定的垂钓点钓鱼，不要践踏草木。"这里没有一片叶子受到打扰，草木的根株扎进土壤深处，土壤肥沃丰盈；这要感谢那种被称作人的奇怪的肥料——一种环保的奇妙物质，通过生物降解迅速变成腐殖质。这个偏远的地方诡异得悄无声息，却居然能变成那些恐怖发生的场所；这表明任何战争都彻底违反了自然界的事实、日常生活、事物通常的发展过程——这些都没有终极目标，很少保留人类所作所为的痕迹。

又一艘轮船驶近，载满了学生和老师；让我吃惊的是，它被命名为"伊瑟河之星"。孩子们在高兴地闲扯，朝岸上的我挥手——我也朝他们挥手致意。多么宁静的一马平川。只需爬上一棵树就能看见敌人的战壕。一个仅剩的问题是：那儿没有树，只有深坑和土包。

一只被轧平的茶隼粘在柏油路上，一个骑车的人从它身上飞驰而过，几片羽毛飘到空中。是阿曼多[1]想出了"负罪的风景"这个词？或者是克劳德·朗兹曼[2]——针对影片《浩劫》中那些凶险的森林？这风景可以是安塞尔姆·基弗[3]的一幅画——一场被湮没

---

[1]. 阿曼多，荷兰画家、雕塑家和作家。
[2]. 克劳德·朗兹曼（1925—2018），法国电影制片人，其著名作品是纪录片《浩劫》（1985），讲述二战期间德国纳粹对犹太人的大屠杀。
[3]. 安塞尔姆·基弗（1945—），德国画家和雕塑家，德国新表现主义的代表人物之一，被公认为德国当代最重要的艺术家。

的灾难在风景中留下看不见的伤疤。我转念一想，这根本不是基弗的风格。这幅画的笔触太精致，太温柔；我能看见每朵花，每片草叶。这当然是我外公的浪漫主义画作中的一幅，奇怪我先前没想到；这或许正是一个讲求精确、患局部色盲的老派画家创作的画——显然执迷于绿色，每处都是绝美的青葱色调，没有误导人的红色罂粟花。

走过鲈鱼、斜齿鳊、白鲷鱼、突吻鲌的产卵地，我看到一个圣母马利亚的小神龛——在路边，好像是为了我外公安放在那儿的。

噢，凡人的脚

不要经过

而不称颂马利亚

最崇高的母亲

我正纳闷一只脚怎么称颂马利亚，一辆拖拉机轰隆隆地开过，载着那些像昆虫似的奇怪的喷管，用来毒化这里的田地。不再有罂粟花。那是在那么久远以前，一个世纪以前。我在这儿走着，体内带着外公的遗传基因，比独处时还要孤独，也来得太晚了。布谷鸟又在叫，现在离得很近，像在梦中一样嘹亮，使我猛地一缩身。

它在春日的凉爽中飞过灌木丛，像在我的童年时代那样鸣叫。它很像昏暗的房间里的那架布谷鸟钟；外公拉起钟上的铜坠子，对我母亲说着什么，我听不清，是关于时间的什么话。

❋ ❋ ❋

在他生命的最后几年，舒伯特的《罗莎蒙德》中的芭蕾音乐最令他感动，把他带到想象中的一个遥远的地方——在那儿，我们无法接触到他，直到最后的音符消散。我并不确切知道为什么这旋律稍显故作多情的潺潺流动会如此感动他；我不知道他是否对这音乐有着特别的记忆：他是不是同什么人一起在音乐会上听过它，或者在20世纪50年代发生了什么事——当这音乐从用铆钉固定在墙上的棕色收音机里倾流而出的时候。那时没有详细的节目预告，收音机里播放《罗莎蒙德》常常是一个惊喜。他会用手捂住脸，身体像抽泣似的抖动，我们能听到他费力地喘息，然后他才镇定下来，缓慢而刻意地呼吸——像他父亲那样带着嘶嘶声——直到找到了一种节奏来协调身体，使之适应这音乐带来的震撼。

开初是精灵舞蹈般活泼的芭蕾舞曲，接着是较阴郁的转调，在一组旋律中逐渐增强，再次融入舞蹈节奏。首要的是第三幕间曲——激起他奇怪的激情，使周围的世界淡去。在这个小行板中，忧郁情绪与一种安全感融合起来，给我的童年岁月蒙上了一层由怀旧感和久远前的美丽构成的面纱。无论何时，当看到他描绘女性形象的木炭画中的一幅——笼罩在明暗的层次渲染中，在蒙尘的玻璃板底下，在发黄的纸上褪色——我就看见他坐在他自己画的风景中，在一个想象的德国森林里，在一股僻静的涌泉附近。他戴着软呢帽，我听见他在沉重地呼吸。但是不，我什么也没听见，直到远方某处响起这个小行板的初始乐音，然后意象出现了，一个沉默的灰色年代的意象——那时，拥有秘密是生活的一种正常状态，秘密赋予生活以形式，以它们未被表达的欲望所藏起的温柔给生活以重击。第二号芭蕾舞曲使他再次平静下来；这是《罗莎蒙德》结束时的G大调的小行板，在忧郁情绪之后回归到田园诗般的轻快——忧郁是他最根本的情绪。或许是舒伯特的个性使他成了我外公的知音。他的阴郁，他升华了的情欲，他的趋于内倾——由他的悲剧人生所导致；这些触动了我外公。舒伯特一生贫穷，没被充分理解，被征入伍的可能性影响了他的创作。他有着与我外公英年早逝的父亲相同的名字。他的音乐混融了无所忌惮和深刻的情感，面对逆境时的勇气与极度敏感相结合——这些个性特征都在这段听似天真的小行板中得以表达。那么多个周日数不胜数，他听到这旋律，周围的一切归于沉寂。或者只不过是几次？我的记忆把它们归总成了一辈子。

我的所有问题肯定得不到解答。但是，当我在开车回家的路上听到车上的收音机在播放《罗莎蒙德》的小行板——正是在那天，我在父亲静悄悄的房子里拿到了装有玛利亚·艾美丽亚照片的箱子，第一次直视那个年轻女人的眼睛——我感到如此奇怪的震撼，几乎把车开出路面。我的心怦怦跳，血涌到太阳穴。我在路边停下车，用颤抖的手再次打开箱子，把那张照片拿在手里；这时，有些什么在我内心涌起，好像我在跟随死去外公的指引——他像一个温柔的邪魔主宰了我的身体，把我拉进他的情感世界，拉进那个一直对我关闭的世界；我坐在那儿，喉咙哽咽，咬着下嘴唇，同时收音机里又在播报这个不到七分钟的小行板的标题，然后转到帕格尼尼[1]——这个作曲家技巧圆熟的滑稽古怪一直为我所厌恶。在威廉·奥古斯特·瑞德[2]创作于1875年的舒伯特的肖像画中（那是在舒伯特去世将近四十年后，依据的是一幅创作于半个世纪前的蜡笔画），这位作曲家右手握着鹅毛笔，肘部歇在一本乐谱上。二十八岁的他眼中闪着自信的光芒，看起来健康又善良，洁白的衬衫上戴着一个很大的黑色蝴蝶领结。大概在那时他被授予了宫廷作曲家的职位，但是为了不失掉自由，他拒绝了这个职位。他的姿态表现出自信，外公在他不太成功的自画像中试图传达同样的自

---

[1]. 尼克罗·帕格尼尼（1782—1840），意大利小提琴家和作曲家。
[2]. 威廉·奥古斯特·瑞德（1796—1880），奥地利画家，作曲家弗朗茨·舒伯特的朋友。

信——他在画中左手紧抓着画架。

※ ※ ※

在生命的最后几年，绘画对他而言变得越来越难。他得了痛风，指关节僵硬，两手痉挛，画笔会从指间滑脱；青光眼使他视力模糊，他不得不转而依靠触觉，有时用手指把颜料抹成印象主义的色块——尽管他激烈谴责现代那些"瞎涂乱抹的家伙"和他们用手指画的画儿。外公是一个致力于细节的高手，曾经复制出娇弱的阴地虎耳草的白色花朵的每根微细的筋络——这种花有时也被称作"画家的哀愁"。但在他晚年创作的手法简单的小幅画作中，该是脸部的地方呈现的是怪异的模糊污渍；他画幼稚的小汽车——轮胎鼓胀凸起，在他窗外那条沿着斯凯尔特河的道路上行驶——手法笨拙得像刚开始试着画油画的小孩；这些奇怪的画表明他的指尖是盲目的，它们抹过画布时在摸索，在颤抖。另一回，他想画一个半裸的廷臣，而依据一幅提香的复制品画就的摹本满是污渍，成了某种退化的德加[1]风格的模糊幽灵。但是他看不到隐含在这些小悲剧中的令人痛苦的反讽。背痛使他浑身僵硬，他会在厨房地板上之字形排列的鲜艳瓷砖上拖着脚小步走。坐在摇椅中时，他会把报纸举到脸前，好像想用鼻子把新闻吸进去。他的食量比小鸟的还少，他常常轻声唱歌给自己听。高龄的他不再能自己穿袜子和脱袜子，以及修剪变脆的脚指甲。到了最后，他不再能自己洗澡。经过长时间的敦促，他终于准许女儿每周一次把他放进浴缸，帮助他保持整洁。有时他在浴缸里也要戴着软呢帽，因为他总是感觉有穿堂风，甚至在温暖无风的日子里也这样，好像生命本身张开了裂缝；一个虚弱、裸体的怪老头儿在浴缸里戴着一顶黑帽子，只有女儿能看见或触摸他背上的伤疤和凹痕。

夜间不得不经常叫医生上门——呼吸困难会导致他窒息。上了年纪的龙包茨医生长着令人惊诧的眉毛，灰色的头发蓄成贝多芬式的发型，空闲时涉猎雕塑创作。这两位老年绅士坐在一盏老式夜灯的柔光下，轻声谈论理想的人体结构、《维特鲁威人》[2]、帕拉第奥式拱顶的数学比例。当第一缕曙光就要出现时，医生起身回家，模样同来时一样：生龙活虎，西服一尘不染，大领带松松地打着结。走过门道时，他会转向那个老人说："现在要乖乖的，军士长马丁。"那个老人则充满感激地呼吸着，因为可的松的针剂开始

---

1. 埃德加·德加（1834—1917），法国印象派画家。
2. 《维特鲁威人》是列奥纳多·达·芬奇于1487年前后创作的著名的素描作品，描绘人体的完美比例。

起效了。他会带着嘶声咯咯笑,像一匹马在栅栏前那样点头。早晨七点半,他会坐在椅子里,等着女儿给他穿好衣服——这样,在喝过咖啡、吃完简单的面包片抹黄油之后,他就能坐到桌前,苍老的手指握着笔,写下我直到几十年后才读到的事情;或者他会全身心投入,试着用颤抖的手勾画一张中世纪面孔的轮廓,然后从涂污的画纸上抬起眼睛说:"那个丢勒[1]真是一位天才,你不觉得吗?"

❋ ❋ ❋

在我小时候,他有时用英文唱一首歌:

外公的钟太大

架子上放不下

所以九十年来它都站在地板上

他会在盘子上敲出最后几行的节奏:

但是它停下(咚咚)不走了(咚咚)

再也不走了

这老头儿死了(嘭嘭)

我后来在他的一个弟弟送给他的唱片上听到这首歌,但是不

---

[1]. 阿尔布雷特·丢勒(1471—1528),德国画家、版画家。

知道它要告诉我什么——所有那些漫长岁月里愚钝的天真。

＊　＊　＊

这个星球上有许多事物能唤起人一种持久的奇妙感觉，尤其是当你想到一个人就要离世时。例如，微小颗粒在水中的移动引起流动光线最微妙的舞蹈——当夜色降临在一个南部海湾的海面上时；让我们假设那是在意大利的海边小镇拉帕罗的多岩石的沙滩上：风停歇下来，晚云的粉红与天空倒映在海中的深蓝演出无穷变化。拥有视觉和意识的生物将这一切视作理所当然，照常呼吸；视觉和意识这两种复杂到令人费解的官能与这整个奇妙的生物圈相适应；正是为了这种体系，它们被完美地设计出来。

在去世前的几年，作为一个经验丰富的观察者，外公依然发现了很多惊喜。如果说有什么不同，那就是他的惊喜这些年来似乎变得更加深沉了。他拥有那种人到高龄时的奇妙能力，能从新到来的每一天汲取难以言表的喜乐，就因为他还活着，依然是某种远远超越他，又似乎支撑着他的事物的一部分。我甚至会斗胆说，在最后那几年，他第一次体验到了一种无忧无虑的幸福。然而他阴郁的自画像对此极少体现。他把自己描绘成手里拿着帽子，穿着白衬衫和深蓝色西服，系着标志性的黑色蝴蝶领结，眼中神情严峻，甚至是了无生气的样子。因为其总体效果绝对无法与他为妻子画的微妙生动的肖像相媲美，所以挂在她的肖像旁边的这幅自画像显得有些空洞而冷漠。他把所有想赋予她的东西全都灌注到她的肖像中，却清空了他自己——甚至是在镜子的帮助下。他在

同一面镜子中日复一日地直面自己的形象,但是无论他怎样盯进自己眼睛的深处,他最终也无法使自己变得生龙活虎。这位艺术家描画他自己的尝试失败了,这其中无言的悲怆是又一个秘密,这么多年后才逐渐显明。现在看着这两幅肖像,我察觉到一个无声的悲剧在重演——这悲剧把他们两人终生绑在一起。

※ ※ ※

引人注意的是,他在几年后画了第二幅自画像,背景中有他画的加布里埃尔的肖像(另一边是一幅静物画,一个稍带反讽色

彩的处理)。他在这幅画中也没戴帽子,好像他在镜前把帽子摘掉了。他直视着我们,一只手拿着调色板,拇指从板上的拇指孔伸出来。奇怪的是,他把调色板僵硬地拿在身前,好像它是一枚纹章盾,而他正用画笔指着那上面意义不为人知的象征符号——他解释自己的一种方式。这幅画全然没有表现这位讲求精确的画家的浪漫特质——他一直是这样一位画家。他不再像上一幅自画像中那么严峻;相反,他看起来像亨利·卢梭[1]——那位描画梦想中的动物和奇幻树叶的素朴画家。他眼中的神情不再是了无生气的,而是富有穿透力的;他的姿态看似矫揉造作,但有些东西如此动人。他的肩膀已经变得那么瘦小。在构图的中央是他明亮、犀利的蓝

---

1. 亨利·卢梭(1844—1910),法国画家,被奉为20世纪超现实主义艺术的先行者。

眼睛。他拿着画笔的手看上去像是一个年轻人的，画笔歇在手指上好像几乎没重量，正像舒伯特手中的鹅毛笔。

虽然在画自画像时有失败之处，他临摹的戴金头盔的男人却非常成功。一幅描绘一个退伍军人的严肃的肖像画，头部周围的暗影，照亮头盔的金光——这是外公在去世前几年的模样，同我记得的一模一样。他再次把摹本变为一种掩饰：在取自原画的特征中，人物的眼神显然是他的——当以为没人在看他时盯着空中的那种眼神，天知道他在想什么。尽管没能在第一幅自画像中隐去他身为一名战士的影子，从而没能充分表现他自己，在临摹这幅仿伦勃朗的画作时，他却成功地使他作为画家的一面胜过了他身为战士的一面——这幅仿伦勃朗的画作是艺术界的一个俗套，被无数业余画家复制过。生活中的真实常常被掩埋在与真实性无关的地方。在这方面,生活比人类的线性道德观更微妙。它像一位临摹画手,用幻象来描绘真实。

※ ※ ※

这个矛盾贯穿他的整个一生——他希望成为一个画家,却不得已成为一名战士,他在这两者之间来回翻覆。战争与静画。生命的最后几年很宁静,这使他有可能从创伤中慢慢恢复。向圣母马利亚祈祷,他找到了安宁。在去世的前一晚,他在上床时说:"我今天真快乐,玛利亚。"女儿点点头,吻他祝他晚安。他走进他的房间。

像每天晚上那样,他把软呢帽放在窗边的桌子上。他脱掉工作服,解开丝质的黑色蝴蝶领结,把它小心地挂在床边那把椅子的扶手上。他脱掉白衬衫,然后脱掉内衣,露出背上蓝色的凹痕——铸铁厂的残酷岁月留下的伤疤。然后,他脱掉长内裤,露出另一处发蓝的凹痕,在下陷的腹部,紧靠腹股沟,还有一处在皮包骨的大腿上。这些表彰他的英雄壮举的徽章刻印在他的身体上。他穿上长长的法兰绒睡衣,然后上床睡觉。第二天清晨,他一定是病了。他在床边的白色大搪瓷缸里呕吐——只是一点儿胆汁,甚至不是食物,而是那种似乎直接来自噩梦的液体。他又躺下去,有点儿闷闷不乐,有点儿呼吸困难。在梦里,他被卡在一大丛灌木中,灌木长着很细的枝条和刺,就要被吹走了。他挂在那儿,胳膊和腿伸展着,像一只受伤的动物被摊放在一个架子上,停止呼吸了。他脑中所有的光亮都暗淡下去,融入一个未知的黑暗空间。曾经一次次在敌军炮火下敢死拼命,这个伊瑟河前线鲁莽的英雄在过了将近七十年后,在睡梦中安宁地死去了。女儿一两个小时后发现他——脸上是一个绝对宁静的表情,嘴唇微张,好像他在生命中看到的最后一样东西是一个惊喜。阳光从东边的窗户涌进来,鸢尾花在花园里盛放出一片深蓝。五旬节[1]的钟声在四周响起。我母亲迟疑地触摸他。"他还是暖和的。"她后来哭着说。

※ ※ ※

就这样,现在是记忆的森林中的一个片段,他升起来,比风中一缕羽毛状的烟还轻。在他长久期待的天国的门口,他僵直地立正,等待被准许进入,好像又在兵营里面对着那位军医——虽然他渴望见到他所爱的人。

"军士长马欣?"圣彼得终于发问,一边翻着伤残老兵冗长的名册。

"不,长官,我的名字叫马丁,不是马欣。遵命,长官。"

他敬了一个军礼。

---

[1] 圣灵降临节又称五旬节,是基督教的节日,庆祝耶稣复活后第50天差遣圣灵降临,门徒领受圣灵,开始布道。